孟翔勇 著

空中花园

走进那块土地,每个人都从肺腑里发出誓言:扎根农村干一辈子;逃出那块土地,每个人都在心里发誓:永远不再回来。

武汉大学出版社

图书在版编目(CIP)数据

空中花园/孟翔勇著. —武汉:武汉大学出版社,2012.5
黑土地之歌
ISBN 978-7-307-09774-2

Ⅰ.空… Ⅱ.孟… Ⅲ.长篇小说—中国—当代 Ⅳ.I247.5

中国版本图书馆 CIP 数据核字(2012)第 089220 号

责任编辑:张福臣　　　责任校对:刘　欣　　　版式设计:马　佳

出版发行:**武汉大学出版社**　　(430072　武昌　珞珈山)
　　　　(电子邮件:cbs22@whu.edu.cn 网址:www.wdp.com.cn)
印刷:武汉中科兴业印务有限公司
开本:880×1230　1/32　印张:10.625　字数:243 千字
版次:2012 年 5 月第 1 版　　2012 年 5 月第 1 次印刷
ISBN 978-7-307-09774-2/I·561　　　　定价:25.00 元

版权所有,不得翻印;凡购买我社的图书,如有缺页、倒页、脱页等质量问题,请与当地图书销售部门联系调换。

编委会

主 任 张福臣

编 委 (以姓氏笔画为序)

邓 贤　叶 辛　白 描　刘小萌

刘晓航　陆天明　张承志　张福臣

肖复兴　岳建一　胡发云　姜汉芸

晓 剑　郭小东　高红十　董宏猷

谢春池

总　序

叶　辛

　　40多年前，中国的大地上发生了一场波澜壮阔的知识青年上山下乡运动。"波澜壮阔"四个字，不是我特意选用的形容词，而是当年的习惯说法，广播里这么说，报纸的通栏大标题里这么写。知识青年上山下乡，当年还是毛泽东主席的伟大战略部署，是培养和造就千百万无产阶级革命事业接班人的百年大计，千年大计，万年大计。

　　这一说法，也不是我今天的特意强调，而是天天在我们耳边一再重复宣传的话，以至于老知青们今天聚在一起，讲起当年的话语，忆起当年的情形，唱起当年的歌，仍然会气氛热烈，情绪激烈，有说不完的话。

　　说"波澜壮阔"，还因为就是在"知识青年到农村去，接受贫下中农的再教育，很有必要"的指示和召唤之下，1600多万大中城市毕业的知识青年，上山下乡，奔赴农村，奔赴边疆，奔赴草原、渔村、山乡、海岛，在大山深处，在戈壁荒原，在兵团、北大荒和西双版纳，开始了这一代人艰辛、平凡而又非凡的人生。

　　讲完这一段话，我还要作一番解释。首先，我们习惯上讲，中国上山下乡的知识青年，有1700万，我为什么用了1600万这个数字。其实，1700万这个数字，是国务院知青办的权威统计，应该没有错。但是这个统计，是从1955年有知青下乡这件事开始算起的。研究中国知青史的中外专家都知道，从1955年到1966年"文革"初始，十多年的时间里，全国有 100 多万知青下乡，全国人民所熟知的一些知青先行者，都在这个阶段涌现出来，宣传开去。而发展到"文革"期间，特别是 1968 年 12 月 21 日夜间，毛主席的最新最高指示发表，知识青年上山下乡，掀起了一个前所未有的高潮。那个年头，毛主席的话，一句顶一万句；毛主席的指示，理解的要执行，不理解的也要执行，且落实毛主席的最新指示，要"不过夜"。于是乎全国城乡迅疾地行动起来，在随后的 10 年时间里，有 1600 万知青上山下乡。而在此之前，知识青年下乡去，习惯的说法是下乡上山。我最初到贵州山乡插队落户时，发给我们每个知青点集体户的那本小小的刊物，刊名也是《下乡上山》。在大规模的知青下乡形成波澜壮阔之势时，才逐渐规范成"上山下乡"的统一说法。

我还要说明的是，1700 万知青上山下乡的数字，是国务院知青办根据大中城市上山下乡的实际数字统计的，比较准确。但是这个数字仍然是有争议的。

为什么呢？

因为国务院知青办统计的是大中城市上山下乡知青的数字，没有统计千百万回乡知青的数字。回乡知青，也被叫作本乡本土的知青，他们在县城中学读书，或者在县城下面的区、城镇、公社的中学读书，如果没有文化大革命，他们读到初中毕业，照样可以考高中；他们读到高中毕业，照样可以报考全国各地所有的大学，就像今天的情形一样，不会因为他们毕业于区级中学、县级中学不允许他们报考北大、清华、复旦、交大、武大、南大。只要成绩好，名牌大学照样录取他们。但是在上山下乡"一片红"的大形势之下，大中城市的毕业生都要汇入上山下乡的洪流，本乡本土的毕业生理所当然地也要回到自己的乡村里去。他们的回归对政府和国家来说，比较简单，就是回到自己出生的村寨上去，回到父母身边去，那里本来就是他们的家。学校和政府不需要为他们支付安置费，也不需要为他们安排交通，只要对他们说，大学停办了，你们毕业以后回到乡村，也像你们的父母一样参加农业劳动，自食其力。千千万万本乡本土的知青就这样回到了他们生于斯、长于斯的乡村里。他们的名字叫"回乡知青"，也是名副其实的知青。

而大中城市的上山下乡知青，和他们就不一样了。他们要离开从小生活的城市，迁出城市户口，注销粮油关系，而学校、政府、国家还要负责把他们送到农村这一"广阔天地"中去。离开城市去往乡村，要坐火车，要坐长途公共汽车，要坐轮船，像北京、上海、天津、广州、武汉、长沙的知青，有的往北去到"反修前哨"的黑龙江、内蒙古、新疆，有的往南到海南、西双版纳，路途相当遥远，所有知青的交通费用，都由国家和政府负担。而每一个插队到村庄、寨子里去的知青，还要为他们拨付安置费，下乡第一年的粮食和生活补贴。所有这一切必须要核对准确，做出计划和安排，国务院知青办统计离开大中城市上山下乡知青的人数，还是有其依据的。

其实我郑重其事写下的这一切，每一个回乡知青当年都是十分明白的。在我插队落户的公社里，我就经常遇到县中、区中毕业的回乡知青，他们和远方来的贵阳知青、上海知青的关系也都很好。

但是现在他们有想法了，他们说：我们也是知青呀！回乡知青怎么就不能算知青呢？不少人觉得他们的想法有道理。于是乎，关于中国知青总人数的说法，又有了新的版本，有的说是2000万，有的说是2400万，也有说3000万的。

看看，对于我们这些过来人来说，一个十分简单的统计数字，就要结合当年的时代背景、具体政策，费好多笔墨才能讲明白。而知识青年上山下乡运动中，还有多多少少类似的情形啊，诸如兵团知青、国营农场知青、插队知青、病退、顶替、老三届、工农兵大学生，等等等等，对于这些显而易见的字眼，今天的年轻一代，已经看不甚明白了。我就经常会碰到今天的中学生向我提出的种种问题：凭啥你们上山下乡一代人要称"老三届"？比你们早读书的人还多着呢，他们不是比你们更老吗？嗳，你们怎么那样笨，让你们下乡，你们完全可以不去啊，还非要争着去，那是你们活该……

有的问题我还能解答，有的问题我除了苦笑，一时间都无从答起。

从这个意义上来说，武汉大学出版社推出反映知青生活的"黄土地之歌"、"红土地之歌"和"黑土地之歌"系列作品这一大型项目，实在是一件大好事。既利于经历过那一时代的知青们回顾以往，理清脉络；又利于今天的年轻一代，懂得和理解他们的上一代人经历了一段什么样的岁月；还给历史留下了一份真切的记忆。

对于知青来说，无论你当年下放在哪个地方，无论你在乡间待过多长时间，无论你如今是取得了很大业绩还是默默无闻，从那一时期起，我们就有了一个共同的称呼：知青。这是时代给我们留下的抹不去的印记。

历史的巨轮带着我们来到了2012年，转眼间，距离那段已逝的岁月已40多年了。40多年啊，遗憾也好，感慨也罢，青春无悔也好，不堪回首也罢，我们已经无能为力了。

我们所拥有的只是我们人生的过程，40多年里的某年、某月、某一天，或将永久地铭记在我们的心中。

风雨如磐见真情，

岁月蹉跎志犹存。

正如出版者所言：1700万知青平凡而又非凡的人生，虽谈不上"感天动地"，但也是共和国同时代人的成长史。事是史之体，人是史之魂。1700万知青的成长史也是新中国历史的一部分，不可遗忘，不可断裂，亟求正确定位，给生者或者死者以安慰，给昨天、今天和明天一个交待。

是为序。

前　　言

　　1970年8月29日，是我终生难忘的日子。那一天，我和大家一起坐着"大解放"卡车到西丰县凉泉公社"五七干校"插队。我至今还记得松木杆搭起的大彩门上那让我们心潮澎湃的对联：

　　城子山上炼红心，

　　碾盘河盘扎忠根。

　　横批是：大有作为。

　　40多年过去了，当年我们那些十几岁的孩子如今都已经是花甲老人，有的已经离开了人世。

　　回城以后，因为在县委宣传部工作，我渐渐走进作家队伍。当年，很多同我一起上山的知青战友在得知我成为作家以后一直怂恿我把那段难忘的岁月写出来。

　　写知青小说的作家很多，且很有一些大手笔操刀。我的朋友中，梁晓声、肖复兴、白描、曲伟年……都是写知青题材的高手，这使我一直犹豫、彷徨，是否将自己那一段难忘的岁月流入笔端。

有一天,我偶遇当年我曾经暗恋过的女孩,她满脸的核桃皮,两条腿已呈罗圈状,裆下可以钻过一条狗了。那一刻,我感慨万千,真正体验到岁月是个无情的巫婆。那一刻,我决定要把我们共同的岁月写出来,让我们的青春,我们的梦想永远流淌在我们的血液中,直到离开这个世界。

我之所以犹豫,还因为往事是不堪回首的。

作品中的小羊羔等在生活中都是有原型的,有些女知青的命运甚至比作品中的小羊羔更加凄惨。如书所述,我们班有一个姓曲的女孩下乡到西丰县天德公社插队,当年她就被生产队长强奸了,她是个懦弱、文静的女孩,在数次被奸污后她怀孕了,那个队长的老婆拽着女知青的头发去公社卫生院做流产,走一路打一路讲一路骂一路,沿途还有很多不明真相的农村妇女一边骂女知青"破鞋"一边也跟着打……

我下乡那个地方是"五七干校"。其实就是一座集中营。一下车,我们就被告知,这里是军事化管理,要牢记"五不准";不准穿奇装异服(衣着只能是蓝、黑、黄三种颜色);不准谈情说爱……和我在一起的有一个女知青,因为所谓的作风问题被逼无奈寻求自杀,在有看守的情况下她把一包针都扎进了心脏,她听说针进到身体里后会顺着血液走,走到心脏后就会渐渐停止呼吸,死的时候没有痛苦。所幸,她被抢救过来了。听说做手术往外拿针的时候有一个护士哭了,她无法想象世间还会有这样勇敢的女孩子,将一包针一根一根扎**进心脏**。

我的朋友知青刘勇、王雅繁因为违背禁令暗暗相恋,就被批斗

（当时叫路线分析会），在一个没有月亮的晚上，他们紧紧抱在一起投井自尽，所幸被人发现搭救上来，至今我们仍有书信往来。

　　我永远也无法忘记那一年的冬天，我们上山去砍鹿柴（喂鹿的柞树棵），我们被规定每天必须砍够200捆。零下30多度的严寒，雪花漫天飞舞，手指和脚趾就像被猫咬了一般疼痛无比。开始是伸不出手，接着是干起活来就不敢停下，因为一停下汗水就变成了冰，就会被冻死。我无法完成200捆的任务，只砍了60多捆，看看天色渐晚，我和大家一样把砍好的鹿柴打成一大捆向山下滚去，结果因为力气小，柴捆不够结实，滚了几米就散了，等我把鹿柴重新拾到一起，天已经完全黑了，伸手不见五指，大家各占一个山坡，谁也顾不了谁，我就坐在山上哭啊……昨天还是父母的宝贝，连洗手帕都是妈妈给洗，今天就要在冰天雪地里砍够200捆柴？17岁的我叫天天不应，叫地地不灵。

　　"五七干校"的管理模式很奇特；那些所谓有问题的"走资派"和干部担任连以上的领导，有些"五七战士"竟然把命运的不公发泄到我们的头上，对我们的管教就像狱警对待犯人。相比之下那些从农村雇佣来的农民工排长们大都是慈母心。我永远也无法忘怀我们排的吴排长对我的关爱，他常常摸着我的脑袋说：唉！你们还都是孩子。

　　当年，我们走进大山的时候，人人都从肺腑里发出誓言：要扎根农村干一辈子；当我们逃出大山的时候，人人都在心里发誓：这辈子老子（老娘）再也不会回来了。

　　但是，时间会改变一切。当我们成为父母，成为爷爷、奶奶、外公和外婆的时候,回首往事我们突然发现,那些蹉跎岁月已经成为我们心中永远的印痕;应该恨的,早已随风而去;应该爱的,爱得更深更沉。苦辣酸甜都是日子;悲欢离合都是故事,昨天我们别无选择;来日无多,我们要走好前面的路。

所以,我只保留了一个"小羊羔"的故事,而把目光更多地投向了今天和明天。

在故事的讲述中,我力图对人的属性进一步探索和挖掘,当然也许我的努力是徒劳的。

知青庄园只是我心中的一个梦想,就像一座美丽的空中花园,永远矗立在我的心中。

当然,如果有条件,我会回到城子山中去描绘那个蓝图。

感谢武汉大学出版社让知青作家们汇聚一堂。

仅以此篇献给中华大地三千多万知青中的每一位战友。
我爱你们!

孟翔勇

2012 年 1 月 13 日于北京　中国少年作家班

目 录

第一章：点将台是小羊羔永远的家   1

  女知青小羊羔被强奸后吊死在青年点门前的大槐树下。长白山上古老的"点将台"是她永远的家。三十个冬去春来，当年的战友，青年点点长老大向勇、博士胡学林、老鼠王槐去为她扫墓。在小羊羔的坟前，小羊羔那轻柔的歌声、迷人的舞姿仿佛又飘荡在战友们的眼前，男儿有泪不轻弹，只是未到伤心时……

第二章：土埋半截了 哪里是咱们的归宿   22

  博士胡学林和老鼠王槐。一个工龄被买断，老婆、儿子去了美国；一个提前退休，被妻子逐出家门。两个年过半百的人，惺惺惜惺惺，只要到一起喝酒就醉倒一对。博士哀叹道："老鼠啊，咱俩都土埋半截子了，可偌大的中国哪里是我俩的归宿呢……"

第三章：不幸的家庭各有各的不幸   42

  青年点的男点长向勇爱上了女点长二姐苏香。向勇被保送到北方农业大学，临行前两个人在石佛洞里有了一夜情。但有情人未成眷属。之后的三十年，两个人都面临着不幸的婚姻。为逃避婚姻带来的不幸，为实现心中的梦想，向勇和博士、王槐回到当年上山下乡的青年点点将台包地。三个年过半百的老人离开繁华的大城市做农民，命运是机遇也是挑战。

第四章：青年点里有个牛魔王 65

青年点知青牛大龙，绰号牛魔王，打遍天下无敌手。为了给小羊羔报仇，给青年点的战友们雪耻，眨眼之间打翻强奸犯的三个弟弟大狼、二狼、三狼。面对强奸犯的同族哥哥，公社革委会王副主任带来的持枪荷弹的民兵，他拍着胸脯说："有种的往这打！我要是眨巴一下眼睛管你叫爷爷。"气得王副主任大骂："这个牛魔王一定是座山雕的儿子。"

第五章：按照恭王府的样子建一个知青庄园 86

牛大龙要把所有的资产都捐献给国家航天中心，条件是成为中国民间航天第一人。但是他的愿望根本不可能实现。

牛大龙来到点将台，他突发奇想，要按照恭王府和大观园的样子在城子山中点将台上建一个知青庄园。于是，沈阳市北陵仿古建筑工程队开进了点将台村。

第六章：绝对没有农药和化肥 105

农业大学毕业的向勇，在村支部书记二杆子的帮助下，领导大家成立了点将台园艺中心。以蔬菜种植为主。他坚持不上农药和化肥，所生产的蔬菜很快在市场上打响。但是麻烦接踵而至，有人在他们的蔬菜上化验出敌百虫、卡死克、农梦特等农药的残留液晶，并要求他们十倍赔偿。面对无中生有的挑战，向勇转危为安。他向世人证明了，三十六行，行行出状元，菜园子里也能出好汉。

第七章：小羊羔的妹妹来到了点将台　　　　　　　　120

　　小羊羔的妹妹杨洋五岁那年看到妈妈被剃了阴阳头，满脸泥污游街示众，精神受到极大刺激，当时就吓疯了。病好后智力低下，智商只相当于十二岁的孩子。身体羸弱的她来到了点将台村，城子山天然的氧吧和点将台的春风让她这只小病猫变成了白天鹅。突然有一天，她对胡博士说："胡哥：你说咱俩结婚好不好……"

第八章：离婚是根本不可能的　　　　　　　　　　138

　　向勇当年的恋人苏香来到了点将台。一夜情不仅让向勇有了一个私生子，而且还有了孙子。面对日夜思念的情人、血脉相连的儿子和孙子，向勇决定和妻子市委副书记李梅离婚，协议分手。他觉得，分居十年了，结束名存实亡的婚姻不会有任何障碍，但是妻子李梅告诉他：离婚是根本不可能的。向勇不知道在以后的日子里，他该怎样面对两个女人。

第九章：让我和这个村支书斗一斗　　　　　　　　155

　　老支书二杆子被提拔到了乡里。他的儿子小杆子王小宝担任了村支部书记。王小宝认为土地资源、人力资源都是村民的，园艺中心的利润分配不合理。于是，他千方百计为村民争取利益，和知青园艺中心矛盾重重。向勇和王小宝几次交涉都不欢而散。向勇的女儿向莹来到了点将台，她对爸爸说："让我和这个村支书斗一斗……"

第十章：村支书成了光杆司令　　　　　　　　　　177

　　村支书王小宝和向勇的女儿向莹斗了几个回合都铩羽而归，他成了光杆司令。明明是为了村民争取利益为什人心向背呢？他百思不得其解。在父亲二杆子的开导下，他决定改变斗争策略，由寸土必争到拱手相让。园艺中心动员村民家家挖菜窖，王小宝找到向莹主动承担任务。向莹说："和小杆子还得留个后手。"

第十一章：女记者是个同性恋　　　　　　　　　　　196

各种媒体、小报的女记者让牛大龙吃亏上当，尝尽了苦头。牛大龙有偏见，所以他拒绝《辽宁群英》编辑部女记者刘晴的采访。但意外的是刘晴是个同性恋，牛大龙接受了刘晴的采访。刘晴聪明伶俐，博得了众多老板们的欣赏。开发商侯总喜欢上了刘晴，可惜他并不知道刘晴是个同性恋。

第十二章：本姑娘怎么能嫁给一个土包子　　　　　214

支部书记王小宝爱上了向莹。但父亲二杆子认为他这是癞蛤蟆想吃天鹅肉，根本不同意。向莹的母亲李梅更认为这件事是岂有此理。王小宝开始向向莹展开攻势。向莹说："本姑娘怎么能嫁给一个土包子？"她设计让王小宝去和母亲李梅见面。一箭双雕，既让王小宝碰了钉子又气气根本不尊重她的母亲。

第十三章：干干净净地来　干干净净地走　　　　235

牛大龙爱上了女记者刘晴。和其她的姑娘不一样，刘晴不要牛大龙的钱财和任何礼物。当牛大龙知道刘晴是当年强奸小羊羔罪犯的女儿时就像遭遇了晴天霹雳。他感到自己掉进了一个深深的陷阱。他赶跑了刘晴，时刻准备应对来自刘晴和他父亲的报复。

刘晴却告诉他：我干干净净地来，干干净净地走……

第十四章：这个王小宝简直就是个孙猴子　　　　　　260

　　向莹骗王小宝，让王小宝来到市委大院拜见向莹的母亲，市委副书记李梅。想通过母亲教训教训王小宝。王小宝凭着自己的狡猾、机智博得了李梅的信任和欣赏。大家都觉得这件事不可思议。纷纷议论说：这个王小宝简直就是个孙猴子。

　　向莹宁可违背诺言也不肯和王小宝处对象，并决心查明事情的真相……

第十五章：在知青花园里破镜重圆　　　　　　　　279

　　老鼠王槐给女儿丁丁买了生日礼物。中秋佳节丁丁欺骗母亲丁婉一起来到点将台看望爸爸。在知青花园里，王槐向前妻丁婉述说了自己多年的思念之情；丁婉真诚地向王槐道歉，两个人抱头痛哭……在女儿的帮助下，王槐和妻子丁婉终于破镜重圆。

　　丁婉和女儿丁丁决心辞了城里的工作到点将台来种菜。

第十六章：有情人终成眷属　　　　　　　　　　　301

　　十一国庆节，是知青花园乔迁之喜的日子。向勇的儿子和孙子也来到了点将台。四世同堂，让向勇的父母喜出望外。

　　王小宝锲而不舍，终于得到了向莹的爱情。

　　博士胡学林也在这一天迎娶了小羊羔的妹妹杨洋为妻。新婚之夜，博士多年未能治愈的病竟奇迹般地痊愈……

第十七章：我不可能回到你的身边　　　　　　　　315

　　几经周折，牛大龙终于找到了刘晴。他向刘晴道歉，希望刘晴能回到他的身边。刘晴拒绝了他。

牛大龙终于知道了,这世间不是什么东西都可以用金钱买到的。

牛大龙不知道的是刘晴还向他隐瞒了一个秘密……

尾　声　　　　　　　　　　　　　　　　　　　　　　322

第一章：点将台是小羊羔永远的家

> 女知青小羊羔被强奸后吊死在青年点门前的大槐树下。长白山上古老的"点将台"是她永远的家。三十个冬去春来，当年的战友，青年点点长老大向勇、博士胡学林、老鼠王槐去为她扫墓。在小羊羔的坟前，小羊羔那轻柔的歌声、迷人的舞姿仿佛又飘荡在战友们的眼前，男儿有泪不轻弹，只是未到伤心时……

那是一棵上千年的老槐树。

1971年的深秋，女知青杨早就吊死在这棵树上。

天还没亮，王槐披了衣服出去上厕所，一推门就看见了院中间那棵老槐树上悠荡着一条长长的影子。

所有的知青都是有绰号的，有的还不止一个。村里没有电，点油灯看书也不方便，大家躺到炕上唯一的文化生活就是讲故事，给每个人起绰号。

杨早因为长得漂亮、白皙、矮小，说话细声细语，大家都叫她小羊羔。

王槐因为胆小如鼠，绰号老鼠。真是怕什么来什么，这事偏偏让老鼠最先遇上。

王槐疑惑地看着那影子，慢慢往前挪动着脚步，他根本没有想到树上吊着的是人。他就是想看个究竟，胆子越小的人越是好奇，他要弄明白，昨天晚上也没刮大风啊，那么大的树杈咋就吹断了？

天就在这个时候泛出了淡淡的鱼白色，老鼠王槐的一声惊叫撕裂了天空。

"妈呀——"

王槐撒腿就往回跑，他想跑回宿舍，但他跌倒了，跌倒了就爬不起来了，他瘫痪在地上继续嚎叫："快来人呐——"

事后，王槐说我还没凑到跟前呢，就看到了羊羔那双小脚丫，看到那脚丫我就吓倒了。我想爬起来，可我起不来了，我的腿抽筋了。

听到惊叫声跑出来的知青们全都吓傻了，男知青们一个个呆若木桩，女知青们龟缩在男知青的背后。

"快点把人放下来啊！"

"不能放吧？得报案，万一破坏了现场怎么办？"

"就是，万一不是自杀，是他杀呢。"

"是谁啊，活不起了到咱们青年点上吊，这不是恶心咱们吗，这以后咱们还怎么在树底下吃饭、乘凉啊。"

天亮了，老槐树上传来了鸟儿们叽叽喳喳的叫声，村子里大公鸡、小公鸡的啼鸣此起彼伏。

但依然看不清尸体的脸，披散的头发遮住了眉眼，长长的舌头耷过了下颚。

二姐苏香说："不好了，是小羊羔！"

马上有人反驳道："别瞎说，羊羔哪有那么高的个子。"

谁也没有见过吊死的人，都不知道人吊死后身体会脱节拉长。

大家就转身找杨早，人群里没有，宿舍里也没有。

顿时，女知青们一起哭嚎起来，马上有人向队长家跑去报案。

那时候省以下层层机构都叫革命委员会。城子山大队革命委员会管辖五个自然屯，屯也叫村，村设生产队。点将台村属于城子山大队二队。队长跑来看了一眼说："你们可别乱动，我去大队报告。"

二队离靠山屯的大队部约有六七里路。

大队部有一部手摇电话。

接到报案，大队马上往公社革委会打电话，公社又往县军事管制委员会打电话。

县军管会人保组和县知青办的人来到点将台村时已经是中午了。知青点院里院外已经围满了人。

这时候，大队革委会主任王卫东披着军大衣赶来了，他围着杨早的尸体转了两圈，对县里的人说："她父亲是特务、历史反革命在押，母亲是现行反革命在逃，市里来过通知，前几天我找她谈过话，让她协助组织提供她母亲出逃的线索，劝她母亲自首，她母亲的问题涉及省里、市里几个大案、要案。我估计她是知道母亲的下落，畏罪自杀。"

小羊羔自杀前隔一天，王卫东的媳妇大喇叭来到青年点。她没进屋，站在院子里对着女知青们住的西屋喊："杨早！"

听到喊声杨早的脸色青白，穿衣服，几次胳膊都伸不到袖筒里去，她的身子瑟瑟发抖。

大家看出了疑问，问杨早怎么了，干什么去，无论怎么问，谁问，杨早就是不说话。好歹穿上了衣服，慌慌张张地出去了。

二姐苏香马上跑到东屋去找点长向勇。

点将台青年点有男知青17人，女知青13人。为方便管理设男女点长各一人。名义上两个点长不分主次，实际上大家习惯称男点长为老大，管女点长叫二姐。

"老大，我看羊羔不大对劲，大喇叭找她干什么？昨晚她一宿没睡，蒙着被子哭，问她什么也不说。"

向勇的心中也疑虑重重："她的家庭是出了些问题，可就是有问题，组织上需要调查了解也应该是大队治保委员来通知啊？大喇叭来干什么？"

两个人研究一会，决定派个人跟踪杨早和大喇叭，看看县里是否来人外调，杨早是去大队接受调查，还是去公社？弄清了去向再说。

就让胡博士去跟踪。胡博士办事比较稳妥。向勇说："你背个粪筐假装拾粪去，远远地跟着羊羔，看看她们去哪里就回来。"

不一会，胡博士气喘吁吁地跑回来："老大，不好了，我看见大喇叭拽着羊羔出了村，一出村头就对羊羔拳打脚踢的，然后拽着她的头发，拖着她去了村外，东山头拐角那停着辆马车，她们都上车走了。"

天傍黑，杨早回来了。她踉踉跄跄地爬上炕，她的头发凌乱，脸上没有一丝血色，躺到行李卷上一动也不动。

苏香看见杨早的裤筒子里都是血，连袜子都染红了。

无论问什么，杨早就是不说话。

后来，向勇找个机会请车老板子喝酒，终于弄清了，羊羔那天是被大喇叭押着去县医院做流产。大喇叭打了羊羔一路,从医院做了流产手术回来也打。车老板子说,把头发拽下来好几绺子呢,他都不忍看。

在青年点里每个人都有自己的位置。小羊羔是大家的最爱。小羊羔的年龄最小,或许也是小羊羔长得最小,如果戴上红领巾小羊羔就是一个小学生。

大家都把小羊羔看成是自己的妹妹。小羊羔锄地最慢,刨茬子还刨不动呢,镐头高高地举起来,落下去那高粱茬子就是一个弹跳,三、四镐也刨不下一个茬子。

大家就尽量照顾她,向勇总是吩咐小羊羔去烧水。

很多时候小羊羔早晨起不来。队长要是问起,二姐苏香就编织各种理由打掩护。

小羊羔会跳朝鲜舞,《延边人民热爱毛主席》。只要有机会,大家就让小羊羔跳一个。小羊羔一跳朝鲜舞,大家那缺少营养的、灰白而又疲惫的脸上就有了一丝笑容。

小羊羔知道大家都在关照她,她没有什么可报答的,就经常说:"我给大家跳个朝鲜舞吧。"

大家就拍着巴掌唱起来:

    我们心中的红太阳

    照的边疆一片红

    长白山上果树成行

海兰江畔稻花香

小羊羔就在大家的歌声中起舞、旋转……

男女知青们爱河涌动,但大家都不公开,关心恋人的方式都很隐蔽。但大家都可以公开地关心、呵护小羊羔。从集上买了两个苹果,自己吃一个,另一个就给小羊羔吧,因为小羊羔是大家的小妹妹。

但是,小羊羔的朝鲜舞跳不起来了。

小羊羔太可怜了,因为她的家庭问题,她总要去大队谈话、交待问题。

小羊羔回来总是哭,但大家爱莫能助。

小羊羔死了,大家才知道小羊羔的眼泪不仅仅是因为家庭问题。

大队革委会主任王卫东高中毕业,没有考上大学,在乡小学任代课老师。因为和校长吵架,被辞退。文化大革命开始后,在乡下人还不知道什么叫文化大革命,为什么要造反的时候,他就拉起队伍成立了全公社第一支群众组织"红镐头"造反兵团。他的兵团首先打倒了所有的大队干部,连大队会计也不能幸免。然后他又去公社造反。

他有文化,思维敏捷,水笔字写得好。他贴的大字报在公社大院的墙上简直就是一道风景。

在"全国山河一片红","革命委员会"像雨后春笋般到处开花的时候,王卫东当上了公社革委会委员、城子山大队革委会主任。

王卫东最愿意做的工作就是找知青谈话。他曾经那么梦想考上大学,然后留在大城市吃供应粮当干部,当不上干部当个工人也好,当不上工人当个无业市民也行,只要能成为城里人。

他很庆幸,没有考上大学。因为如果他愿意,这些城里的学生们就会规规矩矩地站在他的面前。他不让他们坐下,他们就绝不敢坐下。有的甚至不敢抬头,大气不敢出。这种高高凌驾于城里人之上的感觉真是妙不可言。

被他找来谈话的都是两个极端的人,或者是先进的、积极要求进步的,或者落后的,家庭有问题的。前者对他俯首帖耳受宠若惊;后者对他诚惶诚恐言听必从。

他找杨早谈了两次话。他还没见过这么漂亮的小姑娘呢,又白又乖真像个小羊羔,像个瓷娃娃,像个奶糖堆出来的人,像个玻璃人,他看见小羊羔的第一眼就无法按捺自己的欲望。

第三次让杨早来大队谈话,他走出大队部,向点将台村来大队的路上走去。他背着手,那样子大家都司空见惯了,王主任有空就喜欢各处转转,视察他的领地,视察他的臣民。

大队部设在靠山屯。点将台村到大队约有六七里地。王卫东在半路上截住了小羊羔。

"杨早你来了。"

"嗯。"

"我们就在这里谈吧,大队人多、耳朵多、嘴杂,我怕你谈到家庭问题难为情,有顾虑。"

"嗯。"

"我们找个僻静的地方谈,这路上人来人往的,让人看见影响不好。"王卫东说完一头钻进玉米地,回头向羊羔招招手。

小羊羔有些犹豫，但她想，这路上、山上、河边到处都是人，光天化日之下，王主任该不会为难她吧。

在玉米地里坐下。威严的王主任变得和蔼起来："我让你写的交待材料带来了没有？"

"王主任：我……没写，我真的不知道我妈妈在哪里，如果我知道，我一定会让她坦白自首。"

"哦，那就算了。我相信你对党的忠诚。杨早啊，我们党历来是有成分论但不唯成分论，家庭出身是不能选择的，但革命的道路可以选择，你要从思想上和家庭划清界限，积极要求进步啊。"

王卫东把脸凑上前，盯着小羊羔，眼睛里淫光闪闪。小羊羔害怕了："王主任，我不想进步，我只想好好改造。"

王卫东一把搂住小羊羔："你不想进步想什么？今天我就要你进步。"说着就把手伸进小羊羔的衣襟里。

小羊羔吓得惊叫起来。王卫东恶狠狠地说："你再喊，我就闷死你，然后我把耗子药塞到你的嘴里，那你就是自杀死的，你自杀就是知情不举，就是自绝于党，自绝于人民，就是畏罪自杀。你畏罪自杀，你爸爸和妈妈的罪就更大。"

小羊羔听到这里就不喊了。

王卫东一连强奸了小羊羔两次。

小羊羔瘫痪在地上。

王卫东站起来，一边提裤子，一边说："大队还有事情，我先走了。你不要哭哭啼啼的，哪个姑娘都有第一次，又不缺斤少两的，有什么可哭的。一会去河边洗一洗，然后回去吧，今天你就不用干活了，休息休息吧，回头我告诉你们队长，今天给你记工分。"

王卫东用手捋捋头发，弹弹身上的尘土、草叶，钻出玉米地，背着手向大队走去。

小羊羔发现自己的身体出现了异样是在三个月以后。她不明白自己的身体发生了什么问题，等她明白了又不知道应该怎么办？也没有办法问别人。

她只好去找王卫东。

王卫东大怒："你找我干什么？就算怀孕了，谁知道你是和谁怀孕的，你们那些男知青没有多少好东西。"

小羊羔说："我没有和别人那样过，我也不知道应该怎么办啊。"

"回家吧，回沈阳找个医院做掉。真他妈的，该怀的不怀，不该怀的碰一下就他妈的怀了？"

"我没有家了，家里没有人了，我能去哪啊？"

王卫东这才想起了小羊羔的父亲被抓，母亲下落不明。

过了几天，王卫东给小羊羔弄了一包黑乎乎的药面子，让小羊羔喝下去流产。

小羊羔偷偷喝了，可肚子里的东西似乎还在。

王卫东只好求救他老婆大喇叭。他和大喇叭结婚两年了还没有孩子。王卫东骗大喇叭说："点将台的女知青杨早怀孕了，也不知道是和哪个知青乱搞的，她自己也说不清，你去把她领到县医院做掉。"

大喇叭怀疑地看着王卫东说："我不去，你让妇女主任领她去。"

王卫东说："妇女主任那个快嘴知道，大家就都知道了，现在两派斗争这么激烈，保皇派巴不得抓住我的把柄取而代之呢。你他妈的不去，我自己去。"

大喇叭曾经在公社当过两天广播员，所以人称大喇叭。大喇叭的叔叔在县农机局是个有点权力的干部，答应有机会把王卫东弄到县里，所以王卫东才和大喇叭结的婚。婚后不久，文化大革命爆发，去县里的事也就搁浅了。王卫东从一个被辞退的代课教师一跃成为城子山大队的太上皇，也就不再把大喇叭的叔叔放在眼里，这也殃及到他和大喇叭的感情降了温。当然，王卫东和大喇叭感情降温的原因也有所到之处妇女们巴结他的媚眼和有机会可以到姑娘堆里拈花惹草。

大喇叭知道她的丈夫是什么样的人，但她装作什么也不知道。她得保卫自己的婚姻。城子山大队管辖五个自然屯，她就是这山里山外的第一夫人。她父亲告诉她，回到封建社会他王卫东的官就是千户侯。如果放在五代十国，她差不多就算是皇后了。

大喇叭把小羊羔带出村，单刀直入："王卫东和你搞了几次？"

小羊羔以为大喇叭什么都知道了，不得不说了实话。

大喇叭听了，拽住小羊羔的头发就开打。一边打一边骂："我今天打死你这个小贱货，母狗不掉腚，公狗哪能往上爬……"

从县里打胎回来，大喇叭对小羊羔说："王卫东不会放过你的，他还要把你调到大队去呢，他想要天天搞你。我也不会放过你，以后我遇到你一次打一次。以后你肚子里再有了小孽种，老娘我不会再陪你去医院了，我找把割韭菜镰刀伸到你的裤裆里，把你那些骚肠子乱肺子一块都勾出来。

"你就跳进贝勒河浸死得了，你死了也就不再遭罪了，你死了，大家都消停。"

第二天早晨，小羊羔就上吊自杀了。

大家的心里都有一块镜子。小羊羔绝不是畏罪自杀。元凶就是王卫东。但是，没有证据。就算有证据谁能撼动王卫东呢。王卫东是城子山大队的天，是城子山的土皇上。他的三个叔伯兄弟就在点将台村，分别叫金朗、银朗和玉朗，但背地里大家都叫他们大狼、二狼、三狼；王卫东的本家哥哥是公社武装部副部长兼公社革委会副主任。

三条狼老大20岁，二狼、三狼依次小两岁。三条狼在"文革"开始后跟随王卫东造反起家，每人一个大镐头把，所向披靡、威震方圆几十里。公社成立"武卫队"，大狼还当了几天副队长，鸟枪换炮，扔掉镐把挎上了匣子枪。只因到处招摇，上山打野鸡误伤了公社革委会主任的小舅子，被解职回乡。

后来，就有了中央《关于打击破坏知识青年上山下乡犯罪分子的通知》。各地开始调查破坏、迫害、强奸知识青年犯罪行为。

有人往县里写了检举信。县里来人调查了。

县里的电话打到大队部，让青年点的点长接电话。电话通知，让大家不要出工，在青年点等候调查。

电话点名让副主任去青年点传达。王卫东有所预感。但他不怕，他王卫东是枪林弹雨过来的人，大江大浪都闯过来了，一个点将台青年点小小的河沟还能翻船。

但未雨绸缪，王卫东先到青年点训话："县里要来人调查我，这是阶级敌人在对我打击报复，是地富反坏右在向新生的革命政权反扑，是阶级斗争的新动向。你们应该说什么不用我教你们吧，你们谁说什么，五分钟之前说的话，十分钟后我就知道。谁敢对革命干部打击报复，谁敢向新生的革命政权挑战，我们就打倒谁，再踏上一只脚让他永世不得翻身，让他死无葬身之地。"

县里的人下午到村里。

那天早晨大家一起床,就在厨房的灶台上看见了小羊羔那封遗书。

亲爱的爸爸、妈妈:

女儿对不起你们,先走了。

女儿没法再活下去了。女儿被王卫东那个恶魔糟蹋了。女儿现在全身都疼痛得无法忍受,女儿的头疼,女儿的心也疼啊。

假如你们有一天能有机会,可一定要为女儿报仇啊!

妈妈:你在哪里啊,女儿好想你啊!

向勇把杨早的遗书交给了县里调查组。调查组一共有两个人,一个是军人,另一个穿着公安局的服装,但没有领章和帽徽。

军人问:"这封遗书是哪里来的?"

"不知道啊,"向勇说,"早晨大家起来就在厨房灶台上看到了这封遗书。"

"怎么能证明这是杨早写的呢?"

二姐苏香说:"墙上有杨早的决心书,要不要揭下来对对笔迹?"

不久,王卫东被抓起来了。那时候严刑拷打是正常的审查方式,酷刑之下王卫东交待还强奸了另外两名女知青,三名还乡青年,还有若干女村民。调查组对强奸女村民和还乡女青年的事不感兴趣,重点放在强奸女知青的案情上。

几个青年点的女知青都被找去谈话，都是单独谈。

但大家都认为，被王卫东奸污的女知青还有很多。只是女知青们为了自己的名誉难以启齿就是了。

王卫东被判了8年。

转过年又来了个中央1973-104号文件。文件上传达黑龙江生产建设兵团有两个县团级干部因为强奸知识青年被枪毙。文件要求各地要将相近相同的案件重新审查，要"严打"。

王卫东又被改判为无期徒刑。

小羊羔走后，大家也曾议论过要砍掉那棵树。过去，除了冬天，一年三季大家都在老槐树下吃饭、打扑克、下棋、看书、开会、聊天。除了睡觉基本上都是在老槐树下度过的。羊羔走后，老槐树下就成了禁区，大家都是绕着走。

也有人反对砍树。二姐苏香说："别砍了，留着它也是个念想，或许羊羔的目的就是怕大家忘了她。"

人都说女孩子选择死亡的方式绝不会上吊。因为上吊会凸眼暴舌很难看。女孩子就是死了也不愿意让自己难看。

当时，点将台村还没有电，过电死不大可能。可吃药呢？安眠药、耗子药总是不难搞到的。还有跳河也该可以吧。青年点的前面几十米远就是一条宽宽的贝勒河，最深的地方足有2~3米。

但羊羔偏偏选择了这棵大家日日夜夜形影不离的老槐树。

胡博士分析："说不定羊羔是故意让大家日子不好过呢。"

王卫东让小羊羔去大队谈话，小羊羔想找个人陪她去，她找过几个女知青,也找过老大、胡博士、王槐,但大家都没有陪她去。都是在心里打怵,一想到王卫东那张长长的大驴脸和阴深深的三角眼就让人不寒而栗,王卫东对男知青从来没有过好脸色。

陪绑的都害怕,那小羊羔自己不是更害怕了吗。

小羊羔就是要报复大家,就是要让大家的日子也不好过。

大家开会举手表决,大多数同意砍掉老槐树。

但后来发生的事情让老槐树躲过了灭顶之灾。

小羊羔的痛苦结束了,但是她却把痛苦和灾难留给了大家。

三条狼开始对知青们打击报复,今天找碴打这个,明天制造摩擦打那个。胡博士的牙被打掉了三颗,眼镜打碎,一只眼睛险些被打瞎。因为胡博士一有空就看书学习写日记,有时候还给报社投个稿什么的。三条狼怀疑检举信是他写的。

老大向勇挨打是最轻的,他被大狼假装闹笑话踢了两脚,腔根子足足疼了一个月。

女知青们也不能幸免,大喇叭找碴挨个毒打女知青。她打女知青就是薅住头发扇嘴巴子,不见嘴角流血不撒手。

公社革委会副主任,王卫东的表哥,还派人来调查,说有人反映知青殴打了村民。

点将台青年点留给知青们痛苦和悲伤的记忆太多了。30多年了,谁也不曾去旧地重游。

要回青年点看看是老鼠王槐的主意。

王槐下岗了,找不到工作。今天找这个同学诉苦,明天找那个知青战友蹭饭。这天他找到了胡博士。然后他们就一起打电话找老大向勇，向勇不接电话，他们就隔五分钟打一次，他们一定得找到老大，老大的境况比他们好，每次相聚总要找个地方喝两瓶啤酒，让老大买单。

三个人在大排挡要了一盘花生米、一碟拍黄瓜、6支羊肉串、3瓶啤酒。

向勇说："一个劲打电话找我干什么啊？电话费都够你们俩买肉串吃了。"

王槐说："你是老大啊，你以为我是闲着难受想你啊，今天找你是有大事和你汇报呢。"

向勇的嘴一撇，"操！你能有什么大事？还汇报，怎么了，小日本又上钓鱼岛了？"

王槐说："咱们回点将台看看吧，昨天我在汽车站看见二杆子了。这小子还成气候了，他现在当村书记了，一把手，土皇上呢，他邀请咱们回去看看。"

老大和博士都表示怀疑，脸有不屑。

"真的，二杆子说，人家别的村知青们都回去看看了，你们怎么不回来看看？回来看看吧，我接待。我家那些山货吃不完也卖不了，回头我给你们带点，在我那不稀罕，到了你们城里都是能送礼的绿色食品。"

二杆子和王槐是好朋友。两个人的友谊是从下象棋开始的。他俩下象棋常常点着油灯下个通宵。

有一天下大雨歇工，两个人就在炕头上摆开了战场。大家闲着没事就凑过来看热闹。

二杆子看人多就有点逞胜。棋摆上了,他环顾四周,一副志在必得的样子。

"我说小老鼠,咱俩总是这么干拉,手都磨平了也分不出个胜负,今个趁大家都在有个见证,咱俩三战二胜定个输赢来点真格的怎么样?"

"对,来点真格的!"围观的自然是希望有点刺激好。

王槐有点心虚,他的棋艺毕竟比二杆子稍逊一筹,当然也不是差得太多。但当着大家的面他自然不能拉松,尤其是西屋的女知青们也都围了上来。"好啊,你说是赢房子还是赢地吧,我今个叫你输得连裤衩都得给我留下。反正你有媳妇,回家还能给你做裤衩。"

"赢房子你没有,青年点又不是你家的,赢地更不行,每一寸土地都是国家的,谁也赢不去。咱们三盘两胜,谁输了给赢家割50捆柴禾怎么样?"

王槐不干,"赢柴禾不行,我赢了没地方烧去,赢点别的吧。"

就有人出了歪点子。

二杆子爹在低标准那年(1960—1962年)和人家玩牌九赌钱,输光了钱,又输了房子和圈里的猪。最后什么都输光了,他赌红了眼,为了翻本就压上了自己的老婆。先押一个月,再押一年,最后把人都押上了。

结果,他把老婆输了。

耍钱场上的规矩,无论多大的赌债都不能赖。他回到家往门口一蹲,把脑袋插进了裤裆里。

"杆子娘,我赌钱把你输了,你骂我一顿,打我一顿和人家走吧。"

老婆搂过二杆子就哭。

杆子他爹也不劝,心想:或许老婆的哭声能让那个赌棍心软下来,这事就能过去了,毕竟这是在拆散一家人呢。

可那赌徒任凭杆子娘怎么哭也不说一句话,他坐在门口的马扎上,一袋一袋地抽烟。那样子表明杆子娘如果不跟他走,他能坐到地老天荒。

哭了两袋烟的工夫,杆子娘的眼泪哭干了。她推开孩子开始收拾东西。家里叫杆子爹赌得也没剩什么像样的东西了。她把自己的衣服包了一小包,把爷们的衣服包成一大包。一边哭一边嘱咐大杆子、二杆子,长大干什么都行,就是别去赌钱。

看见杆子娘的脚步迈出了门槛,赌徒站起来说:"这房子和圈里的猪我就不要了,可人我得领走。我这半辈子赌钱从来没赢过,今个的手气是命中注定的,命中注定我后半辈子有个媳妇。你放心,我宁可自己冻死、饿死也不会让你老婆冻着、饿着。"

第二天天没亮,赌棍就领着杆子娘出了城子山。后来听说是去了黑龙江。

那一年二杆子才9岁。

这件事知青们一进村就听说了。都觉得很奇怪,社会主义社会赌钱能输了老婆?大队不管吗?人民公社不管吗?简直是天方夜谭嘛。

就有人说:"50捆太少了,老鼠输了,100捆柴禾;杆子输了老婆让老鼠睡一宿。"

大家就起哄，都说这主意好。

二杆子有点不高兴。

"杆子你怕什么？小老鼠根本就不是你的对手。"

王槐不想这么赌，他觉得这玩笑开的太大了。

二杆子也不想这么赌，他觉得联想起爹当年赌输了老婆那件事，这个提议对自己是个侮辱。

但他们谁也不能说不，说不就等于怯阵认输。

王槐说："甭说100捆，1000捆我也敢赌。"

二杆子说："甭说一晚上，就是我把老婆给他老鼠，他也领不去。"

"好啊！"

"就这么定了！"

"谁英雄，谁好汉，比比看。"

女知青们听说二杆子拿自己的老婆做赌注也都跑过来看热闹。

三盘两胜。

通常情况下两个人都是下五盘。头两盘二杆子总是赢，接下来会和一两盘，最后一盘王槐有机会获胜，王槐属于慢热型选手。

但二杆子心里有些纠结，有些别扭，结果头一盘下成了和棋。

第二盘，二杆子走了一步臭棋，被王槐抓住时机赢了一盘。

知青们当然都希望王槐获胜，不仅仅因为王槐是在主场作战，还因为如果王槐赢了会赢一晚上老婆。虽说这个输赢不可能兑现，但父子两代人都输了老婆这个结果太刺激了。

说好了旁观者要保持中立，但大家忍不住七嘴八舌给王槐乱支招。

"小老鼠,出车啊!"

"拱卒也行!"

"跳马啊,老鼠。"

女知青们看不大明白就当拉拉队。

"王槐加油!"

"小老鼠加油!"

第三盘太关键了,这一盘二杆子必须赢,如果赢了还有机会加时赛,输棋不行,和棋也不行。

这么一想二杆子的心就慌了,加上人心向背外部环境恶劣,二杆子的阵脚就乱了,越走越慌,结果很快就输掉了第三盘。

众人欢呼起来。

"小老鼠今晚有媳妇了!"

"快去接新娘子,咱们得闹洞房啊。"

"小老鼠,你得去买喜糖啊!"

"别忘了买两盒'大生产'。"

二杆子提出抗议:"这盘不算,你们都当参谋,我是一对几啊。不公平,再加赛一盘,一盘定输赢。"

王槐坚决不同意,他知道自己今天占据天时地利人和有侥幸的成分。再下一盘有可能前功尽弃。赢老婆的事他没想,关键是在战友们面前露了脸。

二杆子气得摔了棋子,转身冲进大雨中。

都觉得这只是一场游戏,谁也没当真,闹过了,大家也就忘记了。不料，到了下午，二杆子却来找王槐，他站在院子里喊："小老鼠！你出来！"

雨停了，屋檐下的燕子纷纷飞出窝，喜鹊们在屋顶抖落着翅膀喳喳叫。知青们都把脑袋探出窗外，大家实在不明白二杆子又来干什么。

王槐以为二杆子是挂不住脸面来翻盘的。

"我说二杆子，今个就这么着吧，今个你手气背，我不欺负你。改天我再教你两招。"

"放屁，就你那臭棋篓子还改天？你到底出来不出来？"

"干什么啊？"

"你不是赢我媳妇了吗？怎么？不敢去了，不怪大家都叫你老鼠，敢情你是个没卵子的母老鼠，你不去，可不是我玩赖，我可是让你去了，俺乡下人可不像你们城里人说话不算话，俺吐口唾沫就是钉子。"

有人接话："这是什么话，城里人咋说话不算话了？"

"说好了，观棋不语，你们哪个没语？就差没把房盖掀翻了。"

大家都不说话了，都觉得事态有点严重。二杆子可是认真的，看样子二杆子真要把媳妇让王槐睡一宿。

大家都看王槐。

向勇说："老鼠，你得给二杆子一个台阶下。你看，他脸都气歪了。"

王槐很生气，二杆子竟然说他没卵子，是母老鼠。但老大的话提醒了他，看来二杆子把这场输赢当真了。

那一年二杆子才17岁，还是个孩子。二杆子是头一年结的婚。

大杆子是女孩,因为是换亲,那边姐姐入洞房,这边二杆子娶媳妇。

乡下人,隐瞒岁数结婚的事很多。公社、大队都是睁一只眼闭一只眼。不能登记也不要紧,媳妇先娶过来,什么时候够法定的年龄了再登记,二杆子和媳妇是否登记大家也不知道。

王槐忽然觉得二杆子很可怜。毛毛雨又淅淅沥沥地下起来了。雨中二杆子那瘦小的身躯就像一只落汤鸡。

王槐走出去,拍着二杆子的肩膀说:"你还当真了?平时我什么时候赢过你啊,今个要不是大伙乱起哄,都当参谋,让你心烦了,你能输我嘛?再说了,就算撞大运我真赢了你,我也不能睡你老婆啊,咱俩是哥们啊,宁穿朋友衣,不骑朋友妻。"

就这一番话,二杆子竟感动得哭了起来。

从此以后二杆子和王槐就成了莫逆之交。二杆子再来找王槐不是兜里揣两根黄瓜,就是拿两棒烧苞米。逢年过节还会给王槐煮个鸡蛋。这个礼数可不算小了,那时候知青们用一条八成新的裤子才能和老乡换三个鸡蛋。

礼尚往来。二杆子爱看书,尤其爱看侦破小说,王槐每次回家都要给二杆子带几本书。

反正大家现在也没有什么事情做。

老大向勇拍板,"那就去看看吧。咱们也应该去给小羊羔的坟头添几锹土了。三十多年了,风吹雨打,羊羔的坟头恐怕早就被扒拉平了。"

胡博士说:"是啊,小羊羔自己在那里好寂寞啊。"

王槐说:"听说小羊羔的妈妈去上坟,叫一声女儿就昏死过去,趴在坟上就起不来了。"

第二章：土埋半截了　哪里是咱们的归宿

　　博士胡学林和老鼠王槐。一个工龄被买断，老婆、儿子去了美国；一个提前退休，被妻子逐出家门。两个年过半百的人，惺惺惜惜，只要到一起喝酒就醉倒一对。博士哀叹道："老鼠啊，咱俩都土埋半截子了，可偌大的中国哪里是我俩的归宿呢……"

　　点将台村坐落在辽宁省与吉林省结合的群山之中，长白山余脉咯达岭蜿蜒而至。最高的城子山峰海拔两千余米。传说早在二千年前的秦汉时期，夫余族就居住在这里。后来夫余族发展演变为我国北方的高句丽族。隋末唐初，高句丽部落西部酋长盖苏文、盖苏丽兄妹盘踞在这里占山为王，唐贞观年间唐朝大将薛仁贵征东路过这里，打败了盖苏文、盖苏丽兄妹。但盖氏兄妹当年修筑的部分城池尚在。十几米高的城墙宽约数米，传说当年盖苏文、盖苏丽不用卫兵守城，兄妹二人绕城墙跑马射箭即可击退任何来犯之敌。

　　至今盖氏兄妹当年筑建的城墙、点将台、石佛洞、黄酒馆、山神庙和女兵营等残骸还依稀可见。

　　因为山高林密，多虎豹熊狼，到了清朝，这一带被设定为皇家围场，对外封山禁猎。民国以后才渐渐有了人烟。

点将台村环靠城子山,条条清澈的山泉从城子山深处流出来汇集到了一起沿村前滔滔而过。冬春交替之际,冰雪融化,滚滚河水惊涛骇浪。传说当年有一个贝勒打猎时不慎淹死在这条河中,因而得名贝勒河。

青年点坐落在点将台村的西边,再往西200米山坡的平台就是当年盖苏文的点将台。往北翻过两座山头,密林深处就是石佛洞,传说石佛洞当年让唐王李世民躲过了敌兵的追杀。至今尚有数尊石佛安在。

这个青年点应该是全国最宽敞的青年点。一溜青砖瓦房有30多间,东西厢房各10间,方圆近万平方米。上世纪50年代初这里是西峰县最大的林场。场中央最多时可囤集木材上百万平方米。到了50年代末因为乱砍滥伐只伐不种,林区遭到毁灭性破坏,碗口粗以上成材的松柏已所剩无几,因为无树可伐,林场被迫下马。

县林业局想将废弃的房屋折价卖给乡村政府,但价格一直也谈不拢。年久失修、风吹雨打,再加周围百姓多有拆墙盗瓦者,到了文化大革命时,已经没有一间可以避风遮雨的房屋了。

知识青年上山下乡,国家拨下安置费、建房费,林业局抓住机会以很低的价格卖给了地方。村里拆东墙补西墙,为知青们修葺了10余间房作为青年点。到了上个世纪七十年代末,知青们纷纷回城,人去房空,房屋年久失修又破损下来。

呈现在向勇等三个人面前的已经是残垣断壁。

胡博士问二杆子:"这些砖石瓦块怎么没有人偷呢?盖房子砌猪圈不是蛮好的吗?"

二杆子说:"山里人迷信,大家都说吊死鬼的阴魂千年不散,谁动了这里的东西谁倒霉。也怪了,有两家人不信邪,图省钱拆了这里的砖瓦盖房子,结果房子上大梁时都出了事,一家摔死一个木匠,另一家房东摔断了腿。那以后再也没有人来这里动土了。村里分地,想把这里推平也分了,这里的地好啊。说好了,抓阄,谁抓到这里谁平地,可抓到了这里的人谁都不干。结果这块地就一直荒下来。

"这破旧的房屋里有好几窝黄鼠狼呢,没有人敢来捕获。下小雪的时候,一张黄鼠狼皮可以卖一百多元呢,可惜了,大伙都说那些黄鼠狼是小羊羔转世投胎变的。"

果然,荒草萋萋,蒿苇败枝间有些许黄色的影子窜来窜去。

院中央那棵老槐树还在。当年,埋葬了小羊羔,大家举手表决要砍掉这棵树,结果还没等实施呢,牛大龙从监狱里出来了。他说,谁敢伐掉这棵树我就让谁去给小羊羔作伴。

牛大龙外号牛魔王,下乡三年没在青年点里呆过30天。偷鸡摸狗、打架、少管所、教养院几出几进,对青年点的集体表决他一票否决。

三个人站在树下谁也不说话,默默地凭吊当年的战友。想起小羊羔挂在树上那条长长的影子,仿佛就在昨天,男儿的眼泪就流淌在心里。

三个人在二杆子的带领下去给小羊羔扫墓。墓围很规整。二杆子说:"这两年清明总有人给小羊羔的坟填土,我还以为是你们回来了呢。打听大家,谁也没看到扫墓的人。"

胡博士说:"或许是她的家人吧。杨早的父母都在,她还有一个妹妹呢。"

二杆子已经没有了当年的影子。当年那个瘦弱的 17 岁的少年现在胖得像个地缸。酒量也大的惊人。

二杆子用东北地道的农家菜招待三个当年的知青。猪肉炖粉条、小鸡炖蘑菇。四个人喝了二斤老白干。唠家常,二杆子知道三个人现在除了二线就是下岗失业,而且各自的生活都不如意,就提议道:"在家呆着也是闲,还不如回来包几亩地种。自己吃点新鲜菜,你们城里人管这叫什么绿色食品,吃不了,还可以卖几个零花钱。别的村也有知青回来包地的,他们管这叫回来玩,就是玩,种瓜得瓜、种豆得豆,图个乐呵,图个新鲜空气,图个长寿。"

向勇问:"包地,一亩要多少钱啊?我们三个现在可是一对半穷光蛋啊。"

二杆子说:"你们要包,四十块钱一亩我就能给你们搞定。"

向勇以为听错了,"什么?四十块钱一亩?一个月?"

"一个月你包啊?农村哪有包地包一个月的。一亩地一年四十块钱。"

胡博士说:"我说二杆子,你不是忽悠我们吧,四十块钱一亩,谁肯把地包给我们啊,除非你有特权?"

二杆子说:"实话对你们说吧,现在外边人来包,也就五十块一亩。"

"五十块钱社员就把地包出去?你们这儿的人傻啊?"

"基本都是这个价,你们不知道啊,现在农民种地根本就收不回来钱。种子、农药、化肥、交公粮、农业税,加上各种摊派,到头来不赔钱就不错了。一亩地包出去五十元，一家二、三十亩地就能净收一千多块，这一年的花销就够了。你们以为活的苦活的累，你们哪里知道这农民的苦和累啊。上边总说要减免农业税，减轻农民负担，总是干打雷不下雨，还越减乡干部越多，光乡广播站的广播员都快一个班了。"

向勇动心了，"四十元？能包给我们？"

"村里还有些机动地，这个我说了算。乡里总让我们搞第三产业，招商引资，也不在乎能赚多少钱引多少资，关键是得有个动静，有点声势。你们来了，我就说当年的知青回来搞第三产业了，搞种植、养殖，还有很多优惠政策呢，三年内不交税，要是开荒地，五年内收入都归开荒者。对了，老大你不是学园艺的吗？你这个学农业的大学生不趁现在的机会发挥发挥，你那些学问将来不是都让火葬场和你一起烧了吗？"

1974年，向勇被保送进了北方农业大学，是整个青年点中第一个被保送进校园的工农兵大学生。大家好羡慕啊。

毕业后向勇被分配到了市农业局，开始在农业科学技术研究所工作。不久，全国恢复了高考制度。渐渐地，工农兵大学生就和人家靠本事考进大学的拉开了距离。向勇被安排到郊区种子站任副站长，一干就是20多年。2003年，提半格，退居二线做了处级调研员。说是调研，其实也没有什么可调查研究的。向勇所在的种子站主要培育蔬菜种子，计划经济时，培育的种子都计划给郊区的蔬菜公司、蔬菜队。市场经济了，菜农们都开始自己采购种子。而实际上种子站也无种子可供应了，种子田都变相盖了商品房。

退居二线的调研员可以不上班。向勇觉得自己好歹也曾经是站领导，每天总要去点个卯才好。上午十点左右到单位转一圈和大家打个招呼，然后就回家做饭。他自嘲地说："我现在是每天在厨房搞调研。调查市场上每天的蔬菜价格，研究我和女儿每天吃什么菜。"

衣食无忧的日子并不能让向勇满足现状。

从走出校园那天起，向勇就渴望能有一块属于自己的土地。他认为，这个世界上最神奇的就是土地，一颗种子只要撒到了地里，哪怕是撒到了石头缝里，它也能发芽、生长、开花、结果。

在他的心目中每一棵树，每一棵草都是生命的奇迹。种子会说话，土地会说话。所有的植物都和人，和动物没有什么两样，她们有生命、有血液、有爱情。雄蕊和雌蕊一旦相爱，一旦结合就会对土地有一个庄严的承诺。

其实它们的生命力远远超过人类。一颗种子为了迎接春天可以在干枯的情况下，在封闭的情况下等待几十年，上百年甚至上千年。

每当闲暇的时候，向勇总要骑上自行车到郊外转一转，看看蒲公英怎样在风中将自己的种子飘向天边；看看被车轱辘碾压过的车前子怎样挺起被斩断的根茎又站起来；看看石头缝里钻出来的草儿在风中骄傲地摇摆……

他并不觉得自己是怀才不遇，世界之大，人才之多，他这点专业知识其实是少得可怜的。但他的确觉得每一天自己都是在虚度年华。

他甚至觉得这个世界上没有一个人真正的理解他。人活一生未必都能做出什么经天纬地的大事情，但人不是造粪的机器，人生一世起码应该寻找一下自己的位置，自己的最爱，自己的选择，体现一下自己的价值,要站到属于自己的跑道上拼搏一回,哪怕是跑个倒数第一,那也是自己的跑道,自己的脚步,自己的人生。世界已经进入了 21 世纪,而他也年过半百了,属于他的时间和生命还有多少呢?

这些年,他一直订阅养殖、种植和园林、园艺方面的杂志,阅读和研究能够看到的相关资料。他想等将来退休了就找个园艺公司或者蔬菜队去当个顾问,不给工资也去顾问。

现在,他就要站到自己的跑道上了。

那就跑吧。

向勇感到浑身的热血都沸腾起来了。

胡博士看到了向勇脸上的情绪变化:"老大,你要是来包地,我跟着你。我还有几千块钱,怎么包,怎么种都是你说了算。"

王槐说:"我没钱,可我也不图赚钱,发财,我就图和你们哥俩在一起。"

二杆子说:"你们来吧,包地的钱先不用交,到年底赚到钱了,愿意交就交几个,没赚到钱你们抬屁股就走人,我有办法给你们揩屁股。"

王槐说:"杆子你真够哥们!我这辈子来过点将台,吃多少苦都不后悔,交你一个朋友什么都值了。"

向勇说:"不,钱我们一分钱也不少交,亲兄弟明算账,咱们友情是友情,但公私要分明,一手交钱一手拿地,合同上责权利要写得明明白白。我要把我的汗水洒到这点将台上,我不能给你杆子老弟丢脸。"

大家干杯!

约好一个星期以后点将台见。

胡博士可以自己做主，因为他的家早就散了。

胡博士名叫胡学林，博士是他的绰号。胡博士在恢复高考那一年考进了丹东纺织学院。毕业后被分配到市第一棉纺厂做技术员，官至厂副总工程师。进入21世纪，企业的经济效益每况愈下，直至倒闭被香港一家公司买断。和大家一样，胡博士被买断工龄，实际上就是失业了。

胡博士在38岁那年进车间处理一项技术事故，不偏不倚，被纺织机飞出来的梭子击中了裆部，从此就失去了性功能，生殖器怎么治也无法勃起了。妻子是博士读大学时的同学，本来两个人感情不错，但博士的病影响了夫妻的感情。看看博士医病无望，妻子假借去美国旅游从此再没有回来，几年前又把儿子弄到美国去读书、就业。这个家也就等于是散了。

胡博士对妻子的无情无义也表示理解，但理解不等于谅解。他发誓从此就当不认识这个女人。

但儿子是他割舍不了的骨肉情。

他给儿子打电话："儿子：你怎么也不给爸爸打个电话，美国是天堂？可到了天堂也不能忘了地狱的爸爸啊。"

儿子说："爸：不是我忘了，是不方便。爸爸你要保重，照顾好自己，我和妈妈不会再回去了。"

"不回来你在美国干什么？你本领再大也不能忘了自己的祖国啊，钱学森本领大不？杨振宁本领大不，他们还要回来报效祖国呢。

别忘了，这里是你的祖国，是你的根……"

话还没说完，胡博士的爱国主义教育就被儿子打断。

"爸！你说这话怎么像个外星人。你报效祖国都三十年了，现在妻离子散了，失业了，你还怎么报效？你让我报效？我现在回去就是失业。人家有能耐的，没毕业工作就安排好了，你现在自己都没有工作，还能给我找个工作？不错，你常说，是金子在哪里都发光。可我就是自己创业也得有个垫底的资金吧？苹果之父乔布斯当年起家还有个车库呢，我现在起家连个自行车棚都没有，你让我怎么报效祖国？"

从上幼儿班开始，胡博士就教育儿子人生要立志，要有理想，有抱负，要有远大目标，要做国家栋梁之材。儿子对他一向言听计从。现在，他已经不认识这个远在大洋彼岸的假洋鬼子了。

胡博士在心里骂道：要是日本鬼子来了，这一代人保准都是汉奸。

既然儿子不可能回来了，他就想去美国看看儿子。他把这想法和儿子一说，儿子马上反对，"爸你别来了，有来回的路费你给自己买点好吃的吧。你来了，连住的地方都没有。我现在住宿舍，一个屋4个人呢。妈妈现在给一个老头当保姆，那老头也是个华人，我妈吃住都在那。那老头挺神秘的，到现在我都不知道他姓什么，叫什么。周日，我想去看看妈妈他都不让。我看那个老东西不是贪官也是个逃犯。"

怕胡博士听不明白，儿子又补充道："那个老东西对妈挺好的，还给妈买了一辆宝马车呢。爸，你别等我们了，有合适的，你再成个家吧，年龄渐渐大了，总得有个家，身边总得有个伴才好。"

胡博士原来是滴酒不沾，现在是借酒消愁，逢酒必多，逢多必醉。

醉了，就给儿子打电话，开始儿子还接。现在连他的电话都不接了，他气得大骂。王槐劝他："我要是你儿子也不会接你电话的，以后我把你说的话都录给你，你自己听听，全都是酒话，全都是废话。"

胡博士现在需要的只是要有点事情做。回点将台，胡博士不用和任何人商量。

他想：要不要给儿子打个电话呢？算了，那个小兔崽子也不接我的电话。

王槐的境况也不比胡博士好。

王槐直到1979年知青大返城时才弄了张假诊断书回到沈阳。像他这样的情况当时各级政府都是不给分配工作的，只能是自己择岗就业。王槐就在街道纸盒厂糊纸盒，说是纸盒厂，其实也就是在街道办事处挂个牌子，大家都是把纸盒拿到家里去糊，计件工资。干这个活的都是家庭妇女，男的除了王槐还有一个是残疾人。所幸，后来纸盒厂转变成了集体企业，王槐就算是就业了。

王槐因为回城晚，婚姻问题就耽搁了。同学们的孩子都满地跑了他老兄还是光棍一个。父母急，他也急。按说男人三十多岁也是好时候，对象不应该难找。可王槐的问题都凑到一块了。首先是工作不好，单位的名头挺大：光明纸制品厂，其实就是30多个家庭妇女加上一个"洪常青"（洪常青：样板戏《红色娘子军》中的党代表，是娘子军连中唯一的男性）；其次，家庭困难，他们家兄妹六个，全家人的收入只有父亲每个月的五十多元钱，王槐的工资是每个月30多元；再次，本人其貌不扬，王槐长得黑瘦矮小，有些猴像，加上胆小怕事，举止就有些畏缩，再加年龄偏大，这对象就难找了。王槐人缘好，单位、同学、街坊邻居不乏给他介绍对象的热心人，可介绍了几个都是女方不同意。

可巧，本厂有个女工叫丁婉。她丈夫是个货车司机，出车肇事死了，扔下她和一个三个月大的女儿。大家就给王槐和丁婉往一块撮合。

丁婉愿意。虽说自己才20出头，但寡妇难嫁，何况自己还是个带孩子的寡妇，那再嫁就更难了。并且王槐的心眼好，人品好，改嫁给这样的人自己和女儿都是个依靠。但凡再嫁的女人都并不在乎男人的容貌，而是更在意男人的品行。

王槐也愿意。他找对象碰钉子已经碰得心灰意冷了。丁婉长得年轻漂亮，他看一眼都不敢看第二眼。至于孩子，他想：才三个月大，粑粑孩谁带大就是谁的。只要自己拿出真心和诚心还怕换不来一颗童心。

等他把孩子抱在怀里，整个身心都酥软了，他觉得抱在怀里的就是自己的亲骨肉。

结婚以后，孩子随了他的姓，取名父母的姓氏，叫王丁。

王槐有女人般的性格和秉性，加上他心疼丁婉，结婚以后整个家务和伺候孩子他都包下来了。洗衣做饭，半夜起来给孩子喂奶，洗尿布，什么都干。王丁大了，上托儿所、上学，都是他接送。

自然王丁和他就亲近。每天早晨上学，临出门还得亲爸爸一口呢。

像王槐这样的情况是可以申请生育第二胎的。但丁婉有点小心眼,她怕再有了孩子,王槐就会偏心眼对女儿不好。所以就以生活困难为理由不再要孩子。王槐也同意,在他的内心深处丁儿就是自己的女儿。

两个人的工资都不高,还要贴补双方父母。两个人一对勤俭,都是舍不得吃,舍不得穿,但却从来不让女儿受委屈。日子虽然过得紧吧,但夫妻和睦,其乐融融。

事情就坏在丁婉前夫的姐姐,也就是王丁的大姑身上。

这个姑姑本来在哥哥去世以后和他们家鲜有接触。她是个中学教师,年轻的时候因为自身条件不错,心高,找对象就挑三选四,一来二去就把自己耽搁了。到了而立之年,又不肯屈尊嫁给二婚,结果年近四十了,还是个老处女。

姑姑或许是年龄大了越来越喜欢孩子,或许是王丁大了懂事,让人喜欢。总之,在王丁13岁那年,姑姑就和侄女有了来往。

这天,她把丁婉叫到跟前非常严肃地说:"你是缺心眼啊,还是假装看不见?哪有当继父的和继女那么亲近的。"

丁婉很纳闷:"他从小带到大,拿丁儿就当亲生女儿一样,所以也没有什么忌讳。"

"你真糊涂。我告诉你,我教书都快20年了,什么样的事情看不透?男人没有一个是不好色的,只是有没有条件,有没有机会的问题。你觉得你们家王槐老实?那是他没有条件不老实,他要是当个老板,生意做大了,也少不了女秘书,他要是当了皇上,三宫六院七十二偏妃一个也不会少的。哪有继父和女儿那么亲近的,抱在怀里又亲又啃的。你仔细看看他抱孩子时那个眼神吧,眼珠子都要着火了。我告诉你,这孩子可是我们家的根。你不管,我可得管。这样下去早晚是要出事的,孩子不懂,你还不懂啊,女孩子早熟,有的十二三岁就来例假了。等出了事,你可别说我没警告过你。"

一番警告说得丁婉心惊肉跳。这之前,她从来没有觉得王槐对女儿亲近有什么不妥。

王槐再抱丁丁的时候,她就仔细观察王槐的眼睛。这一观察就有了问题,虽然她没有看到那团火,但越看越觉得王槐的眼睛里有一种异样的东西在闪动。

丁丁晚上写完作业总要看电视。写完作业就已经很晚了,再看电视就小半夜了。通常,丁丁看着看着就歪在沙发上睡着了。这时候,王槐就得把丁丁抱到床上。

这以后,丁婉就禁止王槐再抱丁丁。她抱丁丁又抱不动,就只好叫醒丁丁。或者干脆不让丁丁看电视。丁丁自然不高兴,使小性子,摔房门,用眼睛瞪爸爸妈妈。家里的气氛开始紧张。

丁丁上学、放学,她也不让王槐接送了。

丁丁再和爸爸撒娇,她就呵斥:"都上中学了,大姑娘了,还撒娇?"

王槐再和女儿亲近,她就说:"孩子大了,女孩子嘛,你是不是得注意点尺度啊?"

老处女告诉丁婉,尽量不要让丁丁单独和王槐在一起。于是她晚上出去也要叫上丁丁和她一起去。有一次丁丁不愿意,要在家里写作业,她上去就给了丁丁一巴掌,喝斥道:"你翅膀还没硬呢,就敢和我顶嘴?"

丁丁哭了。王槐心疼地说:"孩子做错什么了?在家写作业不对吗？你凭什么打孩子？"

丁婉说："我的女儿，我身上掉下来的肉，我愿意打就打。"

王槐说："以后你打孩子告诉我一声，我回避，我在家你不能打孩子。"

有一天下大雨，王槐知道丁丁早晨没有带雨具，就去送伞。为了不挨雨浇，丁丁让爸爸背着她，她在爸爸头上打伞。一进屋门，丁婉就骂丁丁："你自己没长腿啊，那么大了还要人背。"

丁丁说："就一把伞，爸爸都遮给我，他全身都浇湿了，我让爸爸背着，我打伞就都能遮住，怎么了？"

丁婉上去又是一巴掌，"我以后说你，你再顶嘴我看看？"然后她就把矛头指向王槐，"孩子没记性，你四十多岁的人了也没记性？王猴子，我告诉过你，以后不用你接孩子，你是没记性？还是脑子里头有毛病？"

那天晚上，王槐和丁丁都没吃晚饭。半夜里，王槐听见女儿在被窝里的哭声，也止不住一边哭一边拽自己的头发。

王槐明白了丁婉的用心。他痛苦极了。十三个春秋，五千来个日日夜夜，屎一把，尿一把，他抱着女儿，看着女儿一天天长大，丁丁就是他的掌上珠，心头肉。让他和女儿中间画一条线，就等于把孩子从他身边夺走。

因为孩子，他和丁婉之间出现了裂痕，而且越来越大，渐渐地，裂痕已经变成了一条不可逾越的鸿沟。

一家人，互相之间都不说话，空气仿佛就是凝固的。

这日子什么时候是个头呢？这日子还过个什么劲呢。

王槐说:"咱们离了吧,这样下去,你痛苦,我痛苦,丁丁也痛苦。"

丁婉也觉得活的很累,但她也找不到更好的解决问题的办法。她想:女儿一天天大了,眼看着这胸前日渐凸起,身体日渐丰满,往后这一个屋檐下的日子小心翼翼不好过,不小心更难过。她就这么一个女儿,真要是出了点什么事,说不清也不好听,那时候就晚了。

离婚了。

虽然离婚了,但丁丁还总是给王槐偷偷打电话:"爸爸!丁丁想你啊!"

王槐说:"宝贝,爸爸也想你。"

于是电话两头一起哭。

"爸爸!你什么时候回来啊?爸爸你不是丁丁的小老鼠了吗……"

"宝贝:你是好孩子,你别打电话了,妈妈知道了要生气的。丁丁再想爸爸就看看爸爸给你买的小老鼠,那个小老鼠就是爸爸……"

离婚以后,王槐一下子就白了头发,加上长得黑、瘦,四十多岁的人看上去就像个老头子。和向勇、胡博士一起上公交车,马上就有青年人给他让座。

"老爷爷您请坐。"

从那天起,胡博士就叫王槐老爷爷。有时候向勇也叫。

丁丁渐渐长大了,断断续续的,她知道了爸爸和妈妈离婚的原委。突然有一天,她在自己的房门上贴了一张纸条:

老向头说:"你们懂什么?共产党不讲迷信,所以这事情不能外传的。我跟陈云干过活,给彭真干过活……那些人现在都是开国元勋的,我知道的比你们多。"

向勇说:"爸,陈云那是到你们工厂视察,他又不是厂长,你不能就说是跟陈云干过活。"

不一会,老向头喝多了,说话就没有把门的了,"胡博士你儿子就是不接你电话,那你在这个世界上也是有血脉在流呢。我们家三代单传,到小勇这就断了血脉了。小勇,我原来觉得孙女还小,我怕她缺爹少娘的,就不同意你离婚。现在你离,你就离,你到乡下再找个大姑娘,给我抱个孙子。"

"爸!你喝多了。"

王槐说:"向叔,照你这么说,我连个女儿也没有了,那我啥血脉都没了?"

老向头用筷子敲着王槐的脑袋说:"你不算数,你哪算个男人啊,你老婆比你小十多岁,你不让她给你生儿子?你就是个废物,你不像小勇,是党员、国家干部,你一个街道工人你怕啥?你能生你不生你怨谁。我要是你两个大耳光把你老婆那个大姑姐的嘴扇歪,让她嘴欠……"

大家扶老头子躺下,老头子还在嘟哝,"我没醉,我心里全明白,小勇,你离,你到乡下再找个大姑娘,你给我抱个孙子……"

第二天,老太太掏出一个小红包塞给儿子:"小勇,你爸把这个月的工资都给你拿上了。妈不挣钱,也给你凑了点,这点钱都是妈买米买菜一分一角攒下的。妈一辈子没有工作,老了,有个头疼脑热到成功。

出发前一天晚上,博士和王槐来到向家。

酒过三巡,老向头打开了话匣子,"我告诉你们,老天爷造人是有分工的,造女人就是为了让她们盘腿在炕上干活,所以女人的下边是平的;造男人,为什么下边多了二两肉?那是让男人拎着自己的枪去打天下,有点出息。别总窝在家,别总偎在炕头上,男人总偎在炕头上,下边磨平了,那你还是个男人嘛。"

大家就笑,老头子分明是奇谈怪论。

老向头继续说:"放在过去,好男儿要死也得死在战场上。现在没有战事了,那也得有点志向,干点事情。干不了大事,干小事,总得有个事情干才行。我常看见你们三个在路边吃羊肉串喝啤酒,一个个垂头丧气的样子,我都替你们脸红。我现在是走不动,干不动了,我能动弹,我就去郊外挑土铺路。我也不和谁要工钱,我一天哪怕就给路上垫一筐土,我也是对社会有用的人。现在我除了吃就是拉,不就是个造粪的机器了嘛。

"你们去了,好好干,你们都才半辈子。种地不丢人,中国人哪个不是农民出身?毛主席也是农民。种地丰收了,那就是把事情干成了。小勇,你妈昨天去神牛寺给你们求签了,你们是上上签,往西北走,旗开得胜。我看地图了,你们正是往西北走。我告诉你们一个秘密,当年毛主席在湘江被蒋介石打败了,就剩几个兵了,前边也没有路了,他也不知道怎么办?就去求个签,那签就是上上签,但要往西北走,所以毛主席去了延安,结果得了天下。"

向勇说:"爸,您这都是哪跟哪啊?都是没有影的事。湘江战役的时候,毛主席还没有军权呢。"

向叔和胡叔都是有学问的人,就算干不成大事,他们也不会坑你骗你。等我有了机会一定去看你。"

向勇和父母商量去点将台包地的事,父亲支持他:"你去吧,只要有事干,干啥都不丢人,那边缺人手了,你言语一声,我也去。干庄稼活我干不动了,我给你们看大门。"

老向头12岁进工厂,给日本鬼子做童工。性格耿直、爱憎分明。

母亲舍不得儿子去受苦,但她得看老头子的脸色。她知道自己无法阻止这件事,但总得表明自己的态度:"不缺吃、不缺穿,去包什么地啊?儿子,你也是五十多岁的人了,这头发眼见着就都白了,到那个大山沟里,孤苦伶仃的……"老太太说着潸然泪下。

老头子发脾气了:"哭什么哭?你嚎丧啊?儿子又不是发配去充军。你没看见?儿子才五十出头,就成天围着锅台转?一个大学生、国家干部整天拎着个菜兜子到市场上,这棵白菜,那个土豆跟人家讨价还价,你不嫌害臊?你没看报纸上说嘛,这叫第二次创业,是发挥余热。他有专长。干不顺心就回来呗,你干!赔几个钱不算啥,我还有些存款呢。"

老太太担心自己的养老钱流失,马上声明,"哪里还有什么存款?你甭想惦记我这几个钱去让儿子瞎折腾。"

老向头子喊:"你哪里来的钱?你又不挣一分钱。你不给儿子拿点,我把你那个破箱子劈开。"

老太太就不敢言语了。

老向头让儿子将一起去青年点的朋友找来,他坚持要在行前给儿子饯行。老头子迷信,他认为,儿子去干大事了,有亲人饯行才会马

武玉敏禁止入内

她姑姑看了,气愤地骂道:"没有爹的孩子到底就是没有教养。"从此和侄女一刀两断。

没有男人的日子不好过,丁婉也有些悔意。她把心中的疑惑和自己最亲近的人说了。大家都说,亏你和王槐还是十多年的夫妻,你还没有我们了解王槐呢,王槐是天底下最好的爸爸,最好的丈夫。

丁婉没有再婚,主要是孩子还小,没有条件。丁丁考入高中住校了,有人为丁婉介绍了一个男朋友。她试探着征求丁丁的意见。丁丁说:"那是你的事,不必征求我的意见。但是我得告诉你,我不会叫他爸爸,因为我的爸爸还活着,他叫王槐。"

王槐也没有再婚。他感到自己已经老了,他的心已经死了,只剩下了一副空皮囊。他已经把所有的爱,一生一世的爱都给了丁婉和丁丁。他再也没有能力,没有勇气,没有条件去组织一个家庭了。

王槐和丁丁始终保持着联系。节日、丁丁过生日,王槐都要给女儿偷偷送去一份礼物。

丁婉知道女儿和王槐暗地里还有来往,她一生气就骂王槐是王猴子。

"这件新衣服是哪儿来的?"

"我过生日,同学送的。"

"你就骗我吧,同学能舍得送你一件衣裳?准是王猴子给你买的。"

丁丁有了什么事情也会和王槐商量。

行前,王槐给女儿打了个电话。丁丁很支持他:"爸爸你去吧,的，都得自己花钱，妈总得留个过河钱。这点钱不多，你带上总是妈的一点心意。"

向勇说："妈，我不要，我们钱够花。"

老头子说："儿子，你拿着，你那两个伙伴都是出力出不了钱，都靠你呢。你到乡下要包地、买种子、买农具，要吃饭，用钱的地方多着呢。这点钱就是我和你妈的心意，给你的，不要你还。"

向勇心里想：任何情况下父母都是儿子的靠山啊。

向勇觉得应该打电话告诉妻子李梅一声，毕竟这是人生的又一个起点。

李梅大怒。

"你什么意思？你不想在这个城市待下去，最好找点别的借口。你们还能有点出息没，人家都是官越做越大，生意越做越大，越走城市越大，走出国门。你们可倒好，没能耐走出去又往回走，回到那个穷山沟能干什么？早知道有今天当初何必脑袋削个尖要回城，不如留在那当个农民，30 年了，也算混了个老农民。省得现在回去还得重新学习怎么种地。"

向勇说："我又不是征求你的意见，就是告诉你一声。"

李梅只好摊牌："如果你一定要去，咱们这个家就算散了，我知道你心里想的是什么，你就是想法子要我丢人！"

第三章：不幸的家庭各有各的不幸

青年点的男点长向勇爱上了女点长二姐苏香。向勇被保送到北方农业大学，临行前两个人在石佛洞里有了一夜情。但有情人未成眷属。之后的三十年，两个人都面临着不幸的婚姻。为逃避婚姻带来的不幸，为实现心中的梦想，向勇和博士、王槐回到当年上山下乡的青年点点将台包地。三个年过半百的老人离开繁华的大城市做农民，命运是机遇也是挑战。

在局外人看来，向勇有一个非常幸福圆满的家庭。但正是应了托尔斯泰那句名言：不幸的家庭各有各的不幸。

和大多数知青一样，当年，向勇的初恋也是萌发在广阔天地里。

下乡到城子山的知青都是初中一年级的学生。"大串联"、"破四旧"，闹腾了2年。1968年"上山下乡"的时候都才十五六岁。

十六岁的向勇看见公牛与母牛交配还用鞭子去抽打公牛，一边打一边说：我叫你欺负人家，我叫你欺负人家！

都还是孩子，离开了父母连衣服都不会洗。男知青们最愁的就是衣服脏了懒得洗，有人甚至还发明了一个裤子脏了不用洗的办法；裤子脏了，在外面再套上一条裤子穿，过了十几天里面的脏裤子就会干净许多。

突然有一天，向勇发现自己裹在行李下面的脏衣服洗得干干净净叠好后放在原处。

向勇长得很帅气。他的容貌像极了周恩来总理。但是大家都不能说，也不敢说，长得像领袖如果说出来那就是罪过。向勇少年老成，从小学一年级开始就是班长，少年队大队长；到了中学一年级又是全校第一个入团，并担任团支部书记。青年点选点长，就连嫉妒他的男知青也不得不投他一票。

向勇办事稳重、公道，既有男孩子的豪爽、仗义，也有女孩子的细腻、温情，喜欢他几乎是所有女孩子心中的秘密。

但是知青是不能谈恋爱的。知识青年到农村去是为了接受贫下中农的再教育，是到广阔天地大有作为的，男女私情那是资产阶级思想。更重要的是有一条心照不宣的规则：如果有了男女恋情那就永远也别想回城。

大约从下乡的第二年起，多情的知青们就开始谈恋爱了，当然都是搞地下活动。女知青对恋人的行动基本上都是从洗衣服开始的。男知青对恋人的行动就是铲地、刨茬子先到了地头然后去接垄。

黄昏来临，男女知青会各自手拿一本红宝书（64开本的毛主席语录，因为是红色塑料皮罩封简称红宝书）然后坐到大家都能看见的地方谈心：

你看我最近还有哪些缺点和问题？

你看我的一言一行还有哪些小资产阶级思想?

我觉得你怕脏怕累的缺点改正了许多。

我看你表面上虽然和你的父亲划清了界限,但灵魂深处还应该爆发革命……

给向勇洗衣服的是女点长二姐苏香。那些脏衣服因为有了苏香手掌的洗揉而变成了珍爱。他不忍心穿洗得那么干净的衣服,穿上了也不忍心随便坐到地上。

夜晚,向勇把那些衣服垫到枕头下面,苏香那特有的体香就弥漫在鼻翼和唇间。他很纳闷,自己洗的衣服没有味道,而苏香洗的衣服总是芬芳袅袅。后来他发现,原来苏香给他洗衣服从来都是用香皂,那时候香皂可是奢侈品,价格不菲。

两个点长除了研究工作,苏香从来不和向勇谈心。向勇甚至觉得苏香从来都没有正眼看过他。但向勇能够感到苏香注视他的目光躲在那低垂的眼帘后面。

苏香身材微胖,皮肤白皙细嫩,五官精致,眼睛不大,细长的眼帘总是低垂着,一笑脸颊上就旋出两个浅浅的酒窝。是属于那种越看越耐看的女孩子。

或许是因为妈妈就是那种丰腴型的身材,向勇从小就看惯了妈妈的腰肢,所以苏香就符合了向勇所有的审美标准。

苏香也是很多男知青情窦初开的对象。苏香恬静、文雅,举手投足之间尽显大家闺秀的风韵。她的父亲是市新华书店的总经理,这使她博学多识,从小就能涉猎到大量的课外书刊。茶余饭后,她就给大家讲古今中外的奇闻佚事。她的故事总是那么新奇古怪、源源不断:

摩梭的走婚、非洲东部的抢婚，埃及金字塔，巴比伦空中花园，亚特兰蒂斯，玛雅的象形文字……这些在当今人人皆知的奇闻佚事，当时那些十几岁的孩子们都是闻所未闻。

苏香的另一个惊人之处是有着非凡的记忆能力。很多大家不经意间经过的小事过后如果回忆起来，苏香都会准确地道出当时的精确时间、地点和细节。

向勇很痛苦，也很矛盾。理性上他认为自己不能接受任何一个女知青的情丝；但这情丝就像看不见的透明的蛛丝一般从空中飘来，搭到了他的心头，在他的心头飘呀飘，荡啊荡。

后来苏香当了公社赤脚医生，两年的时间，到县里受训，到市里学习，到省医院实习，回来后每天要翻山越岭到各村给社员们发药、打针、看病。两个人见面的机会少了，向勇感觉苏香在有意疏远他。他能理解，他认为他们都是在自律，他们俩都是省市知识青年代表大会的先进代表。

1974年向勇作为工农兵大学生被推荐到北方农业大学去读书。临行前的5月初，苏香风尘仆仆回到了青年点。她对向勇说："公社让我通知你，明天你和我去公社开会。明天早晨我们去大队，那里有车去公社。"

"什么会啊？"

"不大清楚，好像是知青方面的。"

第二天早晨，苏香背好了行李和向勇一道出发了。

向勇问："你背行李干什么啊？"

"公社有朋友回市里，我要把行李捎回去让妈给我换季。"

"那我给你背着。"

苏香也不客气,就把行李放到向勇的背上。

出了点将台约五六里,苏香在前面离开大路向山里走去。向勇以为苏香是去解手,就放下行李在路边等候。苏香喊他:"老大,跟我来。"

苏香告诉向勇:"我在石佛洞藏了点东西,要一起带回家。"

向勇也不多问。她估计是苏香当了赤脚医生,看病的社员们感谢她,送了她一些土特产、山珍。她自然不能拿回青年点,让大家看见影响不好。可是藏在石佛洞也未免太小题大做了吧。

翻过两座山头才到了石佛洞。两个人都累得气喘吁吁、大汗淋淋。

石佛洞在城子山东面的半山腰,洞口掩藏在峋石奇峰的后面。传说当年唐王李世民与薛仁贵失散,曾在此洞躲过了敌兵的追踪。以后唐王为报答此洞救驾之功让石匠凿刻了数尊石佛供奉其中。石佛洞里面千迂百转洞洞相连没有尽头,没有出口。50年代常有虎豹熊狼出没于洞中。后来原始山林渐渐伐尽,野兽们也都不见了踪影。

洞里仍有几尊石佛,只是岁月无情,石佛们横躺竖卧,不是缺了胳膊就是掉了脑袋。只有一尊石佛端坐在那里,但他只剩了一只耳朵,一只耳朵的石佛神情庄重,凝视着洞顶,仿佛在用唯一的一只耳朵倾听着洞外的虫语鸟鸣。

满山的达子香花含苞怒放,像一片粉红色的海洋在山间荡漾。苏香采了一大捧鲜花一头钻进洞里。向勇尾随着苏香来到洞中,顿时凉风习习,令人神静气爽。

找了一块干爽的大石板，苏香打开行李坐到上面。

"老大，你过来，我有话和你说。"

向勇想不到苏香要和他说什么，幽深的世界，洞口斜射进来的阳光显得有些鬼魅。黑暗中他能感到苏香的眼帘不再低垂，目光晶莹。

苏香就突然拉起向勇的手。这让向勇有些不知所措，除了母亲，苏香是第一个紧紧握住他双手的女人。

苏香感到了向勇的身子在微微颤抖。

"老大，你不要害怕，我不会吃了你。我只是想告诉你，6年了，你无法理解我有多么喜欢你，多么爱你。你要走了，我们这一分别就不会再相见了。今天我要亲你、吻你……如果你不喜欢我，那你就闭上眼睛，什么也不说，什么也不想，什么也别做，你就当自己是一棵树，你知道吗，咱们青年点后面有一棵白桦树，那上面就刻着你的名字。我想你的时候就去抱一抱那棵树，亲亲你，和你说说话。"

这一切来得那么突然，就像黑暗中突然拉开了窗帘，阳光有些刺眼，虽然一时间还什么也看不清，但他知道窗外是明媚的阳光、百花盛开。向勇感动得不知道应该说些什么。

"苏香，你……知道的，我也喜欢你，可你怎么能说我们这一分别就不再相见了呢。我是去读书，只是三年，你要等着我。"

"别说了，让我们享受这个时刻吧。"苏香说着，用双臂紧紧地搂住向勇的脖子，接着就把滚烫的嘴唇贴到向勇的唇上……

开始向勇是被动的，但很快他就不能自已了，他迎合着苏香，两个人的唇紧紧地吻在一起，也许一小时，也许两小时，也许更久……后来苏香就开始脱衣裳，她脱光了自己的衣裳，又脱向勇的衣裳，她那瓷一般白亮的皮肤在黝黑的洞里熠熠生辉。

"苏香这……行吗？我们是不是应该把这一刻留给我们的新婚夜啊。"

苏香不说话，她搂着向勇躺下来。向勇的呼吸急促起来，但他手忙脚乱，不知道应该怎么办。苏香抚摸着向勇，慢慢引导着向勇……人生的第一次，向勇吃到了禁果，他觉得苏香在一瞬间就融化了自己……

"苏香，你……好像很有经验呢。"

"傻瓜，你忘了，我可是赤脚医生。"

一次，又一次，不知道过了多长时间，究竟做了多少次爱。

直到两个人都精疲力尽。

天渐渐黑了。石佛洞里已经伸手不见五指。有很多蝙蝠飞出洞外。

向勇说："天都黑了，我们还去公社吗？"

"你真是个小傻瓜，到公社开会是说给大家听的。今天和明天石佛洞就是我俩的洞房。"

看来苏香准备得很充分，她不仅带了被子，挎包里还有电筒、水、糕点、水果。他们披着被子吃过了晚餐，然后又躺下来。那一夜，他们紧紧地搂在一起，一刻也不曾分开。

第二天早晨，一缕阳光飘进石佛洞。两个人同时醒来，他们接着昨天的故事，一次，又一次做爱。下午，当他们走出石佛洞的时候，两个人都几乎站不住了。

苏香说："我们就此分别吧。你回青年点，我要去给一个社员打针。亲爱的，你记住：我们不会再相见了。你大学毕业以后也不要再找我，我也不会等你。"

向勇仿佛掉进了冰窖,他向苏香吼道:"为什么?那我们这两天是为了什么?"

苏香拉着向勇的手深情地说:"为了永远的爱。真正的相爱不是以时间来计算的。我不愿意嫁给你是害怕我们今后几十年生活在一起不可能天天都有,时刻都有今天和昨天那样的激情。天上一日就是人间百年。虽然我们的爱只有两天,但这两天我们是生活在天上,这天上的两日就是我们今生的百年和来世的百年。石佛作证,这两天我刻骨铭心,一生一世都不会忘记。这两天我把一生的爱全部都付出了,那今生今世来生来世你就是我永远的爱了。"

向勇进校园不久,苏香也招工回城了。接着父亲调到了长春新华书店工作。苏香随父亲也去了长春。

当时的工农兵大学生学制都是三年。三年,向勇不乏众多班花、校花的追求,但他不为所动。他不断地给苏香写信。他相信总有一个理由让苏香回到他的身边。可是毕业那年他竟听到了苏香已经结婚的消息。

再次见到苏香已经是十年以后了。知青战友们在沈阳北陵公园饭店聚会,苏香意外地出现在了大家的面前。当年的女知青们高兴地抱做一团。苏香和大家一一握手问候,走到向勇面前她竟当着众人的面说:"听说你夫人没来?那我们就拥抱一下吧,好歹我们俩在一起当了六年的点长。"

苏香大大方方地抱着向勇的双肩,把头靠在向勇的胸前。向勇能感到苏香的身子在微微地颤栗。

每个人都要接受大家的关切,应大家的要求表演节目。到了苏香那儿，就有人问："二姐，大伙都弄不明白，你为什么没嫁给老大呢？"

苏香说："我不想回答这个问题，因为这是我心中的秘密。我甘愿受罚，罚酒三杯。"

罚过了酒，大家又让苏香出个节目。苏香走到向勇的面前说："因为你我受罚，那我们就给大家唱支歌吧。"

她点了黄梅戏《夫妻双双把家还》。唱到一半，苏香的眼泪就止不住了……

女知青们抱着苏香一起哭。她们明白了，人生的苦辣酸甜，悲欢离合，都在眼泪里呢。

那一天向勇喝醉了，去车站送苏香时他还没醒酒呢。

此后两个人再也没有了联系。向勇去信苏香不回，打电话不接。

妻子李梅是个农家姑娘。"文革"后期，全国掀起批林批孔（顺便也批周公：即周恩来）运动，这个运动有一项很重要的内容就是从基层开始大讲特讲中国二千多年的"儒法斗争"史。宣传部门有发下来的学习材料，各单位每周学习宣讲的时间不得少于10个小时。

李梅的父亲是乡（当时叫公社）小学校的副校长，走关系给女儿在乡种子站谋了个临时工作，也就是挑选种子。种子站的员工都是中老年人，文化程度都不高。主任就把读宣传材料的任务分派给了李梅。

李梅虽然只有初中文化程度，但口才好，在公社宣传队唱过几天二人转，嗓子也亮。

公社干部分片参加学习、指导。分到种子站的农机助理就汇报说他们这个组宣讲得好。宣传员引经据典，有声有色。结果李梅得以到公社宣讲，到县里宣讲。李梅预感到她的前途可能面临一个机遇，于是翻阅资料秉灯夜读，等到了市里农业系统"儒法斗争"宣讲大会，她竟能把两万多字的宣传材料有声有色倒背如流了。

李梅被调到县"儒法斗争"宣传组。她工作热情、积极进步。之后就留在了县委宣传部。粉碎"四人帮"以后，她"众人皆醉我独醒"很快拿到了电视大学中文系的文凭。

上个世纪80年代初，一张大学文凭不仅仅是一个干部的台阶，简直就是一架梯子。所有的部委办局领导班子都被要求要实现"四化"即：年轻化、知识化、专业化、革命化。李梅不仅仅具备上述四化，同时还拥有女性、少数民族（鄂伦春族）这两大优势。因为各级领导班子都要求要有女性代表。县级以上领导班子还必须有少数民族和民主人士的代表。

李梅在西岭县宣传部副部长的任上仅仅干了四个月就荣升常委部长，接着是县委副书记、地委宣传部长、市委宣传部副部长、部长、37岁那年她担任了市委副书记，是当时省会市最年轻的市委副书记。

这期间，她有四分之一的时间在县委党校、市委党校、省委党校、中央党校学习，她的最后文凭是中央党校研究生班毕业。

李梅的"硬件"在每一个岗位上都是显而易见的。李梅的"软件"是记忆力强口才好，她做汇报、做报告从来都不用稿。善解人意，领会领导意图快，落实上级部署的工作办法多。李梅长得眉清目秀，但不出众，是那种很平常、很让人放心的形象，这让各级领导都不怀疑她有什么特殊关系。女孩子如果长得非常漂亮有时候还可能成为她晋升的障碍。

认识李梅的人都说李梅不是走台阶上，不是蹬梯子上，而是坐火箭上去的。

向勇遇到李梅是在1979年，市里在西岭县召开农业科技现场会。向勇跟大家一起提前来筹备会议。

农业科技现场会对于县里来说是件大事。县里从各部门抽调人员配合市会务组筹备工作。李梅当时还是县委宣传部的一般干部，就被抽调到了会务组。

那一年向勇和李梅都29岁了，他们俩大男大女的身份很快就凸现了出来。就有热心人给他们牵线当月老。

向勇因为和苏香在感情上一直无法释怀，所以毕业后对婚姻问题不热心。但是父母追得急。向勇的父亲是沈阳机车车辆厂的工人，三代单传，父母急着抱孙子，两个人整天四处托人给儿子介绍对象，只要向勇一回到家就一刻也不能安宁。向勇也看了几个对象都是无果而终。

正如苏香说的那样：石佛洞两日，向勇已经把一生一世的爱都付出了，那是一种真正的刻骨铭心的爱，永远流淌血管里的爱，时时刻刻和脉搏一起跳动的爱。向勇一方面渴望能遇到苏香第二，一方面又觉得娶了哪个姑娘都无所谓了。

小伙子有的挑，过了30岁都不算晚。

但是李梅可等不得了。

李梅中学毕业以后一直渴望嫁个城里人，对提亲的农村小伙子根本就不看。想嫁给城里人也是高不成低不就，还曾经和青年点里的一个知青暧昧过一阵子。到了25岁，成了农村中的大龄女青年，无奈之下才和本村的一个小伙子定了亲，两个人都谈婚论嫁了。这时候李梅开始借调到县里宣讲"儒法斗争"史。李梅预感到自己这辈子绝不可能成为农民的妻子了，便托人退了男方的彩礼。男方也知道这门婚事如果高攀下去有可能鸡飞蛋打，索性收回彩礼了事。

到了县里，李梅一是因为地生人不熟，二是工作、学习紧张忙于奔前程，所以就耽搁了两年。之后也并不顺利。因为李梅不够漂亮，加上是农村上来的姑娘，所以她看好的小伙子和干部子弟都不把她放在眼里。而能够看上李梅的小伙子不是普通工人就是家庭条件较差，让李梅很难下定决心。

李梅比向勇还大三个月，转过年马上就是30岁了，30岁的大姑娘条件再好也只能找个二婚的了。李梅急啊，嘴上隔三差五就起火泡。她只好总向别人解释：你看，我可干不了什么大事，工作稍微忙一点，学习紧张一点这嘴上就开大泡。

向勇年龄相当，容貌英俊、身材矫健，更何况还是市里的干部。

李梅感到向勇就是天上掉下来的"宝哥哥"，真是踏破铁鞋无觅处，得来全不费工夫。

县农业部的老邢是个热心人，他就张罗给向勇和李梅牵线，白天刚提个话头，李梅晚上就去老邢家里串门。她拎的礼品差不多用去了一个月的工资。

老邢还很纳闷，就算自己张罗给姑娘介绍对象也还八字没一撇呢，这礼也太大了，"小李子你这是干什么啊？"

李梅说："我早就看明白了，大家伙都是瞎起哄，开我的玩笑，看我的热闹。就是邢哥你才是真正关心妹妹呢。"

老邢很感动，"小李子你放心，这事包在我身上，我和他们农科所的王所长也是朋友，明天我先和他沟通沟通信息，了解一下小伙子的具体情况，你等我的信。我看向勇那小伙子挺不错，大学生，有模有样，不多言不多语，干事稳稳当当，挺和蔼谦虚的。还是咱们县的下乡青年，不是看中了我也不能给你提啊。"

"那妹妹就先谢谢邢哥了。就是不成日后也得让邢哥操心呢。"

李梅走后，老邢媳妇对他说："这个小李子日后准发达，我还没见过姑娘的脸皮有这么厚的呢。"

老邢说："姑娘年龄大了，急啊。"

第二天，老邢找到市农科所的王所长说事。王所长说："这是好事啊，撮成一对婚延十年寿呢，我去说，成了咱俩一家多活五年。"

王所长和向勇一说，向勇问："哪个小李子？他们会务组好像有好几个姓李的呢。"

"就是那个材料组的李梅啊，不认识不要紧，今晚我让老邢张罗，你们见一面就是。"

不料向勇一口回绝，"所长我看这事不合适，咱们是开会干工作来了，这会还没开上呢，就先瞄上人家姑娘搞对象。传出去你不怕人家笑话咱们啊。我一个当兵跑腿的没啥可怕的，要是领导知道了批评你我可担待不起。"

王所长觉得向勇说得有道理，"嗯，还是你考虑得全面，那就等会议结束再说。"

信息反馈给李梅。李梅问老邢："邢哥你跟我说实话，是不是人家就是没看上俺，找个托辞。要是那样的话，咱就再别去给王所长添麻烦了。"

老邢说："我问王所长了，人家就是工作第一，会后再说，向勇说会还没开呢就先搞对象影响不好。市里的同志看问题就是有远见。

会后也好，这样你这些天也好注意和向勇多些接触，多些了解有个铺垫。小李子，不是哥哥我说你，你马上就是奔30岁的人了，你可得主动点。过了这个村可就没有这个店了。我要是有个妹妹也会嫁给向勇这小伙子。"

李梅就在心里暗暗下定了决心：姓向的，你跑不了的，我要让你看看本姑娘的"辽沈战役"。

当天晚上，李梅又买了两条"大前门"（当时最高档的香烟），送给老邢："邢哥：你一条，给王所长一条，不管成不成都是给人家所长添了麻烦呢。"

老邢和王所长抽着"大前门"，就把具体方案定下来了。

会议结束，王所长对向勇说："会议还有些材料要总结上报。你留下，配合县里把材料都整理出来。时间不急，什么时候完成任务什么时候返回，县里满意你再收兵。"

会议期间，向勇已经和李梅有过接触。他觉得李梅这个姑娘工作能力强，懂事，人也热情。只是还没有找到让他心动的感觉。

老邢又和宣传部长汇报了情况，宣传部长也觉得李梅快30岁的姑娘了，婚姻问题是件大事，得开绿灯，就创造条件，让李梅继续留在会务。

向勇留下来，住进县委招待所。两三天的时间里也没有什么事做，领导说："会议刚结束，大家都很辛苦，休息两天再工作也不迟。"

晚上，李梅就陪向勇看电影，聊天。县里相关部门的领导、同事、朋友排了号请向勇吃饭，李梅自然作陪。酒喝多了，李梅就挡驾，常常替向勇喝酒，李梅的酒量很大，但也喝醉了好几次，这让向勇很是感动。有一天酒喝多了，半夜醒来肚子里因为没有主食饿得咕咕作响，李梅竟送来了她包的饺子。

但是向勇始终没有给老邢回话。他想要多了解了解李梅，快30岁的姑娘了还是单身，是不是有些什么隐情啊。

一个星期天，李梅说："总是闷在家里喝酒，胃都喝得火烧火燎的快吃不消了，要不我陪你出去转一转？"

向勇也有同感："那你就陪我回点将台一趟吧。我有个战友埋在那呢，我去给她扫扫墓。"

宣传部长给要的车。吉普车开进了城子山。到了一个路口，向勇说："我想去石佛洞看看，要翻两座山呢，你们在车里等等我吧。"

向勇想自己去，但李梅执意要陪向勇一起去。司机很知趣："你们去吧，我在路边等你们，昨晚我没睡好觉，正好休息。"

进了石佛洞。找到了当年和苏香睡觉的大石板，向勇默默地坐下来，心里说：苏香，我回来了，你还记的吗，这是我们的洞房啊。

你为什么要抛弃我啊！你不知道这些年我的心里有多苦啊！

李梅坐在他的身旁。就在这时，一个黑乎乎的尺长的动物猛然窜出了洞口……李梅吓得妈呀一声惊叫扑到了向勇的怀里。

向勇也吓了一跳，但他很快就镇定下来，他知道现在已经没有大型的食肉动物了。他轻抚着李梅的肩背："没事，没事，别害怕，有我呢。"

李梅竟紧紧地抱住向勇哭起来。

那一瞬间，向勇的眼泪也流了下来，他觉得怀里抱着就是他的苏香。

是苏香把李梅送到了他的怀里，还是李梅就是苏香的替身呢？向勇想，或许这就是缘分吧。他把李梅紧紧地抱住，他在心里说：既然苏香回不来了，可日子总得往前走啊。

李梅抬起头，向勇发现李梅满脸都是泪水。那是幸福的泪水，也是委屈的泪水。

结婚以后，夫妻两地生活，好在西岭距沈阳也就八十多里，坐车也就是一个小时的路程。开始李梅周末总是回家，渐渐地李梅的官越做越大，工作越来越忙，有时一两个月才能回家一次。

婚后第二年，他们的女儿向莹降生了。因为工作忙，李梅把孩子送家里由奶奶照看。四年以后李梅调到市委宣传部工作。

与五年前石佛洞一夜情相比，结婚时的向勇已经是一个成熟的男人了。新婚之夜，向勇发现李梅已经不是处女了。他婉转地向李梅提出了疑问。李梅说："我参加乡二人转剧团，整天弯腰劈腿练功的，有一阵子我就发现下边疼，出血……我估计问题就出现在那个时候。我也不懂啊，你是我的第一个男人。"

向勇并不特别在意李梅是否处女的问题。死去的小羊羔，和苏香的石佛洞之夜……所有发生过的事情总有它的道理。温莎公爵为了一个离婚的女人宁愿放弃王位，古今中外有多少王侯将相、世纪伟人娶妻不问贞洁、纳妾不避红尘，我辈仅仅是地球上几十亿芸芸众生之一粒沙尘，何必为女人那一点初夜红而自寻烦恼呢，重要的是两个人要心心相印，白头偕老。

再说，自己也不是处男啊。

矛盾首先发生在父亲和李梅之间。

一个休息日，李梅正给孩子洗衣裳，只见父亲把正在阅读的报纸摔在桌上，骂道："都他妈的把土地分了，那不是又回到解放前了吗。将来这不又是大地主雇佣长工，资本家剥削工人吗？毛主席的话他们都忘了。"

父亲十二岁就进工厂，给日本鬼子当童工。他每天要烧开十几壶水，那个大茶壶有半米多高，父亲就趔趔趄趄地拎着那个大茶壶挨个给日本的技术人员和监工倒水。水凉了、热了，或稍有不慎溅了出来，日本人的大皮靴就踢过来，大巴掌就扇过来。有一次洒了水，父亲被日本鬼子的监工给踢出十几米远，胸口被踹得刀扎一般疼，半个小时后他才忍着剧痛爬起来。

他没有多少文化，解放后在工厂的夜校念了两年书，勉强能看懂报纸的内容。但对毛主席、共产党的感恩之情是坚定不移、终身不渝的。

他是工厂铁板上的劳动模范。1948年辽沈战役中为抢救开往锦州的列车，他三天三夜没有睡觉，为此还受过当时东北局副书记陈云同志的表扬。

在他的心目中毛主席的话就是圣旨，不容置疑。

类似这样的愤怒那些日子父亲几乎每天都有。向勇早就见怪不怪，他从来也不和父亲去争论，他觉得一是无法改变父亲，和父亲争不出结果，反而会惹得老人一肚子气，二是咱老百姓又不管国家政策，谁对谁不对只是图个说出来心里痛快。

但是党的宣传干部李梅听不下去了。李梅当时已经是县委宣传部的副部长了。

"爸,分田到户是生产关系适应现行生产力发展的结果,您怎么扯到解放前了呢?"

"不管什么果,毛主席不在了,分房子分地就是不对。"

"实践是检验真理的唯一标准,社会在发展,毛主席的话也不能永远照办啊,毛主席的话不能一句顶一万句。"

"毛主席的话是不能一句顶一万句,是顶十万句,一百万句。你们这些搞宣传的不用给我洗脑子,你们懂什么,你们还不就是东方吹来说东风好,西风吹来说西风硬,上边怎么说下边就怎么描花?没有毛主席就没有咱们的今天。"

……

向勇劝李梅,母亲劝父亲,结果,李梅一赌气没吃饭就走了,气得老头子也摔了饭碗。

那以后李梅很长时间没进向家的门。她当上了县委常委宣传部长,工作忙。春节也要到工厂慰问、到基层和农民一起过年。

父亲与李梅的第二次争吵是两年以后。

向家三代单传,李梅又生了个丫头,老头子的心中就有了一块心病。他和向勇嘀咕,向勇说没有希望再要二胎。他让老伴做媳妇的工作,老伴坚决不干。老伴说:"你打死我也不干,我劝你也别讨那个没趣。"

没有办法,他只好亲自出马,豁出去老脸和儿媳妇商量。他知道李梅是领导干部,政策性强,所以和李梅说话的时候就破天荒小心翼翼的样子,"李梅,你看这向莹也一天天长大了,我和你妈寻思,你们是不是再要一个男孩。"

李梅说:"爸!这根本不可能。计划生育是国策,国策!你还不懂吗?"

"爸也知道这是政策,可凡事总有些灵活吧,我们厂生二胎的也不少,有的在医院开了证明,老大有毛病就可以生二胎。没有证明的也就是罚点款了事。你看咱家三代单传,是不是应该有个小子啊?"

"爸,您就死了这份心吧,您这老脑筋也该改一改了,什么单传不单传啊,现在是男孩女孩都一样。传宗接代是封建思想。"

"啥叫封建?我想要个孙子就封建了?你也不用给我扣大帽子,那么多超生的都是封建了?"

"您还是劳动模范呢,还想让我犯错误,搞假证明查出来我和你儿子这干部就都当到头了。"

看儿媳妇没有商量的余地,老头子的态度就变了:"我劳动模范怎么了,我劳动模范又不是计划生育劳动模范,我是生产劳动模范,我有孙子没孙子生产都要当模范。你也甭拿什么干部不干部的吓唬我,多大的干部我都见过。当年陈云书记官大不?他和我唠嗑问我全国解放了干什么,我说娶媳妇生儿子,他还说好啊,等全国解放了我给你说个媳妇,咱就生儿子,生他一个班。现在陈书记还在呢,不信就去问问他,是我说谎不?"

"那好啊,您现在就去和陈云书记要指标吧,要来了,我就给你们家生一个班。"

李梅这话就是抬杠了。老向头在工厂、街坊邻居之间德高望重,包括厂长、车间主任,还没有人和老头子这样说话呢。气得老头子把茶杯一蹾吼了起来:"我可不敢去,去了也没用,你那身子骨珍贵,生一个都甭想呢，还生一个班？我老向家没烧那么高的香头。"

然后他就指桑骂槐，把火撒向老伴："都是你这个老东西没用，生个孩子还得什么这个风那个风的，你不就是个山沟姑娘吗？我看皇后娘娘也没你的身子骨娇贵！"

老伴一声不吭，她知道老头子气头上要是被顶撞就砸东西，烧房子都敢。

李梅摔了房门，走了。

老头子并不罢休，冲着儿媳妇的背影喊："甭以为自己是个什么长就了不起，县太爷才是个七品，你连七品还够不上呢，你少到老子这抖威风。"

那以后李梅就没再登向家的门。

李梅当上市委副书记以后，想修复和老人的关系，有一年年底她就打发司机送来一些年货和两盒好茶。老向头喜欢喝茶。

不料，老头子并不买账，他对司机说："你送错门了，我们家没有这个儿媳妇，我们高攀不起。东西你都拿回去，要是你不拿，回头我就扔垃圾站里去。"

向勇也曾劝过父亲，"爸！老怎么僵着也不是个事，什么时候我让李梅给您赔个不是，一家人，和气才能和美。"

"不用她给我赔不是，要是她给我生个孙子，我给她赔不是，甭说赔不是，我给她三叩九拜都行。"

李梅调到沈阳工作以后，和向勇住在种子站分配的房子。很快李梅就分到了市委附近的家属房。李梅让向勇搬到她那里去住。向勇只在那住了一个月。上班远不说，也感觉别扭。每天要面对很多异样的目光和议论。

"看到没？那人就是李部长的爱人，好像在什么种子站工作……"

"李部长的眼光不错啊，二婚吧？"

李梅当了市委副书记，又调了房子。向勇去的时候更少了。

最别扭的是晚上。家里几乎天天都有拜访者，有求书记办事的，更多的是来讨好和书记沟通感情的。向勇回避不礼貌，不回避那气氛更尴尬。

来访者的笑脸、献媚、阿谀奉承简直让向勇想找个便池呕吐。

他回到了自己在种子站的家，感觉上这才是他的家。

女儿向莹一直在爷爷奶奶家。周末偶尔李梅清闲，就打电话约向勇和女儿到她那去度周日。但李梅难得清闲，就是这偶尔的团聚也常常被来访者干扰打断。

渐渐地就有了一些绯闻，说李梅和市委赵书记关系暧昧。有知情的朋友和同学很婉转地提醒向勇：都说你们家李梅和赵书记关系不一般，你得提醒提醒她，和领导别走得太近了，铁打的衙门流水的官……

向勇不相信。他认为就是官场上的明争暗斗，还有就是人怕出名猪怕壮，李梅的官做大了难免遭人嫉妒。他相信自己的妻子。

直到那天向勇正在办公室看书，有人来访。

一个中年妇女，气度不凡。她自我介绍说："我姓郝，在市财政局工作，是市委赵书记的爱人。"

她来访的目的是让向勇劝劝李梅和她的爱人注意点影响："我们家老赵快到站了，我现在只希望他平平安安保持晚节。可你家李梅的路还长着呢，我这也是为了你们好。"

向勇说:"不可能吧,李梅忙得连个周末都没有。"

"你说我这个年龄,这个身份的人能往自己老公的身上泼脏水吗?实话跟你说吧,我亲自堵住过,那个场面我就没有必要和你细说了。他们当时都表示以后这种事绝不会再发生了。我想老赵也快退休了,张扬出去不好,再说我当时也相信了他们俩的鬼话,他们当时都挺诚恳的,你们家李梅痛哭流涕的……结果我最近发现他们根本就没有断绝关系。"

晚上九点,向勇出现在李梅的家。不是周日,也没打个电话,李梅很惊讶。

向勇开门见山:"今天赵书记的爱人到我单位去了,她让我劝劝你,别再缠着赵书记,她希望赵书记退休前能风平浪静保持晚节。"

李梅大怒,"她放屁!她家赵书记能不能保持晚节和我有什么关系,你不要相信她的疯话,谁不得和一把手关系密切,密切了就难免风言风语。"

"她说堵住过你们。"

李梅顿时瘫坐在沙发上。她冷静了片刻,继续狡辩:"你不要相信她的疯话,我听赵书记说了,她有病,精神不正常的,她们家有精神病史的。"

向勇说:"她精神正常不正常不关我的事,我只是觉得必须把她的话传给你,因为我和她保证过。"

向勇说完就走了。回到家饭也吃不下,书也看不进去,他想理清一下自己的头绪,但头疼得厉害。脱了衣裳刚躺下李梅就赶来了。

进了屋也不说话,脱掉衣裳就钻进了洗浴间。

李梅从浴间出来赤条条地就钻进了向勇的被窝,也不知道她喷了什么牌子的香水,那香气打进向勇的鼻子,他一连打了两个喷嚏。

李梅搂过向勇的脖子撒娇地说:"瞧你那个脸子冰的,能让茶杯里的水都上冻,亏你还是个一米八高的男子汉。今晚我得把事情的结果详细和你说说。"

从她钻进被窝那一刻起,向勇就完全失望了。李梅有他家的钥匙,但向勇记得好像从搬走那天起她就没有回来过。这算什么?是补偿,是忏悔,还是讨好?

"亲爱的,你要相信我,其实我和赵书记就那么一次,那天我们接待一个香港的投资集团,我们都喝多了,工作人员就给我们开了一个房间临时休息……"

显然这完全是谎话。

向勇坐起来:"李梅我不想听你的解释了,你这些谎话连三岁的孩子都不会相信。我请你自爱一点,也请你对我尊重一点。你最好离开我这儿。天太晚了,如果你回去不方便,我现在可以回到我父母那去,你明天早晨走。"

李梅默默地穿上衣裳。走到门口,她转过身来对向勇说:"如果你要离婚,我能理解,但希望你能等到莹莹考上大学再办手续好吗?孩子还小,父母离异对孩子的伤害太大了。"

向勇想:这算不算老天爷对我的惩罚呢?毕竟我也从来没有和李梅坦白过婚前和苏香那段情缘。

第四章：青年点里有个牛魔王

  青年点知青牛大龙，绰号牛魔王，打遍天下无敌手。为了给小羊羔报仇，给青年点的战友们雪耻，眨眼之间打翻强奸犯的三个弟弟大狼、二狼、三狼。面对强奸犯的同族哥哥，公社革委会王副主任带来的持枪荷弹的民兵，他拍着胸脯说："有种的往这打！我要是眨巴一下眼睛管你叫爷爷。"气得王副主任大骂："这个牛魔王一定是座山雕的儿子。"

  他们给能够联系上的知青战友打电话，约请大家回青年点看看。但是其他人都没有兴趣。

  2004年的3月，当年点将台村的知识青年老大向勇、老鼠王槐和胡博士回到了点将台青年点。

  辽北的三月积雪还没融化。三个人筹划在原来的青年点上扒砖串瓦先翻盖四间正房。每人一间，第四间做厨房，放杂物。

  大多数房子的骨架还在，砖瓦都是现成的，无非就是拆东墙补西墙。二杆子通过广播告诉大家，当年的知青回来了，要翻盖房子，希望大家有力出力搭把手。

  结果来了很多人。虽然大部分都是妇女和孩子，但足以令三个人感动，信心倍增。

农村盖房子大家帮工都不记报酬,但茶饭是要管的。二杆子出菜蔬,向勇从农户家买了一头猪,支起锅灶,杀猪灌血肠,酸菜炖肉,泡豆子磨豆腐,引得上下屯的木瓦匠也来帮工。一个礼拜房子就翻盖完了。小火炕,枯枝柴草往灶坑里一塞,这屋子就热气腾腾了。

进了四月就开始翻地浸泡菜种。

山上阳坡冬天也积不住雪,日头足地暖得快,小草们早早就钻出了地面。四月初二月兰就开花了,紧接着达子香花就绽苞怒放。

来点将台之前向勇已经收集了一些蔬菜种子。因为掌握蔬菜市场的信息,他还去吉林、黑龙江、河北等地采购了一些种子。到了点将台又到集上买了些当地的蔬菜种子。

向勇指挥,在熟地上先撒上了耐寒的葱籽、菠菜、芹菜、香菜。城子山的土质好,贝勒河的水汽足,盖上地膜的菜畦,几天的功夫菜芽就钻出地面。远远望去,绿油油一片。

知青回到青年点,农业大学生种菜,大家好奇,远近农民来看热闹、参观学习、交流者络绎不绝。

大学生和农民种菜就是不一样。

屋里屋外摆满了坛坛罐罐,上面还都贴上了纸条,都有说明,有的还插个温度计。

大小盘子浸泡的种子上面还盖上了毛巾、纱布……

奇怪的是有两个大桶,里面泡着烟叶、红辣椒。

"老大,这桶里泡着烟叶和辣椒干什么啊?"

"播菜种的时候洒到地里,像辣椒、芹菜、水萝卜啊长出来以后虫害不严重,需要防范的是地里的虫子,你们这都叫'地老虎',专吃菜根。洒上辣椒水、烟叶水就可以防虫害。不要洒农药,我们的菜坚决不上化肥,不打农药。"

"老大,这菜怎么出的不齐啊,这畦水萝卜都手指高了,这畦才刚刚钻出来?"

向勇说:"还有没出的呢,以后也是隔5天种一畦。不是赶季节的蔬菜都应该这样种。要不然萝卜一下子都出来了,吃不了,剩下的放两天就脱水糠了。这样种就能保证总有新鲜蔬菜吃,不浪费。"

"哎呀,到底是学农业的大学生,这招数就是不一样。你说这么多粗浅的道理咱咋就没想到呢。"

"其实不是没想到,农民,都懂得这个理,大家就是没有那些闲工夫摆弄,不管什么菜,一下子都种上省心省事。我们要想搞蔬菜专业,那就得多琢磨,不怕费功夫。"

看见大家夸向勇,博士和王槐的心里也美滋滋的,觉得和向勇回来包地会有前途。

向勇还要求博士和王槐补课,学习蔬菜种植专业知识:"总是不能就我们三个人六条腿干活,等将来有了员工你们俩都得当技术员啊。"

王槐说:"人家博士早就用上功了。光书就买了20多本,还一边学习一边记笔记。我还准备和你借几本通俗易懂的先看看呢。我和博士比不了,人家虽然是学纺织的,可到底也是大学生,水分足。我得由浅入深,慢慢来。"

向勇说:"现在出版的各类农业科技普及读本都是给农民写的,

连三年级的小学生都能看懂。你就抓紧看吧。过些日子,我给你制定个学习计划。你偷懒可不行,我们要干就得干出个样来。"

这一天,三个人正在撅着屁股干活,一辆雪白色的越野车从山外村路开了过来。

车在三个人干活的路边停下。车门打开,从车里钻出来一位近2米高的大个子。一身米白色的笔挺西服,领带和尖皮鞋都是耀眼的鸡冠红色,一副宽边大墨镜遮住了半边脸。

王槐说:"这可不像是领导来视察。"

博士说:"靠!是丰田'巡洋舰'哦。要是外商来投资,来得也早了点呀。"

向勇迎上去:"哪路来的高僧,走错门了吧,这里可没有加油站。"

来人摘下墨镜傻笑。大家觉得有点眼熟又似曾相识,一时懵住了。

"都说贵人健忘,我看你们三个还没到富贵的时候呢。听说你们回到青年点包地来了,我还没信,我非得来看个究竟不可,瞧你们这点出息,真的是转了一圈来当农民老大爷了?"

一说话,大家就看出来了,是大龙。可这大龙也太年轻了,看上去也就30多岁。

"是大龙吧。"王槐说。

"要不就是大龙的弟弟或儿子。"博士说。

向勇说:"大龙你整容了吧?"

大龙哈哈大笑,"知道我为啥这么年轻了吧,我天天这么笑十次。笑一笑十年少，再过几年我就要返老还童了。"

那一年，正是三条狼和大喇叭寻找机会逐个殴打知青们的日子，大龙回来了。

下乡五年，大龙在青年点的日子一共也没有五十天。报到第三天就因为打架被拘捕。

那时候对知识青年犯罪还算网开一面，一般不判刑，加上大龙还不满18岁，所以被劳动教养一年。

一年后回到青年点待了约有一个月，就又被抓了起来。这次是帮助邻社的知青铁轨打架。铁轨是他当年的手下败将，下乡后两个人成了铁哥们。大龙"二进宫"情节比较严重，被判劳教三年。

大龙在青年点也不干活，整天偷鸡勒狗。还好，他兔子不吃窝边草，专门去祸害左邻右村。

青年点也没有油水。大龙偷来的生灵一般就是找个背山沟用黄泥裹了烧熟后沾盐面吃。吃完了马上销赃灭迹；挖个坑把鸡毛、狗皮，肠子杂碎一埋，拔几坨草往上一座，几天后那草就绿油油的半人高。

吃不了就往青年点的厨房一扔，"我在集上买的，剩这些你们谁爱吃谁吃。"

开始大家都不敢吃，没有人相信他的鬼话，明显这东西就是赃物啊，闻着就是一股贼性味。

但时间一长就有人熬不住了。每天的主食就是玉米饼子、"近杂五"（一种高产的粗壳糙米高粱）高粱粥，副食是从东到西轮流到社员家舀两勺大酱。遇到心善的社员会给几根酱缸腌的咸菜，拔几棵小葱。

　　最好吃的就是酱缸咸菜了。农民把黄瓜、煮熟的小土豆、猪耳朵菜、小茄子等菜蔬放进大酱缸里，腌透后捞出来直接食用，真下饭啊。但酱腌咸菜也是农民们的主要副食，一般很少给知青们，下乡的头两年知青和当地的农民关系比较紧张，尤其和村里年龄相当的坐地青年们，时有斗殴。

　　胆子大的就开始吃大龙剩下的鸡肉、狗肉，心想：反正又不是我偷的。真香啊，咬一口顺着嘴丫直冒油。

　　到后来就抢着吃了。整个青年点大概就是老大向勇，二姐苏香没有参与。

　　到点将台村的知青都是沈阳117中的学生，按正常情况，牛大龙是不应该进这个中学的。大龙的父亲是抗战时期延安地方武装的干部。母亲是大户人家的千金小姐，抗婚跑到延安进了"抗大"学习。两个人在延安就结婚了，婚后生了两个女儿。解放战争初期，大龙的父亲随彭真到了东北，以后又在陈云、陶铸、高岗手下分别工作过。沈阳解放，他协助陈云在沈阳军事管制委员会工作。全国解放以后，他先在东北局工作，之后到辽宁省委任副秘书长、组织部长，"文革"前已是辽宁省委的副书记了。

　　解放后，夫妻团聚，牛大龙横空出世。牛爸爸高兴得下班就回家抱儿子。这孩子就在父母的溺爱中长大了。

　　大龙从小就显示出了顽劣好斗的品行。在幼儿园就开始称王称霸，和所有的小朋友们无论是男孩还是女孩一律用拳头说话。开始，牛爸爸没大在意，甚至还觉得是个好事，男孩子嘛好斗点不是毛病，起码属于勇敢系列。等到牛爸爸意识到问题的严重性开始管教孩子的时候，就失去了对儿子的管辖权。因为牛爷爷、牛奶奶从山东农村来到儿子家定居了。

大龙就成了爷爷和奶奶的眼珠。不必说打不得，还碰不得、说不得。牛爷爷有理论根据，牛爷爷对儿子说："你小的时候我一根手指头都没碰过你，看你现在出息的。"

爷爷会武术，每天早晨要到公园里练拳脚健身，从小大龙就和爷爷学习拳脚。上学以后对语文、算术头痛，开始还能坐两堂课，渐渐地早晨从家里出去就直接逃学，找个地方舞枪弄棒，拜师学艺。爷爷给他找的师傅都是武林高手，知道徒弟是市委领导的公子，师傅们教的也都用心，关键是孩子的悟性也好。

但是，不上学可不行。这个道理爷爷还懂。于是，每天早晨爷爷领着大龙去上学，看他走进教室才离开。

大龙就和同学打架，三天一大打，两天一小打。这个问题很严重，因为大龙就学的是省委机关子弟小学，被他打的同学都是同事的孩子。下属的孩子被打，多数家长都忍气吞声，不想忍的就领孩子到牛家给大龙赔不是，变相告状。如果是上司的孩子被打那麻烦就大了，尤其是大领导干部的孩子，很有一些被娇惯的在学校飞扬跋扈，不服气大牛，这样被大龙打的次数就多。有涵养的来电话名义上是问问情况，其实是告状。可有的领导，通常是领导夫人，直接就告诉牛爸，"老牛你得管管你家大龙啊，我儿子被他打得胳膊、腿上都是伤。"

牛爸、牛妈放下电话就得赶紧备下礼品去慰问伤员。有时说尽了好话，上司夫人的脸子也不开晴，谁家的孩子都是宝贝，被打了，哪有不心疼的。

　　回到家有心教训一下孩子，见大龙早就猫进了爷爷的被窝，只露出一双小眼睛，向爸爸示威。

　　这样下去，牛爸就没有脸面在省委机关工作了。没办法，他就把大龙转到了附近的铁路机车车辆厂子弟小学。把工人的孩子打了当然也不好，但牛爸实在找不到更好的办法了。

　　小学毕业，牛大龙和同学们一道进入了配属117中学读书。所不同的是大龙根本没毕业，是他妈妈走关系进的中学。几科成绩，大龙没有一门是及格的，当然，除了体育。

　　在小学期间大龙唯一值得骄傲的事情就是获得了市武术比赛少年组两个单项冠军，一项亚军。乐得爷爷逢人就夸：我孙子就是没有赶上好时候，要是活在战争年代，也不会比林彪差到哪里去。

　　到了中学，大龙打架更甚。他打出了名，全沈阳都知道117中有个牛大龙，人称牛魔王。

　　本班的都打服了，开始打邻居二班。这下子捅了马蜂窝。二班的孩子都是铁路机务段家属的孩子，有不少都是火车司机的孩子。这些孩子野，学习成绩差，放了学就去捡煤核，当然有机会顺便也偷几块煤，大家都叫他们煤黑子班，因为经常被看煤的追赶，个个都是短跑健将。小煤黑子们把煤拿回家就结帮去城郊野水塘洗澡、分伙打架玩。

　　分伙打架是游戏，没劲。有了机会动真格的那当然过瘾。

　　不用说，几个回合下来小煤黑子们都成了大龙手下的败将。小煤黑子里有个领头的，伸出胳膊一个人趴上去压不弯，外号铁轨。他和大龙单挑两次，一次被打掉了一颗门牙，一次腿瘸了半个月。大家就商量，单打肯定没戏了，那就改变策略吧，把大龙引出来，集中优势兵力，群起而攻之。

好虎架不住群狼。二班的20多个小煤黑子们一起上，把大龙打得遍体鳞伤。然后一声口哨转眼之间全都无影无踪。

两天后下课时间，大龙拽住二班的一个男生恶狠狠地说："放学老地方见，今天你们再把大爷放倒，大爷我以后就服了你们。"

小煤黑子们在一起研究对策。

"这小子还敢和咱们叫号，今天一定是有了帮手？"

"保不准这小子带了火药枪或刺刀。"

大家决定每个人都把刨煤渣的炉钩子带上，如果大龙舞刀弄枪，那就让他尝尝炉钩子的厉害；其次，要先派侦查兵侦查好敌情，如果大龙带了队伍，人数不多就消灭他们，如果人数多就立马撤退，好汉不吃眼前亏。

想到即将有一场恶仗，小煤黑子们兴奋异常，个个摩拳擦掌。结果大失所望，放学后大家来到战场，只见大龙已早早进入阵地，单枪匹马、赤手空拳坐在那里。

大家小心翼翼地围上去，铁轨问："哥们，就你自己？看来你是活腻歪了。弟兄们，上啊，今天咱们让这条龙变成毛毛虫。"说罢，带头扑了上来。

大龙一个旱地拔葱跳起来，大吼一声："一起上吧，大爷我今天让你们全都躺着回家。"说罢从袖口里抽出一节棍棒样的东西。小煤黑子们并没在意，看那东西也就尺长，好像是个接力棒，和五根八号铁丝拧成一股弯成的炉钩子相比，那个小破棒还不如一根打狗棍。不料只见大龙手腕一抖，那个小棒刹那间就变成一条长长的铁蛇。

原来是大龙把师傅的七节鞭偷来了。师傅并没有教授大龙耍七节鞭，主要是怕他学会了伤害他人。但师傅耍鞭时大龙耳濡目染也粗略了几个套路，师傅休息时就照猫画虎舞弄一番，也就是三脚猫的功夫。

但这两下子对付一群十几岁的孩子那是绰绰有余了。须臾之间小煤黑子们就被大龙扫倒了一大片。其余的见势不好，鬼哭狼嚎纷纷鼠窜。

这下子祸可惹大了。铁路医院躺满了小煤黑子们，一个个喊爹叫娘，嚎叫声一浪超过一浪。火车司机、搬道岔子的、信号灯工人挤满了校长室。要求校长严惩凶手，否则老子罢工，儿子罢课。

校长也气坏了，把帽子一摔，拍着胸脯保证，"你们放心，我豁出去这校长不当了，甭说牛大龙他爹就是个省委副书记，就算他是中央书记处书记我也王子犯法与民同罪。"

当即召开校长办公会，研究决定：开除牛大龙！

大家认为省委大院的门槛太高，省委副书记的权势太大，这个决定执行起来肯定会有难度、有阻力。

为了壮胆，几个校领导一个也不能少，和家长代表们一起来到省委办公楼。因为事关重大，马上见到了牛副书记。牛副书记听完了事情的经过和学校的处理意见马上表态："我完全同意学校的处理决定。建议你们把材料整理好后上报公安机关，牛大龙应该负法律责任，是判刑还是劳动教养由公安部门根据情节严肃处理。"

众人面面相觑。感慨还是省委领导的觉悟高。

之后，有家长提出不同意见：开除牛大龙的决定不能马上宣布，也不能马上把牛大龙送进公安局。因为如果现在就开除了牛大龙，或者把他法办了,那受伤孩子们的医疗问题怎么办?要等到孩子们的伤都医治好了才能处理他。

就先治病。

小煤黑子们伤得都不轻。最严重的脊椎骨断裂,治不好有瘫痪的可能。有的确实需要很长的时间治疗,也有的医治好了也不出院,皮肉好了但腰疼屁股疼。

所以开除的决定最终没有宣布,因为"文化大革命"来了,校长被打成了"走资本主义道路的当权派"。

同时被打成"走资本主义道路当权派"的还有牛副书记,戴高帽子游街示众。多亏牛爸被游街示众,这让牛大龙感到颜面尽失垂头丧气,连红卫兵都不能加入。否则,他会成为一个最危险的打砸抢分子。

第二次从劳动教养院出来,牛大龙回到青年点。他是来取行囊办理转点手续的。

牛爷爷认为孙子离家太远、活太累、营养太差。就托了牛书记当权的老部下将大龙的关系转到了沈阳市郊的一个青年点。这个点离家近,骑自行车也就半个小时。

牛爷爷不知道孙子下乡五年一天活也没干过;鸡肉、狗肉含有丰富蛋白质。

牛大龙听说小羊羔自杀了气急败坏。他嚷道:"我和杨早妈妈可怎么交代啊。"

众人听得云里雾里。

再看诸位战友,个个都好像刚从前线归来,衣衫不整、鼻青脸肿。博士的眼镜腿都没了,用线连着挂到耳朵上,镜片用白胶膏粘连着,看上去脸上好像落了两只白蝴蝶。

女战友们个个哭哭啼啼,有个叫小青的姑娘头上还缠了绷带。

大龙了解了情况,气得大叫:"也罢,我牛大龙不走了。大不了再进教养院吃三年窝头。"

向勇怕大龙闹起来事态恶化,就劝解道:"大龙你该走就走吧,事情已经基本上过去了。王卫东也受到了法律制裁。"

大龙马上把火撒向向勇,"你给我滚到一边去,我看你整个就是一个'王连举'(当时的样板戏《红灯记》中的叛徒)。你算什么点长,你看看弟兄们,哪里还有个人样?个个都到了'沙家浜'(当时有一部京剧样板戏名叫《沙家浜》,里面的新四军战士个个都是伤员),你算什么老大。从现在起,你被免职了。我当点长。今后谁出工,干什么活,没有我的批准谁也不许动。谁敢不听我的,我叫他卷起铺盖到大树底下去给小羊羔作伴。"

向勇被罢官,只好"滚"到一边去了。

上工干活,都是队长或是打头的在村头一吆喝,大家闻声走出各自的家门,集体出工。

这天早晨,队长吆喝了好几遍,也不见知青们的影子。他好生纳闷,睡懒觉晚出工的天天有,可也不能都在睡懒觉啊。他就打发一个社员去青年点喊人。

只见知青们都在炕上坐着,谁也不说话,谁也不敢动。谁要是敢走出房门,大龙随后就会把他的行李扔到大槐树下。

大龙对前来找人的社员说:"我们青年点的领导班子改选了,从今天起我是点长了。你把队长叫来,我要和他商量商量工作。"

队长来了,后面还跟着看热闹的社员们,大家都觉得这事很好笑,换了个新点长就要和队长商量什么工作?新点长是谁啊,这么有谱?

青年们在牛大龙的带领下都走出来,人群都聚到了大槐树下。

大龙说:"你是队长?今天青年点的人都不出工了,干不了活了,身上都有伤,等大家都把身上的伤养好了,我会带领他们出工。但是,工分你都得给记,我们受的都是工伤。"

队长听明白了。他听说过本村的青年点里有个叫牛大龙牛魔王的青年,常年在劳动教养院里接受改造,但没正式打过照面,想必眼前这个挑事的就是传说中的牛魔王了。

但他知道大狼、二狼和三狼也都在人群里,还有不少老王家的本家亲戚。他哪边都得罪不起。他得息事宁人,"我看算了吧,都是青年人,火气旺,争吵几句、磕磕碰碰也是难免的。你们要是都不干活还算工伤,计工分,你不是让我为难嘛。大家都上工吧。"

大龙说:"上工干活的时候挨打怎么能不算工伤呢?我们到广阔天地来接受贫下中农再教育,你当队长的就领着大家这么教育我们?我估摸着打人的都是地主富农子弟吧?那这事可就严重了。那就不是工伤的问题了,地富反坏右迫害知识青年可是犯罪。"

大龙没在点将台村打过架。江湖上有原则,他信奉:兔子不吃窝边草;好狗不在窝里斗。

三条狼也听说过牛大龙,知道牛大龙会点拳脚有点功夫。但猛虎也敌不住一群狼吧,况且在众人面前大龙公开挑衅,他们也是无路可退。

大狼上前一步，二狼、三狼紧随其后："是老子打的，就打了，怎么着？老子可是祖宗三代都是贫下中农。你们就是欠揍，今后我遇到欠揍的还不放过……"

大狼话没说完，没提防牛大龙飞起一脚，不偏不倚正踢在他的下巴上，只听咔吧一声，大狼就向后翻滚出三米开外，来不及哼叫一声已是满脸鲜血人事不醒。

顿时，众人乱作一团，纷纷退后，人群散开处那二狼、三狼就挥舞着镐头向大龙劈了下来。只见大龙一个闪跳，躲过二狼的镐头迎面一拳正中二狼鼻唇之处，二狼大叫一声仰面倒地，那血雾就在空中划成了一个扇子面。

出拳同时，脚下一个扫蹚腿，抬脚处三狼早已摔倒在地。大龙抢上一步，用脚蹬住三狼面颊，三狼的脸上、嘴角，泥土、血污糊成一片，在大龙的脚下动弹不得。

这一切仅仅在三四秒之间。大家还没等看个仔细，转过身往外跑的人甚至还不明白背后发生了什么，三条狼就都已经被大龙放倒，倒下了就再也没有爬起来的。

大龙说："大家可都看见了，他们都有凶器，我是一对三个赤手空拳。还有哪位？都一起上来，我要是退后一步就管你叫爹。"

哪里还有人敢上前。

大龙对队长说："你安排人去套车吧，把这三个废物送医院去。听说公社里他们老王家也有当官的？你给捎个信，我在这里等着他。"

大龙还对众人宣布："你们给大喇叭捎个话，我早晚得和她算账，我没打过女人，但她不是人，所以例外。我抓住她就替我们女青年一人扇她一个耳光,不多,一共13个。"

话传到大喇叭那里,吓得她当天下午就偷偷跑回了娘家。

送三条狼去公社医院的社员回来说,大狼的下巴被踢碎了,大夫说就是治好了吃饭也是个问题。二狼的鼻梁骨碎了,治好了也得有残疾,趴鼻子。就属三狼的伤轻点,三狼的年纪小,大龙的脚下留情了,但三狼的嘴唇也是肿得像个馒头。

大狼和二狼公社医院治不了,已经转到了县医院。

大家都劝大龙:赶快离开吧,越快越好,公社的王副主任不会放过你的。

向勇说:"大龙这次你再进去可就不是教养院了,你得进监狱。你先避避风头再说。"

大龙说:"我不可能走,我走了,让他们把屎盆子往你们脑袋上扣?我哪也不去,我就在这等着会会那个王主任,你们不用担心,我心里有数。

"毛主席有句诗词怎么说来着?胜似闲庭信步!老子就是上刑场也不尿他们。"

话是这样说,但大家的心里都是忐忑不安。

第二天,水泉公社王副主任来了,王主任五短身材,一双小眼睛寒气逼人。

王主任背着手,嘴里叼着大烟斗,后面还跟了两个民兵,民兵的身上都背着半自动步枪,全副武装。民兵之后是五、六个大小队干部,一行人杀气腾腾。

牛大龙正在门前打拳。

知青们见状纷纷围在了大龙的身后,虽然大家的心里都战战兢兢,害怕惹事,但想到大龙也是为了大家才舍身举义所以总要有个姿态。

随员中有人向王主任悄声耳语一番。

王主任厉声喝道:"你是牛大龙?!"

大龙乜斜了王主任一眼,嘴角一撇,看那样子眼前的一干人马、两杆枪不过就是一堆蚂蚁,完全不放在他的眼里,"正是,老子已经在此恭候多时了。"

"带走!"

两个民兵闻声掏出绳子,抢步上前,一左一右就架住了大龙,正欲捆绑,只见大龙轻舒猿臂,两只胳膊肘同时向外一发力,两个民兵就扑通、扑通坐到地上……

王主任大惊,指着大龙的鼻子喊道:"你小子敢造反?"

大龙慢条斯理地说:"带走我可以,但是今天我得把话说完,明天我得把事做完。你们今天不能带我走,因为我明天要去县里上访,县里解决不了,我去市里,市里解决不了,我去省里,去北京。不是有个李老师给毛主席写了封信吗?毛主席回信了,还给他寄了200块钱,解决了他的问题。我也给毛主席写了一封信,还没写完呢,我也要让毛主席解决一下我的问题。

"我就不相信,共产党的天下,还没有说理的地方了?我们女青年被强奸上吊自杀了,这还不算,青年点里所有的知青都被强奸犯的兄弟和老婆毒打,挨个打,你们要不要大家现在都把衣裳脱下来验验伤?"说话间,大龙回身把身后的胡博士拽到前面,指着博士的眼镜说:"看看,镜片都是碎的,镜片的玻璃渣都在眼睛里呢,正在化脓，快瞎了。"说着又把脑袋缠着绷带的小青拽到前面："这姑娘，几天几夜了，不能睡觉，喝了水都吐，脑震荡啊，治好了也是个残废，她现在连昨天的事都记不住。"

"我去上访，不光是这件事，我还要告你王主任呢，你是强奸犯的哥哥吧？你是不是同犯，你以为我不知道你那些粑粑事？哪个青年点都有我的哥们和姐妹，我正在收集材料呢！别的罪我慢慢查，你包庇罪犯是铁板钉钉的事？你不是正在调查知青殴打贫下中农嘛？迫害知识青年就是犯罪，就是现行反革命。红卫兵小将们都敢把皇帝拉下马，我不信拉不下你一个小小的王主任？"

王主任的胸脯依然挺着，但脸色却在渐渐灰白。

"还有啊，昨天是王卫东的三个兄弟一起打我，都抢着镐头，我一个人赤手空拳，我不还手昨天就去见马克思了，我还手是自卫，伟大领袖毛主席教导我们说，要文攻武卫。"他指着王主任身后的生产队长问："队长你昨天也在场，你没看见？你眼睛瞎了，你怎么不去抓他们？他们都是你王主任的亲戚吧。"

大龙又拍着自己的胸膛说："想不让我去上访也有个办法，王主任你下令吧，让你的狗腿子子弹上膛，冲老子这开一枪，来啊，我牛大龙要是眨巴一下眼睛，今天我管你叫爷爷。你们打不死我，我明天爬着也要去上访。你们哪个是和王主任一起来的？有种的就报上姓名来，我连你们一起告，有主犯，有从犯，你们一个也跑不了。"

大龙说完，回转身命令道："你们都给我散开，小心子弹不长眼睛，姓王的，你要有种就开枪吧。"

空气一时凝固起来。谁也不说话，也不知道该做什么。

那两个民兵想必已经领教了大龙胳膊肘的厉害，一边揉着胸口，一边向王主任张望,惊慌失措的样子。

看看没有回应,大龙说:"要是你不敢开枪,就都给老子统统滚蛋,不用枪,你们这些人一起上也不是老子的对手。老子用一只胳膊一条腿全都把你们打残。"

抓人的队伍骚动起来,小范围窃窃私语,大队治安和王主任耳语了几句对大龙说:"王主任说了,你刚才说的有些属于新情况,我们要了解调查一下,你明天先不能走,你哪也不能去。要等候我们查明情况后再做处理。"

牛大龙说:"你放屁,你现在不开枪打死老子,老子愿意去哪就去哪。"

抓人的队伍撤退了。

青年们简直不相信自己的眼睛,简直不相信自己的耳朵。

"大龙,看样子你没事了。"

"看样子他们害怕了。"

"天呐!大龙你太威风了。"

"大龙你哪里是牛魔王啊,你就是孙悟空啊。"

牛大龙很得意,说话的样子就很豪迈:"不怕你们笑话,我念书的时候什么也没学会,什么也没记住,但是我就记住了一句成语:胆大包天!可这世上能有几个胆子大得可以包天啊,要是真有,我牛大龙就算一个。实话对你们说,我今天是准备了两套方案的,要是吓不住他们,老子今天就和他们拼了,我把他们个个打残,然后老子就背了这两杆枪上城子山打游击,老子十八般武艺都玩过,还就没玩过这枪杆子呢。大不了就是个死吧,可老子就是掉脑袋也得让这帮鸟给我陪葬啊。这些恶人死了都是他妈的一堆烂肉,老子死了,是烈士,二十年以后又是一条好汉。"

有几个胆子小的姑娘后怕，竟一起搂着大龙哭了起来。

下午的时候，同王主任一起来的大队革委会副主任、大队治保委员和点将台村的生产队长一行三人又来到青年点。生产队长的语气很和蔼："大龙你出来一下，我们借一步说话。"

大龙走出去，因为有了上午的胜利，加上弟兄们姐妹们都在身后看着他，他就想学学李玉和上刑场的样子，雄赳赳气昂昂，迈步出监。但显然学的不是很好，那样子就有些夸张、有些滑稽。

大队副主任说，"大龙：上午我们回去又做了些调查，过去可能我们听了些一面之词，情况了解的不大全面。"

大龙说："你们认识到了错误，那就是好同志。"

副主任说："大龙你这样说就不对了，我们固然有错误，但你也有错误，人都让你打残了。下午公社王主任有个会议，提前回去了，他让我们和你沟通一下情况，你看这样好不好，王家人把青年都打了，你也把王家人打了，这样再打来打去冤怨何时了啊？越打仇疙瘩越大。不如大家都退一步到此结束，从此井水、河水不犯，你呢，先不要去上访了，公社呢，也不追究你的责任了。大家今后还要在一块地里干活，一条河里喝水，低头不见抬头见。毛主席教导我们说：要斗私批修、要团结不要分裂，我们大家要团结起来共同建设伟大的祖国，学大寨、赶昔阳、改变点将台的新面貌好不好？"

说上访也是拿猫镇耗子，大龙哪有什么闲心、耐心去上访。休战，大龙求之不得。大龙闯荡江湖有江湖的规矩，不打不成交，棍棒放下就是弟兄。

"好，我给你们哥仨面子。不打不成交，从此大家是朋友。不过，你们也得给我面子，今天老弟我请客，咱们一醉方休化干戈为玉帛。"

说罢，吩咐下去：打酒、买头羊，大碗肉、大碗酒，百年修好。

青年们提心吊胆、担惊受怕的日子过去了，这酒喝得高兴。连女青年都端起了老白干。

大队治安借着酒劲和大龙套近乎，顺便也摸摸大龙的底牌，"我说大龙，虽说大家和解了，可老王家人多势众，王主任在公社有权有势管着武装，你以后也要多加小心才是。明的人家不敢来，可你得防着有人背后下刀子、打黑枪啊。"

大龙先拍拍治安的肩膀，又拍拍治安的手背，"大哥！你放心吧，实话告诉你，我的生死弟兄多着呢。我敢和他公社主任的脑袋硬碰硬，那是因为我早就安排好了，我今天遭黑枪走了，明天就会有兄弟抱着炸药包炸了他的窝，我死一条命，他死可是一大家子，再说还不止一家子呢，那些帮凶、狗头军师们一个也跑不了。"

治安听了，手里的酒就洒了一半，心说：这世上还真有石头缝里蹦出来的猴子。

公社王副主任自然不能咽下这口气。当时那场面他不能不先退一步。他在官场上混了半辈子还从来没遇见过这么硬的脑壳，简直就是茅坑的石头又臭又硬，他骂：这个牛大龙一定是他妈生下他的时候在医院抱错了孩子，把座山雕的儿子抱回了家。

当时的退让他不过是以守为攻。他不相信我一个堂堂的革委会主任还斗不过你一个小流氓，君子报仇十年不晚，看我寻找个机会慢慢活剥了你的皮。

听说牛大龙的父亲好像是个什么"走资派",先查查他老子的底,正面进攻受挫,就攻后面和侧面,看看哪里有下手的机会。

这一查,就惊出了王副主任一身冷汗。省委的牛副书记从牛棚里出来了,刚刚恢复了工作。虽说恢复工作的干部一般都不能官复原职,安排的比较低,但就是这比较低的职务也足以让他一个公社的干部仰视了:省委常委、分管组织、干部、信访。

王副主任想:这任命是刚刚宣布的,昨天牛大龙还不知道,知道了还喊什么上访,他们家就是衙门口。"走资派"的儿子还那么嚣张,要是他知道自己的老子恢复了工作,没准就敢来公社上房揭瓦。

第五章：按照恭王府的样子建一个知青庄园

牛大龙要把所有的资产都捐献给国家航天中心，条件是成为中国民间航天第一人。但是他的愿望根本不可能实现。

牛大龙来到点将台，他突发奇想，要按照恭王府和大观园的样子在城子山中点将台上建一个知青庄园。于是，沈阳市北陵仿古建筑工程队开进了点将台村。

牛大龙发迹是偶然也是必然。

大龙最初起家是爷爷的馈赠。解放前牛爷爷在山东做过脚行、在车站扛过麻袋，在镖局当过镖师。后来，积攒了一些家资，在青岛郊区开了一家大车店，大车店的面积都大，骡马要吃草，车老板子要吃饭住宿。进城、出城，车来车往，买卖很兴隆。

解放后公私合营，政府工作人员找到牛爷爷，让他交出大车店。牛爷爷很爽快，他说："我儿子也是解放军的官，我得带头跟共产党走。你们咋说就咋办。"

不料，大车店找不到合营的单位，和一家郊区的大澡堂合营了一个月人家就不干了，说澡堂子是让人洗澡的地方，牲口要想洗澡那就去开个骡子澡堂。

潜在的问题是澡堂子想要归到市里管辖，有大车店市里不接收，大车店的乡下味太浓了，只能归到郊区镇政府。

没有办法，公司合营是必然趋势，镇政府的干部就和牛爷爷商量：没有合营单位，那你就自己和自己合吧，牛爷爷从老板变成了大车店经理，镇政府给安排了几个职工，自负盈亏。也没有明确单位的性质是国营，还是集体，实质上仍然是个体。

牛爷爷干了两年就不干了，他到沈阳儿子家去享清静，他任命了一个副经理照看车店。

车店的生意勉强维持，也就能对付几个工人的开支。文化大革命来了。红小兵们在城门口站岗，进出城的车豁子（就是赶车的农民）们要背诵毛主席语录。有厉害的红小兵还要求车豁子背诵毛主席诗词、"老三篇"（毛主席著作《纪念白求恩》、《为人民服务》、《愚公移山》的合称），车豁子们再也不敢进城了。大车店的生意就萧条起来。后来，大车店的职工和附近的街坊就不断地蚕食大车店，在里面种上了菜。大车店的院子没有了，只剩下了两排黑砖大瓦房。

"文革"结束，各行各业都纷纷开始"平凡"、"拨乱反正"。牛爷爷利用儿子的关系网，要回了大车店，清理了院子。牛爷爷就把这个大车店送给了孙子牛大龙。

城市向郊区扩展是社会发展的必然趋势。牛大龙注册了一个房地产公司，拎着爷爷送给他的第一桶金开始了房地产创业。一分钱没花，在自己的地面上首先盖起两栋楼。

父亲在延安的战友们纷纷掌权了，这个庞大的关系网就是大龙的聚宝盆。大龙的胆子也大，他的房子盖回了沈阳、盖到了天津，然后大军南下就盖到了深圳、珠海……

最给力的因素是父亲也开始帮儿子的忙。在他看来，儿子终于是干大事、干正事了。儿子出息了，儿子现在官衔多得都数不清了：市工商联合会副主席、市政协副主席、省政协常委……所有这些荣耀都是儿子自己拼搏来的。选他进政协的代表们并不知道他老子是干什么的，大家看中的是他的业绩。

大龙的钱到底有多少，他自己都懒得统计。

很凑巧的是牛大龙现在也是一个人吃饱了，全家不饿。所不同的是牛大龙已经离了三次婚。

第一位夫人是父亲老战友的女儿，门当户对。可惜高干的孩子脾气都大，两个人针尖对麦芒互不相让。两天一小吵，五天一大骂，结婚三年不得不离婚。有一个女儿，姥姥喜欢外孙女，判给了对方。

第二个、第三个婚姻都没维持过3年。夫人都年轻漂亮，都是奔大龙的财富而来，一结婚，房子要别墅、汽车要奥迪，最后这个夫人还要买双人座的直升飞机。

第三次离婚以后，大龙就不想再结婚了。在他看来，婚姻不是家，是枷锁。

鳏夫带来的好处是不言而喻的。大龙发现，无论在任何场合只要他一提起自己是单身，他马上就变成了太阳，而周围那些姑娘、小姐们都是向阳花。

当然，大龙在介绍自己的情况时比较含蓄、比较谦虚，"诸位：我敬大家一杯。不好意思啊，你们都是成双入对有夫人保驾护航，我大龙现在可是晚上没人暖被窝冷暖自知。要是我今天喝醉了，麻烦哪一位夫妻双双把家还的时候把我送回家，大龙我不胜感激。"

于是，不仅仅是姑娘们抢着要送，就连有夫之妇也竞相献媚，"牛总，今天你就喝吧，醉了有嫂子我呢，我让你大哥打的回家。"

牛大龙现在不是春风得意，而是春夏秋冬、东西南北八面来风。

没有山珍，没有海味。招待大龙的就是刚刚钻出来的小葱、小白菜，水萝卜才刚刚手指长。二杆子送来的大酱、小咸菜。小葱、小水萝卜蘸大酱，大龙吃得满头大汗，小水萝卜吃完了一盘又上来一盘。大龙说："我吃遍了山珍海味，还真没品尝过口感这么好的蔬菜呢，这才叫真正的鲜嫩呢，太好吃了。老大：我走的时候得剥削一点，带回去孝敬孝敬俺家的革命老干部。"

向勇说："甭说一点，一车都行，只是你三天吃不了就不鲜不嫩了。"

"那咋办？"

"有办法啊，你想吃了就开车来嘛，反正你又不缺汽油钱。"

牛大龙在点将台转了两天。第三天晚上，他把大家召集到一起。

"老大，我转了两天，有个想法。我想在这盖套房子。就在咱们青年点后面的山坡上，整个山坡都包括在内。"

博士说："什么？多大的房子啊，要占一面山坡？你要在这搞房地产？"

"不搞房地产，是我们住。我在中国盖了多少楼？忘了，走遍了祖国的大江南北，还真没见过这么天然、这么纯净、这么幽静、这么美丽的土地。这贝勒河的水喝一口就他妈的甜到屁眼。这儿的景观简直就是人间仙境啊，背靠城子山、临贝勒河水而居。房子盖在这就等于是盖进了天然的大公园里。在城里铺块草坪就算绿地了,挖一条水沟上面盖个木板房就说是水榭。城里的公园和这比起来简直就是一盆塑料花。

"当然了,中国这样的地方很多,可这儿的土地有我们青春时代的梦想,有我们洒过的汗水,还有我们长眠在这里的小羊羔。"

向勇说:"我看你自己盖个度假的别墅就行了,占据后面的整个山坡?有必要吗?"

"这儿建别墅不行,别墅冬季取暖是个大问题,煤气进不来,要烧煤,要有锅炉。建平房可以,屋里是小土炕,故宫里头那么多的房子,都是土炕,冬天往灶坑里塞上柴禾,炕热了,屋子就是热的。"

"不是我自己。是我们。你们看过北京的恭亲王府吗?就是和珅住过的恭王府?还有就是拍摄《红楼梦》的大观园。我到北京参观了这两个地方之后,我就想将来我一定要建一个我自己的王府。他王公贵族有钱有权住王府,我凭什么不能?只要有钱。"

"整个山坡是一个大院落,里面院落套院落,并排四个四合院,后面有月亮门衔接,既互相毗邻又各自独立。我们每人一个四合院。"

胡博士问:"你是说我们每人一个四合院?"

王槐瞪圆了眼睛,用手摸摸大龙的脑门,然后又摸摸自己的脑门:"大龙,你也没发烧啊。你可别吓着我老鼠,你知道我胆小。"

向勇说:"想法是很诱人,可是我们财力不行,这个建筑太豪华、太奢侈了。不是我们能够承受的,说实话,我做梦都不敢想。我倒是想过,将来有一天我们发展了,把这一大趟瓦房连同两侧的东西厢房都重新翻盖一下,让我那些学农的同学和生活窘迫,需要二次就业的知青战友们都回来,大家一起再干一番事业。"

大龙说:"你们错了,钱的问题不是你们考虑的问题。你们每个人的房子都是我赞助。"

向勇马上拦住大龙的话头:"大龙!这个事没有商量。即便是你有钱赞助我们,我们也不能接受。这个情分太大了,我们就是住进去睡觉也不会踏实,心里不安。"

博士和王槐也附和道:"就是,我们没有权利接受你这么厚重的馈赠。"

大龙说:"你们又错了。钱是什么?钱就是纸片子啊。无论有多少钱,爬大烟筒那天也带不走一张。咱们都是土埋半截子的人了。我只有一个女儿,她的一生,她姥姥、妈妈早都安排好了,我现在想去看看都难。就算她这辈子需要我来安排,她也花不完我的钱。我赚的钱捐助给灾区、希望小学多少?我都记不清了。现在我给你们赞助一点不是应该的吗?你们是谁啊?是我的战友啊,我们是患难的弟兄啊。当年,如果我遇到的公社王主任是个和我一样的亡命徒,那我早就叫他轰掉脑袋了,我还有今天吗?"

"说心里话,我佩服你们,都是年过半百的人了,你们还有勇气回来当农民。向勇你也不缺钱花,可是你有勇气来寻找自己的梦想。人如果没有梦想那就是一百多斤的肉。梦想是什么?如果只是在那里作梦,那梦就是一个白日梦,白日做梦的人是世界上最可怜的人。梦想就是去寻找,去追求,去实现。我不是花钱给你们盖房子,我是来实现自己的梦想,自己的追求。这两天我看了你们的菜地、你们开垦的荒地,我不可能和你们在这里开荒、种菜,但我能为你们做点什么，我做了，就是和你们在一起，和小羊羔在一起，和大家在一起，我们永远在一起。"

"我一直梦想有一个自己的王府，光我自己有？多没意思，如果我们在一起，有一个我们知青的王府，我们大家的王府，在我们当年的青年点上，那是多么的雄伟啊。我们没有机会造原子弹，造航空母舰，但我们能够建一个我们知青的王府、知青的花园、知青的家园。"

三个人久久坐在那里，感慨万千。如果论文化程度，大龙可能不如他们，但大龙就是一个敢想、敢说、敢做的人。大龙说过，假如这个世界真的有胆大包天的人，那他大龙就是一个。或许大家并没有想到什么追求，什么理想，大家只是不甘心在公园里打扑克、打麻将；在家喝茶看电视；刚刚过了50岁就开始养老、等死。还有多少日子可以从来？他们得做点什么。他们想做的，能做的就是让绿油油的菜从土地里长出来，自己吃，吃不了的让自己的腰包鼓一点。

而大龙想做的，是要建一个他心目中的王国。

向勇说："叫王府肯定不合适，我看现在到处都是花园，那我们的庄园就叫知青花园吧。"

去县里注册的公司就叫点将台知青园艺中心。

二杆子可乐坏了，他向乡里汇报了知青们的宏伟蓝图。乡里以为二杆子是在吹牛，至少是夸大事实，几个知青回来种点菜吃，会建什么知青花园。乡里来村里考察，结果令他们大吃一惊，原来全省赫赫有名的"大龙房地产开发总公司"的老总、市政协副主席、省政协常委、工商联合会副主席就站在点将台的老槐树下。

乡领导当即表态：建筑手续由乡里负责申报，知青花园现在就可以开工了。

大龙打电话叫来了沈阳市北陵仿古建筑公司的老总。工程一边设计，一边备料。

开工前，大龙让施工队先把青年点原来的房子修葺好，以备施工队食宿。

王槐问大龙："为什么找仿古施工队啊，咱们来真的，就盖一个现代版的庄园不可以吗？"

大龙说："真正的古代建筑是仿不了的。故宫里面九千多间房子没有一颗铁钉，现在盖房子都是钢铁堆起来的。不过我会尽量多用木材、砖瓦的。不是楼房，钢筋、水泥的比例会大大减少的。仿古施工队这方面的经验多，外观上会尽量都是榫卯斗拱式结构。"

大龙问向勇，"老大：我老爸说，奠基仪式那天，想让他的老部下齐省长来剪彩，你意见如何？"

向勇说："既然是我们知青自己的花园就尽量不要惊动地方政府、社会和媒体，少些官场、世俗味。如果乡里和县里知道了，肯定都会来凑热闹，光接待我们就疲于应付。我看奠基剪彩那天就备6把剪子吧。我们四个一人一把，二杆子一把，他就代表地方了。还有一把留给小羊羔……我们的庄园里将来要给羊羔留一间屋，挂几张她的照片，我真想她啊……"

提起羊羔，大家就会难过，但这又是一个绕不开的话题。

大龙说："我有一个问题，多少年了，一直找不到一个合适的机会问你们。"

"你说。"

"我听说当年小羊羔被王卫东找去谈话,她求你们和她一起去,你们怎么没有人去陪她。"

向勇想了想,说:"说心里话,当时我们谁也没有料到王卫东找小羊羔会有险恶用心,那时候我们其实也都不过是个大孩子啊,我下乡的时候,连牲口交配都不明白。我们都以为王卫东找她是询问她父母的历史问题,让她提供线索,划清界限。后几次小羊羔回来就哭,问什么也不说,我们都以为是她父母的问题升级了,严重了,她不想告诉我们。"

"大家当时谁也不愿意看到王卫东那张大驴脸,看见就恶心,一天吃不下饭。"

胡博士说:"也不排除是怕受牵连,影响自己进步的因素。但主要还是没想到王卫东会向羊羔下手,如果想到了,就是受牵连我们也会去。那条恶狼当时给我们讲话,说得慷慨激昂,我们都听得热血沸腾。"

大龙长叹一声,"是啊,谁能想到呢。有一件事情,三十多年了,我从来也没有告诉过任何人。其实真正对不起小羊羔的还有我呢。"

大龙讲道:"就在我们下乡的头一天晚上,我当时在家正在收拾行囊。我爸爸那时候已经被打倒,去了省五七干校。"

"想不到杨早她妈妈拉着杨早找到了我家,进屋就问:'这是牛书记的家吗?你就是牛大龙吧?'我说是。她说:'这是我女儿,叫杨早。你是一班的,我们家杨早是二班的,你们不认识。我昨天看见光荣榜,知道你和杨早都分到了一个青年点。阿姨有件事想求求你。'我说你说吧。"

"她说,'不好意思啊,听说你大龙是全市的少年武术冠军,还……能打架。杨早他们一个班的男生都没打过你。'我当时还误解了她的意思,以为她是因为我好打架,怕我到了青年点以后欺负她的女儿,我说,'我好打架是不假,幼儿园除外,从打上学我没打过一个女孩子,你把我看成什么人了。'她说:'大龙你误解我了,我的意思是到了乡下你护着我们家杨早一点,杨早长这么大,一天也没离开过家,别看她是女孩子,到现在连洗衣服还洗不干净呢,她太老实、懦弱。她爸给抓进去了,估计这两天我也得进去。大龙,我就把杨早交给你了,就算阿姨求你了,你就当身边多了一个妹妹……如果我们将来还能有机会见面,阿姨一定报答你。'说完羊羔她妈就要给我跪下。我急忙拉起羊羔她妈,我向她保证,我说:'阿姨你放心,有我在就有你的女儿在。我牛大龙绝不食言。'"

"说话的时候,小羊羔就一直躲在她妈妈的后面。我奶奶把杨早拉过去,我奶奶一下子就喜欢上了她,我奶奶说,'哎吆,这小姑娘长得咋这么俊啊,就像是画里走出来的人,要在古时候,貂蝉也不如呢。孩子她妈,将来你也不用说什么报答了,等他们都长大了,把你们家姑娘给我当孙子媳妇就行了'"

"小羊羔听了,捂着脸就跑回她妈妈的身后,她妈妈也开玩笑地说:'行啊,老太太,咱们可说好了,过几年你孙子要把我女儿不缺鼻子不少眼地送回来,我女儿就给你当孙媳妇。可要是我女儿有个三长两短的,我可跟你老太太要人。你可得把孙子媳妇看好了。'"

"我爷爷说:'姑娘你放心,我的孙子我了解,他答应的事情,就是他自己掉了脑袋也绝不食言。'"

"可到了青年点后,没过三天,我就被抓进了教养院。就是这三天,小羊羔连个正脸都没给我,就因为我奶奶那句玩笑,她见了我就躲,实在躲不过也是低着头和我错过去。我感到好笑,有一次我在房山头遇到她,她躲我,我就故意不给她让路,她往哪边躲,我就往哪边迎。我一手抓住她的胳膊,一手搬起她的小下巴,我说:'你妈妈可把你交给我了,你好好看看我,我是你哥哥了'。她气得小脸通红,说:'你是牛魔王,我不要牛魔王的哥哥。'"

"一年后,我从教养院出来,又回到青年点呆了几天。又见到了小羊羔,她长高了,也好像懂事了。我牛大龙这一辈子也不知道惦念谁,可那一次,我偷了只鸡,吃完后给羊羔留了只鸡大腿,瞅准机会塞给她,她也没推脱,我偷鸡的都没觉得是个贼,她倒像个贼似的,慌慌张张塞进兜里。临走,她冲我微微一笑,说:'谢谢你。'我说'那就叫我一声哥吧。'她说'就不叫,你是牛魔王。'"

"三十多年了,小羊羔当时那个微笑,说我是牛魔王时那神态,我只要一闭上眼睛就浮现出来。"

大龙说着,眼圈就红了。

向勇说:"大龙,你也别太难过了,当时那个情况,你也不可能尽到责任。"

大龙从兜里掏出大中华牌香烟,点燃,猛抽了几口继续说:"你们哪里知道,她老杨家的磨难还在后面呢。羊羔爸爸被抓进去以后,天天挨打。造反派打,还逼着被抓的'牛鬼蛇神'们互相打。羊羔爸爸解放前是国民党队伍里的军医,沈阳解放时他们那支部队是投诚的,全国解放他被安排到沈阳铁路医院工作。他家的社会关系挺复杂的,好像还有跑到台湾的。他的身份和社会关系就要了他的命,说他是特务，逼他交出电台。他是活活被打死的。临死前，他给杨早妈妈捎出话，让她跑，他不忍心看到妻子被天天毒打啊，他告诉杨早妈妈说如果你不跑我们都得死在里面，那两个孩子就都成了孤儿了。"

"羊羔妈妈她们家是华侨，抗日战争后她哥哥从印尼回来到重庆参加抗日。他把妹妹也带回来了，先读书，后来参加了宋庆龄先生领导下的抗日救亡宣传工作。她哥哥死在日本鬼子飞机的轰炸中。解放战争中，杨早妈妈跟他的嫂子来到东北在铁路上工作，解放后在铁路医院任后勤处长，她在那里遇到了羊羔的爸爸。

"羊羔妈妈听了丈夫的话，跑了。羊羔还有一个小妹妹，叫杨洋，那年才5岁。她妈妈把她托付给了一个朋友。不料，羊羔妈妈被抓了回来。杨洋在街上无意中看到了被游街示众的妈妈，她妈妈被剃了阴阳头，胸前挂着大牌子，满脸都是泥污……杨洋当时就吓疯了。从此，就落下了病根，精神病，看到恐怖场面，受到惊吓就犯病。"

"经过多年医治，精神病大体是好了，她妈妈说已经七、八年没犯病了。可是现在又得了肺病，叫什么肺源性呼吸困难？三伏天也戴个大口罩。因为病，一直没结婚，至今还和妈妈生活在一起。"

"据我观察，杨洋的智商也有问题，40岁的人了，什么也不懂，幼稚得很，说话办事像个孩子。"

"我回城后去找羊羔妈妈，我给她跪下了。你们不会相信的，我大龙这辈子就跪过这一次。小时候有一年过除夕，我妈妈让我给爷爷下跪拜年，我爷爷骂我混蛋，告诉我无论在任何情况下男儿的膝盖都不能着地。男人只要一下跪那骨头就变软了，而骨头一旦变软男人的骨气也就没了。爷爷还举例说你看古今多少壮士上刑场都是挺胸抬头的。可是一给踹倒跪下那脑袋马上就耷拉了。"

"我说,阿姨:我对不起你,我没有照看好你的女儿,我是个说话不算话的人。阿姨说:'孩子,这怎么能怨你呢?连国家主席都不能保护自己,何况你那时候还是个孩子。'"

"话是那样说,可是这些年我一直不能原谅我自己。我爷爷知道了羊羔自杀的事,他把我臭骂了一顿,说羊羔的死就是我的责任。因为我对羊羔的妈妈保证过了,男子汉的承诺是金子。我办不到的事当时就不该答应。奶奶替我辩护了几句,爷爷又骂了奶奶,爷爷说:'就是明知道要蹲大牢,掉脑袋也得在蹲大牢之前,脑袋被砍掉之前把那个姓王的卵子给删了。'"

"爷爷说的对啊!"

几天的工夫,地里的蔬菜就势不可挡了。连开荒带租地一共七十多亩。劳动力的问题马上凸显出来。二杆子就动员村里的闲散人员都来帮忙。按劳取酬,大家都很愿意。就不断有人要把地包给知青们,如果向勇不同意,就托二杆子给说情。向勇干脆就改变了经营的模式,改包地为股份制,土地以亩为单位入股。土地主人参加劳动,报酬另计。这样既解决了租地的资金问题又调动了村民的积极性,因为每一笔收入都有自己的一份。

还有蔬菜的销售问题。开始王槐每天都把菜拉到集上去卖,随着大面积蔬菜的采摘就到县里去卖。

他们在县农贸市场租了一个摊位。向勇让胡博士在摊位的上面拉了一个大横幅,上面写道:

蝴蝶宝宝吃剩下的菜我们吃——点将台知青园艺中心。

下面还有一行字是承诺:如发现本中心蔬菜有农药、化肥,1斤罚10斤。

来往的人都要停下来看一眼。新鲜！什么意思啊？慢慢一品味就明白了，蝴蝶的宝宝不就是虫子吗，有虫子的菜就是没有化肥，不打农药的菜啊。

走上前看看，果然蔬菜上都有虫子洞，有的菜青青的小绿虫子还爬来爬去呢。

买几棵菜回家尝尝。

尝过的都成了回头客。

点将台的蔬菜就成了品牌。拉去多少就卖掉多少，摊位越来越红火。

问题也跟着来了。

这天，王槐领着两个员工到农贸市场把菜卸下来，正要往摊位上摆菜。一群人围着一个30多岁剃男孩子短发的女人走过来。

短发女人把手里的两小捆芹菜往王槐眼前的摊位上一摔，"老板：你们可是承诺过，如果在蔬菜上发现农药，一斤赔十斤。这是我昨天在你们这买的两把芹菜。为了能相信你们，今后好专吃你家的菜，我特地去防疫站作了化验。结果发现了上面有敌百虫、卡死克、农梦特等好几种农药的残留液晶。这是化验单。你是照单赔偿呢，还是不赔，咱们找个地方讨说法。"

卸菜的时候早有很多人在等着买菜，一听到有人来索赔，又马上围过来很多人。

有人在后面喊："假小子！让他们赔，看看他们说话到底算不算话。"

"我就说嘛,这年头还有一点农药也不打的蔬菜?一点不打农药那菜还不得光剩下菜根了。"

"我说假小子,你这菜是从这买的吗?你别是从别的地方拿来两把菜来放讹吧。"

看来这个女人就是大家喊的假小子。只见假小子把头一扬,冲后面喊道:"可以化验啊,看看我这两把菜是不是他们家的菜?"

王槐知道他们的菜绝对没打农药。可这位假小子来者不善,显然就是做了准备来找事的。他承认是自己的菜赔偿不行,可如果拒绝赔偿那显然正中假小子的下怀,事情非闹大不可。他吓懵了,一时不知道应该怎么办才好。突然,他想起来了,今天老大跟车一起来了,下车后到汽车站去接两位农业大学的老师。

他马上给老大打电话,"老大!你快点到市场来吧,出事了,快点!"

放下电话,他对假小子说:"请你稍等一会,我们老板马上就过来,事情会解决的,会解决的。"

假小子说:"好啊,那我们就等等你们的老板,大家都不要走啊,一斤赔十斤,今天不赔咱们就去工商局,去消协。"

菜是卖不成了。人群越聚越多。

十分钟以后,向勇赶来了。他问明了情况,搬过凳子站到上面,对众人说:"大家静一静,静一静。我就是这个蔬菜公司的老板,首先我代表我们公司感谢大家对我们的监督和问责。"

"对于今天发生的情况,我有个建议,和大家商量商量,看看是否可行。

"这位女士说在我们这买的蔬菜上发现了农药。我们早有承诺在先,如果发现农药,我们就有一赔十。请大家相信,我们是一定说话算话的。但是,我们自己种的菜,我们知道的确是没有打过一滴农药的。我觉得这里面也可能是发生了某些误会,我怀疑这位女士可能是把从别的地方买的菜一不小心混杂到从我们这买的蔬菜里面了……"

假小子马上打断向勇的话:"你狡辩,我昨天根本就没在别的床子买菜,你今天如果不赔偿,我这就去消协告你去。"

向勇说:"你能不能让我把话说完?我的建议你还没听到呢,听完了,如果你觉得不妥,你再去消协也不迟嘛。"

人群后面就喊:"让人家把话说完。"

"对,得让人家说话啊。"

假小子不吱声了。

向勇说:"现在的情况是,我说了大家可以不相信,这位女士说的我也不相信。那怎么办呢?大家耳听为虚,眼见为实。我建议大家都作为证人去我们公司的菜地看一看。一会我花钱雇一辆大客车,来回的车费都算我的。凡是去参加见证的,到了我们公司的菜地每个人都可以任意、免费采摘蔬菜,把你们手上拎的袋子和篮子装满。然后打上封条,我们一起到相关部门去化验。如果发现蔬菜上有农药残留物,那我们就按有一罚十的标准赔偿大家。如果没有,那大家以后就可以放心地吃我们的蔬菜了。"

"我们的菜地就在城子山里,大家除了任意采摘蔬菜还可以顺便到城子山旅游观光一番,那可是咱们省出了名的旅游胜地。一会我们就出发,今天的午饭我买单,让大家顺便再品尝一下我们的农家菜怎么样?"

人群就欢呼起来。

"好啊！看出你们公司的诚意了！"

"我去，做生意就得这么做。"

"我就是不去也相信你们了。"

向勇跳下凳子，马上吩咐王槐去汽车公司租车。

假小子的脸色有些不自然："我就不去了，我今天还有事，你们要是不赔就算了。"

后面挤过来一位中年男子，戴着一副大墨镜："这位女士，我看这就是你的不是了。人家公司的老板觉得赔偿你吧，冤枉，不赔偿吧又对不起群众的监督和问责。就因为你，人家特地租了辆大客车让大家去鉴别真伪，还承诺让大家免费摘菜，这一趟得花不少钱吧。如果你不去，那还能说得过去嘛？现在大家都说社会上是诚信危机。要想扭转这种状况，就得大家都从我做起，人人都讲一点诚信。能看的出，你也是场面上的人，我看见这有好几个人都听你的。今天你就把手边的事放一放，去看看，也算长一回见识，如果是假的咱就戳穿他，如果是真的，咱就向人家学习。三十六行，行行出状元，咱们看看这种菜的、卖菜的人里面有没有状元。"

中年男子这样说，假小子也不好意思再推脱了。她后面和她一起来的人也给她作动员："去看看，怕什么，如果真像他们说的那样不是更好嘛。"

车来了，向勇组织大家站队上车，一传十、十传百，想去的人太多，向勇建议每家只能去一个，上满为止。去不了的，只能表示遗憾了。向勇说谢谢大家的关心，以后还有机会。

假小子有意往后蹭，车上的人满了，她就想不去。中年男子说："老板你和这位女士坐我的车吧，我今天好奇也去看看。"

向勇感觉到那个中年男子有身份。

上了车,大家互相自报家门,果然,中年男子原来是本县的许副县长。

假小子名叫郑洁。因为总是剃个短发,大家都叫她假小子。郑洁有点慌神了,"县长:今天我不会有什么麻烦吧。"

许县长说:"可能有吧,如果你是诬陷罪,那就是不判刑怎么也得交点罚款吧。"

"县长你要罚多少啊?我今天倒霉了。"

许县长笑了笑说:"今天向老板不光是破财免灾,也等于花钱给自己做了一次广告,民以食为天,这件事情马上就会轰动全县的。这个广告做好了,那今后咱们县的蔬菜市场他可就是老大了。向老板因祸得福,所以如果一定要罚款,我可以动员向老板替你交一部分。"

向勇说:"郑洁,我能看出来你不是种菜的,也不像卖菜的。今天你是唱花脸的。咱们不打不相识,你和大哥我说说实话。"

郑洁说:"你老板眼睛毒啊,真让你说对了。我是搞蔬菜批发的。在这个市场都干了五六年了。每天早晨天不亮就得起床去收菜,回来批给小菜贩子们,也就是赚点辛苦钱。这一行竞争激烈呢,要是赶上菜收上来了变天下雨什么的,连汽油钱都得赔进去。这一阵子收上来的菜,大家都要的少了,能少一半吧。都说就是因为你们的菜卖得好,天天得你们的菜卖完了,大家才能卖点菜。大家就琢磨得给你们整点事,搅搅局。不是为了生活也不能昧着良心干这事啊。就是觉得你们是大公司,公家的买卖少赚点也不会伤筋动骨,你们吃干饭也让我们喝碗粥吧。"

向勇点点头,"我估计也是这个情况。看见你我就知道你不是黑道、菜霸什么的,也不像是靠碰瓷、敲诈、放讹崩钱的混混。你每天都到哪个地方收菜?有固定的菜队和公司?"

"哪有啊。就是白天到处转转,看见哪家的菜有成色了,就去谈价,谈好了起早去拉。有菜队的地方人家都有自己的销售人员,直接往外批,不让我们中间赚一成。"

"你们有多少人?"

"看季节、看市场行情,有分有合,十几个人吧。"

"那以后你们不用到处瞎转了。你们到我的公司来批菜。我以后不卖菜了,卖菜虽然赚得多些,但人工、运输、消耗也大。我少赚点,有钱大家赚。蛋糕好吃,但不能自己一个人独吞。"

本来志忑不安的郑洁大喜过望,"向老板你不是和我开玩笑吧?我妈天天烧香,说是给我拜佛,我从来就不信,敢情这世上还真有佛。"

"话不能这么说,你们也是我的佛啊,我种菜,你给我卖,你把我的菜变成钱,你不是我的佛吗?不过,丑话我可得说在前头,咱们得签约,有合同,各项条款得说得明细点。你们得有诚信,类似今天这样的事如果被我发现了,我会通过司法程序让你赔偿我的经济损失、名誉损失。"

"向老板,你放心吧。今天有县长给咱们做证人,我得珍惜这次奇遇。人生能有多少这样的机遇呢。说心里话,我今天一上车就服你了,你给我上了一课,我今天算是知道了什么样的人才能做成大事。可惜我是个女人,我要是个男人今天我非得和你拜把子不可。"

许县长说:"你看看这人讲诚信吗?多实用主义啊,她就想和你拜把子,她忘了是谁让她上了这条船。"

第六章：绝对没有农药和化肥

> 农业大学毕业的向勇，在村支部书记二杆子的帮助下，领导大家成立了点将台园艺中心。以蔬菜种植为主。他坚持不上农药和化肥，所生产的蔬菜很快在市场上打响。但是麻烦接踵而至，有人在他们的蔬菜上化验出了敌百虫、卡死克、农梦特等农药的残留液晶，并要求他们十倍赔偿。面对无中生有的挑战，向勇转危为安。他向世人证明了，三十六行，行行出状元，菜园子里也能出好汉。

车到点将台，大家先各处参观。青年点后面山坡上的工程已经有了规模，路边的青砖、琉璃瓦引人注目。听说工程的项目叫知青花园，大家感慨知青里面有人才。

路上，许县长打了电话，让县电视台到点将台村现场采访。许县长特别强调：

"不要先入为主，不是唱赞歌，不是曝光，就事论事，客观报道。领导不上镜。"

接着许县长又给政府办公室打电话，通知各乡镇，下午到点将台村开现场会。

向勇说："县长你对我们的情况还不了解呢，开现场会，你不怕我给你丢脸？"

许县长说："现场会未必都是主场介绍经验，如果你有问题，弄虚作假那就曝你的光，出你的丑，对大家也是个教育。"

下了车，向勇简直就不能相信自己的眼睛；苏香笑眯眯地来到他的面前。苏香戴着一副浅绿色的茶镜，一身米色女性职业西装，胸前飘一条玫瑰色的纱巾，虽然已经人到中年，但风韵犹存、风姿绰约，光彩照人。

博士说："你们刚走，二姐就到了。我要给你打电话，她不让，说反正你们晚上也要回来，她今天不走。"

向勇高兴得不知道应该说什么好，"你怎么来了？"

"这是什么话？兴你们来，不许我来？别忘了，这也是我的青年点。"

"我是说没想到你会来，我还以为今生今世再也见不到你了呢。"

"行了，别煽情了。大家先忙，你给博士打电话的时候我在，对于你们来说今天是个挑战也是机遇。我们晚上有时间再聊。"

午饭前，有部分乡镇领导就到了。听说许县长来了，本乡的干部也几乎都来了。

假小子郑洁领着几个人来见向勇。

郑洁说："向老板，刚才我和几个弟兄说了你的大仁大义。我们都很感动，你不计前嫌，还让我们到你的锅里盛饭，我们都看明白了，今后能和你共事，那准能奔个好前程。我们大家的意思，我们不做你的销售中介。我们要加入你的团队，成为你们公司的员工。我们集资入你的股份也行,交给你押金接受你的招安也行,反正今后我们就是你一条船上的人了,你领航当船长,你走到哪里我们就跟到哪里。这样,公司的利益就是我们的利益了,我们今后也会珍惜公司的荣誉,把公司当成我们自己的家,一心不二用。"

向勇想了想说:"感谢你们对我的信任。你的想法我得认真考虑一下,拿出一个具体的方案。总的原则就是宏观上我们的经济效益是一个整体,但作为一个部门还是要落实经济责任制。"

"行,你怎么说就怎么办。向老板,我们刚才都看到了你的菜地,听说还在不断扩大。我建议,将来我们要把销售网络扩大到西岭以外,可以打到沈阳去,这离沈阳还不到一百里,一天一个来回没有问题,可是菜价沈阳差不多是咱们这的一倍,有账算呢。"

"好啊,找个时间我们好好研究一下。但有一个原则,不管咱们的菜销到哪里,都绝不高于市场的平均价格。咱们的菜无论怎样受到欢迎,也绝不哄抬价格。"

"知道你向老板的为人,你放心吧。"

中午饭,二杆子在村民家借了十几张桌子,就露天摆在青年点的院子里。

农家菜,每一张桌上还放了两瓶啤酒。

向勇端起酒杯,"这杯酒敬给所有来到我们点将台村的朋友和嘉宾。感谢大家不辞辛苦,到我们点将台村来做客。今天我不老王卖瓜,也不假装谦虚。就是希望大家多走走、多听听、多看看,多给我出些点子。我们的菜种好了,大家就吃得好,吃的放心。还是那句话,吃好了,把自己的菜兜子装满,愿意回去检验的,我们一道去,让事实说话。"

有人插话,"向老板,我们都明白是咋回事了。我们没有人想去化验。就是希望今后能保证吃到你的菜。"

"是啊,我们谁也不是为了一兜子菜来的,我们就是想开开眼界。长个见识。"

"向老板,我也想到你这来种菜行不行啊,我不要工钱,天天免费住你的山庄,吃你的菜就行。"

"算我一个。"

"也算我一个。"

"反正我也下岗了,正愁找不到工作呢,就求向老板给碗饭吃。"

吃饭的时候,向勇和许县长坐到一起:"县长,我很好奇,今天您怎么会出现在蔬菜市场,你去买菜,还是去私访啊。你今天是我的菩萨,你救了我的驾。"

"买菜哪能开车去啊,也不是私访。除了农业,我还分管第三产业。城关镇有个小窑厂,定了下马,可是工人都不同意,很多后遗症也没有很好解决。还闹到了县里。今早我是去和镇里研究解决方案的。路过市场,看到你那聚了一群人,我就过去看看。结果,跑到你这来了,窑厂也没去成,不过今天的收获也不小。"

"那个窑厂是烧什么产品的?"

"就是盆盆、罐罐的,过去他们烧的小水缸销路还不错呢。现在,没有人再用那样的小水缸了。麻烦就在于他们高不成、低不就。改烧砖瓦,窑都要重新改造,原材料也是个问题。上高端一点的上不去,现在瓷器业发展很快,产品又精又美,他们解决不了设备改造和工艺技术问题。你有什么好建议?"

"县长,还真是巧了,说不定你给我解了围,我也能给你解个围呢。"

"哦,快说说看。"

"你知道的,咱们东北春脖子长,秋老虎早,一年四季,蔬菜的黄金季节没有多长时间。要想发展下去,必须在大棚和室内的蔬菜上做文章。我想上个室内盆栽项目。盆栽草莓、黄瓜、西红柿,还有盆栽水果,葡萄、橘子、苹果。和你我不说大话,盆栽香瓜、盆栽西瓜我也能搞。"

"我在种子站工作期间,闲着没事就搞瓜果、蔬菜种植。可是我在院子里种什么也不成,不等成熟早就被大家揪吧没了。于是我就搞室内盆栽。我那些盆栽的蔬菜人见人爱。一个盆里西红柿、黄瓜都能达到几十个果。有的人喜欢的不行,五十、一百的大票,把钱扔下捧着盆就跑。谁也不是为了吃那口菜,就是图个看着舒服、欣赏。有个朋友和我说,他家那盆西红柿,他女儿谁也不让摘,结果都是红透了掉下来烂掉的。"

"你的意思是让窑厂给你烧盆?"

"是啊。现在盆栽蔬菜都是用塑料盆,成本低。塑料盆不行,塑料透气差,还不环保。其实不光蔬菜、瓜果和人一样需要呼吸,土地也需要呼吸。塑料盆养花都养不长就是这个原因。瓷盆外面挂釉,透气也不好,透气最好就是泥盆、瓦盆,水浇进去外面都能浸出水印的最好。虽然成本高些,但价格可以打到菜里面,想买盆栽蔬菜的没有特别在意价格的。我们可以把种植方法和蔬菜种子同时搭配给买主,盆里的蔬菜吃完了可以继续种。不过,盆的样式得按我的设计烧,有的是坐盆,有的是戴耳朵能吊到空中的挂盆。那个小水缸我看看样子,也可以继续烧。缸要小一点。我准备冬天用大白菜积酸菜,还可以用小缸下大酱腌咸菜,都是连缸一起卖,这样的菜大家信得过。吃着放心。"

"太好了,我看干脆,你把那个小窑厂兼并过来得了。"

"那不行,我现在资金不足。联合比较好,大家有协议,只要质量达到我的要求,我包销。"

"太好了,亏得我今天拐了个弯跑到你这来了,我要是去窑厂也是没有太好的办法,弄不好还得两头都不满意。下午城关的镇长来了,我们和他谈,先有个意向,抽时间我们去窑厂,最好你给我搞定。"

许副县长到处转了转,感慨不已。论起来他还是向勇的学弟,他是北方农业大学85级的学生,不过他是农机专业的。他觉得可以将点将台的园艺中心作为一个坐标或龙头,一步一个脚印,稳扎稳打,向外延伸,最后面向沈阳市,将整个县变成北方最大的蔬菜供应市场。同时,发展生态养殖、种植,打造一个生态旅游县。

这只是许个人的想法,能否获得市里、省里的批准,还是个未知数。

下午,各乡镇的领导来到点将台村。大家问,开什么会,有没有会议材料。许副县长向大家讲述了他今天早晨在县农贸市场的所见所闻,然后说:"今天不开会,如果开乡镇领导的现场会需要县长办公会研究决定。我个人没有那么大的权力,也没有什么会议材料。就是让大家来看看。看看点将台村请回来的知青干的这些事。不愿意看的抬屁股就可以回去,愿意看的就多转转。"

很多乡镇领导都和向勇交了朋友,互相留下联系方式,寻找以后的合作机会。

城关镇的镇长尤其高兴。约好了,明天来车接向勇一道去他们的窑厂考察。

许副县长走的晚。他告诉向勇,蔬菜的种植面积要逐步扩大,但要一步一个脚印,不能急于求成,急功近利。向沈阳和周边的城市进军一定要开拓销售渠道在先,要先有蔬菜的供销合同,然后再扩大再生产。

园林、蔬菜的集体化、合作化大面积产销,特别是保质期短,脱水性强的蔬菜,不要把菜种出来去卖,是要有人买再种。

晚上,大家给苏香接风。

王槐说:"唉,我真没用。不怪你们大家都叫我老鼠。今天一大早,我的老鼠腿都吓软了。我明知道那个假小子是整事,可就是不知道应该怎么办。还是咱们老大,去了,往凳子上一站,就像一个将军,指挥若定,逢凶化吉。"

向勇说:"真金不怕火炼,是真的还怕别人说假啊。我一直想找个机会让大家认识一下我们的菜呢。公示、发邀请函都不好,现在人们最讨厌的就是王婆卖瓜自卖自夸。今天的事也是一个契机,虽然咱们破费了些,可是值得。"

二杆子说:"老大你当县长都是屈才了,我知道我没啥本事,可我能把你请回来,也是慧眼识珠吧。"

大家向苏香敬酒。

博士说:"今早起来,喜鹊就在老槐树上喳喳叫个不停,感情是告诉咱们二姐要来了。"

王槐说:"二姐你就别走了,老大就是缺助手呢。正好你来领导妇女蔬菜队,这帮妇女我们也不好领导,说深说浅都不合适。那天我明明看见一个妇女下班时把一兜子菜裹进肚子里,我看了她几眼,她说:你看什么?想摸就过来摸嘛。结果,我让贼给撵跑了。"

苏香说:"你们几个先占山为王了,每人一个大院套,我留在这可以,你们谁的四合院让给我,我就留下。"

王槐说:"二姐,你的条件也太高了,都五十多岁的老太婆了,还愣装黄花姑娘,价码定得那么高。在这,娶个黄花姑娘也就一两万,你知道这一个四合院值多少钱?一个院套一千多平米,是照着北京的王爷府盖的。大龙说了,谁要是走人了不许卖给别人,他给三百万收回。"

博士说:"就是给我娶十个黄花姑娘我也不干。"

苏香说:"看看,我就知道都是抹点蜂蜜嘴上甜,动真格的全都是缩头乌龟。"

二杆子说:"可惜就是没有我的啊,如果有我一套,我那套就让给你,把你留下。"

苏香说:"真有你一套,刀架到你的脖子上,你也不给了。"

向勇说:"君子一言驷马难追,你说过的话可要算话,有人把院套给你,你就留下。大家都是证人,我现在宣布,我的那套你,咱们马上立字据。"

众人大眼瞪小眼，看向勇的神态可不是开玩笑。

向勇起身："我这去拿纸笔立证据。"

苏香急忙去拉向勇："看你，我是和你们开玩笑呢，你真有那份孝心，你那个院里给我留一间屋将来养老就行了。"

"那不行，我的话也是驷马难追。你要不做君子你把话收回，我可是堂堂君子。我这人心眼实，给个棒槌就当真，给个奶头吃就叫娘。"

很热烈、开心的场面气氛顿时严肃起来。向勇的眼睛直视着苏香，不苟言笑。

"好，你是君子，我也不做小人"，苏香站起来，"我说话算话。你的院子我不要，但是我留下来"。

王槐说："早知道这样，俺也假装大方一回。"

二姐能留下，大家高兴啊，推杯换盏，闹腾到午夜。

博士说："二姐，能住的房子已经饱和了，来投资、谈项目、找工作的有不少人都去村里投宿了。今晚委屈你一下，你住我的床，我和老鼠挤一晚上。明天我再给你想办法。"

苏香说："何必呢，我看老大那屋有一张沙发，我就在那凑合一晚上，都老头、老太太，土埋半截了，没有那么多忌讳。老大都要把四合大院让给我呢，就冲这份感情，我也得和老大套套近乎。既然我打算留在这了，正好还有事要和他商量。

"我可不住你那屋，酸臭啊，我一开门差点没被熏过去，我正打算明天给你们打扫内务呢。"

博士说："你以为我愿意把屋子让给你，金窝、银窝不如自己的狗窝。我这人有个毛病，睡别人的床，哪怕是总统套间也失眠，何况，老鼠睡觉又是咬牙又是放屁咔哒嘴的。"

二杆子说："这话可不假，当年我和老鼠下棋，有天晚上下大雨，他被雨隔住了住在我家，那牙咬的，咔咔的，就像冰雹子打在窗户上。我家天天晚上闹老鼠，那天晚上老鼠全都搬家了。我老婆说，今天老鼠没了，可来了个老鼠精。"

熄灯后。向勇和苏香拉着手并排坐在床上。

月光皎洁。

工地上，传来搅拌机有节奏的轰鸣声；墙角处蛐蛐的鸣叫声时隐时现。

向勇说："我希望你留下来，但是我不会让你为难的。你有家，是妻子也是母亲，一个家如果没有了女主人，那家就散了。我不是那么自私的人，如果可能我就是希望你能在这多住几天，你多在这里呆一分钟，我就能多看你一眼。"

苏香说："我们躺下说话吧，我有事要告诉你。"

"那你睡床，我睡沙发。忙的时候我常常不脱衣裳就睡在沙发上，我习惯了。"

苏香说："三十年了，你一点都没变，我今晚就和你在床上睡，你怕什么？怕对你那个市委书记的夫人不忠？"

"我没有什么可怕的，我们分居都十多年了，忠与不忠都无所谓了。我是为你着想。"

"如果我有顾虑，我就不会来了。我来这就做了两手准备，不方便，我就当来旅游了，看看你们，玩几天就走。如果你留我，我的后半辈子就和你在一起了，是否离婚，什么家庭，夫妻，名分都不重要了。我们都是年过半百的人了，属于我们的时光还有多少？二十年？三十年？人死了就永远离开这个世界了，既然没有什么来世能和你做夫妻，那我们今生就好好珍惜剩下的时光吧。你说得对，只要我们在一起多呆一分钟，我就能多看你一眼。"

向勇紧紧地抱住苏香，这一刻，曾经多少次出现在他的梦里。生活对他太厚爱了，梦想成真。

……

向勇向苏香讲述了他三十多年的生活、事业、家庭。除了有一个女儿，他几乎一无所有。

苏香说："我这次来是因为还有两个秘密，我必须告诉你。我本打算永远也不会告诉你的，但现在我改变主意了，年龄会改变一切，我不告诉你，这些秘密将来就会和我一起被埋葬，永远消逝，那样做我就太自私了，因为你有权知道，因为这是我们两个人的秘密。

"头一个秘密，就是当年我为什么不嫁给你。你不会想到，我也被王卫东那个色魔强奸了。那年夏天，我和另一个赤脚医生去县里受训，回来到大队汇报，他坚持要给我们接风，他有办法劝酒，我也不知道自己喝了多少酒，我醒过来的时候已经是深夜了，我被脱光了躺在大队部的床上……我没有声张，声张也没有用，我只能把苦水和血水都咽到肚子里。我把仇恨埋在心里，我相信总会有机会向他讨还这笔债的。

"羊羔自杀前把遗书放在了我的枕头下面。我发现了，悄悄收藏起来，我得等待机会。终于，我等到机会了，那封举报信就是我写的，羊羔的遗书也是我放到厨房的灶台上的。他罪有应得，就是判的太轻了，应该枪毙这个恶魔。

"可是我不能做你的妻子了,如果我告诉你事情的真相,我知道你会原谅我的。可我宁愿在你的眼里我永远是一汪清泉,没有任何污染的清泉。如果我做你的妻子我就必须告诉你真相,因为我不能带着谎言和你生活一辈子。可我是那么的爱你,我几乎每天都要到后面的白桦树那去坐一会,白桦树上有你的名字,我抱着树哭,抱着树和你说话。得到你去上学的消息,我就决定不能一生一世得到你,那就得到你一天,两天,我不能让遗憾伴随我一辈子。

"亲爱的,现在让我告诉你第二个秘密吧,你绝对不会想到的,我们分别以后,我发现我怀孕了,好在那时候我也回城了,和父母到了长春。我母亲成天骂我,追问我孩子的父亲是谁,告诉我要么嫁给孩子的父亲,要么去医院把孩子做掉,好在我爸爸理解我、同情我,爸爸从来不追问我,不责难我,爸爸说要不要孩子由我自己决定。

"我决定把孩子生下来,我感谢上帝让你的血脉在我的身上得到延续,我知道以后会面临很多困难,但多大的困难我都认了。我把孩子生下来了,是个男孩,是你的儿子。"

向勇惊叫道:"什么?我的儿子,他现在在哪?"

"别急,你听我慢慢讲,我就是告诉你,你现在也看不到他。

"孩子生下来了,报户口的时候我说孩子的父亲发生交通事故遇难了,孩子随我的姓,爸爸给他起的名字,叫大伟。因为父亲托了关系,所以派出所也没让我为难。好在母亲一看见孩子就喜欢上了他,有父亲和母亲帮我,养大孩子也不难。

"只是我一直不能结婚成家,都知道我是个寡妇,带个孩子找男人很困难,不是年龄大的,就是身边有孩子的鳏夫。后来,经人介绍我和一个汽车制造厂的工人结了婚。他和我是二婚,因为妻子不能生育离的婚。婚后我们有了一个孩子，也是男孩。婚前，他对大伟还勉强说得过去，有了自己的儿子，他就对大伟横竖看不惯，吃饭、穿衣公开偏袒他的儿子。有时候还打大伟，因为这我们就经常吵架，他骂大伟是野种。

"就这样凑合着过到现在。三年前，他儿子到泰国做生意，他也跟过去帮忙，他们都在那边定居了。孩子也让我过去，我不去，没有感情的日子过着有什么意思啊。

"我当初接父亲班进了书店，现在书店连开工资都困难了，去年单位动员职工提前退休，也叫内退，我就退休了。"

"大伟现在在哪呢？按你说的，也应该有30岁了吧？"向勇急切地问。

"十二年前当兵，在部队考上了军校，现在是大尉军衔、说是副营职参谋，军营在北京通州，媳妇是小学教师。我还得告诉你，你不光有儿子，还有孙子了呢，都快两岁了。"

向勇有些不知所措的样子，他坐起来："苏香，你说的，我听着直害怕，这一切都是真的吗，我害怕是在做梦，一觉醒来原来是黄粱一梦。"

"亲爱的，是真的，你摸摸我，这不是做梦。"苏香把向勇的手拉过来放到自己的脸上。

向勇感到苏香的脸像火炭一样灼热。

"我怎么觉得只有在小说里、电影、电视剧里才能发生这样的事，你就像是在讲故事，你说我有儿子，有孙子了？他们看见我，能认我吗？"

"你们只要一见面，不用谁介绍就能互相认识。大伟和你30年前一模一样，简直就像是一个模子倒出来的。大伟一直不相信他爸爸交通事故什么的。他总缠着我，让我讲事情经过，我后来也不承认也不否认了，我不愿意再编什么交通事故的鬼话了，我怕变成诅咒。

"不过呢，上帝还是很公平的，你的孙子大家都说长得像我。"

"我现在就担心得怎么向我父亲透露呢，他要是知道自己有了孙子一下子非高兴得眩晕不可，要是知道又有了重孙子那就醒不过来了。

"不过也难说，我爸那人传统，没准先把我骂一顿呢。"

苏香说："你要是让我妈看见，那可惨了，那可就不是挨骂了，我妈非扑上去打你一顿不可，一边打一边说，我姑娘舍不得打你，我替她打。"

"我把脑袋伸到她的面前，让她随便打。"

"对了，我这有大伟一家三口的照片，给你看看。"

"你是存心掉我胃口啊，你怎么不早拿出来给我看。"

向勇捧着照片，潸然泪下："苏香，这些年让你独自把孩子带大，太委屈你了，你说，我这后半辈子该怎么报答你呢。"

苏香拿出手巾一边给向勇擦眼泪，自己的泪水也止不住流下来："我不委屈，那些年我也后悔过，后悔不如告诉你，一家三口就能在一起了。可是晚了，你也结婚了。当寡妇是挺难的，今天相亲，明天相亲，就是让人家挑来挑去的，好像是谁要娶了我，就是对我的施舍。不过，我就是咬牙挺着，后悔。委屈，都是我自找的。

"我不要你报答，干好你的事，你的心情舒畅、身体健康，能长命百岁就是对我最好的报答。"

向勇说："得把咱们之间的关系告诉博士和老鼠他们，要不然整天偷偷摸摸、遮遮掩掩的也是不方便。再说将来总要让大伟和大家见面吧。你说呢?"

"我告诉你了,怎么处理由你决定,我无所谓,人老了,脸皮也就厚了,我现在什么都不怕。"

第七章：小羊羔的妹妹来到了点将台

> 小羊羔的妹妹杨洋五岁那年看到妈妈被剃了阴阳头，满脸泥污游街示众，精神受到极大刺激，当时就吓疯了。病好后智力低下，智商只相当于十二岁的孩子。身体羸弱的她来到了点将台村，城子山天然的氧吧和点将台的春风让她这只小病猫变成了白天鹅。突然有一天，她对胡博士说："胡哥：你说咱俩结婚好不好……"

点将台村的蔬菜出名了。

大客车事件被省农民报头版详细作了报道后，省内各家媒体纷纷转载。

很快，省里、市里种植、养殖的企业和投资商们就纷纷前来咨询、参观、拜访。市里有两家大型蔬菜市场还前来洽谈独家经销点将台村的蔬菜事宜。

乡里，前后左右邻村的村民也纷纷来找向勇，要求以土地入股，要求找活干。向勇他们的工钱给得厚，干一天活20元，一个月下来就是五六百元。这个收入相当于当地农民一年的收入。向勇一时用不了那么多地，对要求土地入股的村民有的不得不婉言拒绝。于是，有的村民为了入股，竟把已经出了苗的庄稼推平然后逼迫向勇收编。

向勇的原则是有钱大家赚，不能怕别人赚钱。如果利润是10元钱，别人赚8元给你剩2元那也是赚。因为如果没有别人的8元钱就不会有自己的2元钱。

只有大家都赚钱才能形成良性循环。

向勇原来没想把规模做的太大。但是，就像非洲盖伦盖蒂大草原的角马过河，他是不得不往里跳了，因为后面的群马挤着他、拥着他、推着他往里跳。他给老同学、校友、种子公司原来的同事打电话，邀请大家来点将台园艺中心共事。

各路人马都来了，各路神仙各显神通。

有的看好了城子山的生态林区，要放养林蛙。

有的想种植果树。

有的要种植中草药。

有的要种植花卉。

有的要养山鸡，有的要养鹿、养野猪。

有些项目能和自己的想法结合起来，向勇当即就拍板合作。比如果园、花卉，这也是自己将来准备延伸的项目。比如养猪，他的蔬菜将来需要农家肥的比例会越来越大。

不能合作的项目，向勇就找来二杆子。很多项目二杆子还需要和邻村协调，和乡里申报。

向勇说："这些人的才干都比我强，资本实力都比我强。他们中的很多人毕业后一直都在干专业。"

有些项目还需要乡里和临近乡村协调。比如：有人要在城子山放养梅花鹿，放养林蛙，这涉及城子山周边几十个村。

二杆子的嘴乐得天天合不上。他说向勇你就是我的金元宝啊。

西岭县报报道：

城子山村党支部书记王金宝（二杆子的学名）思想解放、勇于开拓，善于发挥本地区资源优势，请回当年知青人才，让全村人都找到了金元宝。

省市电视台采访了二杆子。二杆子出名了。

上级要调二杆子担任副乡长，二杆子还端起了架子。他对乡党委书记说："我就不去了，宁当猴头不当象尾。我去当副乡长，这刚刚开创的局面就顾不上了。再说，乡亲们听说了这件事都联名给我写信，坚决不让我走呢。民意不好违啊。"

许副县长力主以点将台村的项目为坐标，在全县扩大养殖、种植项目。

县委组织部到点将台村来考核二杆子，组织部考核一个村官，这是很少有的事。

结果，乡党委书记被调到县里任县长助理，乡长被提拔当了党委书记，二杆子破格提拔当了代理乡长（正式任职需要人代会选举），县里给他的任务就是要把点将台村的项目带到乡里去，在乡里建个更大的园艺中心。

向勇不同意二杆子把园艺中心裹挟到水泉乡，变成乡里的园艺中心。他觉得乡里虽然大，但不如在村里，村里就是二杆子说了算，做什么事都方便。二杆子和园艺中心虽然属于甲方、乙方，但甲方和乙方心往一处想，劲往一处使。

乡里机构多，领导多，各种关系复杂，时间长了，光内耗就无法应付。

二杆子不高兴了，他说："你是匹千里马，我算不上伯乐，可我好歹也是'伯'了你们一回吧？当初，我动员你们来创业，我连每亩包地的40元钱都不让你们出，是你们硬要给的。为了你的项目，我动员全村人入股、干活。现在你们有名堂了，就吃水忘了帮你挖井的人。"

他找王槐搞统一战线。王槐的防线薄弱，马上答应一定帮助他动员老大把项目带到乡里去。

王槐拉上博士和二杆子一起来对向勇施压。

向勇说："把苏香也叫来，咱们开个理事会。"

王槐说："老大，二杆子破格提拔到乡里，他在乡里没根基，大家都瞧不起他，他到乡里一时半会很难有什么业绩。咱把这个园艺中心让他带上，他说话就能气粗些。再说，咱们归到乡里辐射的范围也更大了，也有利于咱们做得更大更强。"

向勇说出了他的顾虑和担心。

"你们没有在机关工作过，很多复杂的问题你们不知道，也想不到。我告诉你们，一个乡里，光正副书记、乡长、人大主任、政协主席就十五六个，还有十几个部门呢，各个局啊、所啊，总之麻雀虽小但五脏俱全，县里有什么机构，乡里就有什么对应的设置。到时候，他们平均两天来一个，检查、视察、关心、问候、听汇报，了解情况……你都受不了。哪个书记、乡长拿个条子、打个电话你都得给办，哪个领导拿个发票你都得给报销。"

胡博士说："唉！真是官场如战场啊。"

大家都沉默了，向勇看问题远。

二杆子说:"操!不行我就不去了。老大说得对,每次开人代会选举,我都牙疼,犯难啊,选张三得罪李四,选李四得罪王五。关系好的和你明说,关系稍差点的跟你暗示,送礼、拉选票都拉到我老丈母娘那了。我就是去代理这个乡长,选举的时候也得遭罪,竞选演说、施政纲领、接受代表问询……他妈的,像烙饼一样,被翻来覆去地烙,到最后还不一定能烙熟。十有八九选不上,那些副乡长都盯着那个位置呢,我没有那帮人鬼心眼多、歪点子多啊。

"我不去了,我看明白了,我和你们干有前途。就是明年改选,我这村官落选了,我也不怕,有你老大这接着呢。我的土地都入你的股,我给你打工。农民要想致富,土地要想升值得靠你们有技术、有文化、有想法的人。"

王槐说:"对,二杆子咱不去了。"

"对,不去了。"

向勇说:"不去也不是上策,哪有提拔了还不识抬举的,人往高处走嘛。我看咱们不如先签个合同,日期就签在我们刚来到点将台包村地的时候。合同写明,村里是以土地和人工的形式持股,也就是说这个园艺中心是点将台村成立的,为了保证政策不被改变,保证园艺中心的可持续性发展,园艺中心由王金宝同志担任董事会董事长,我只是总经理。这样,归到乡里后无论谁来找我们,我们就往你那里推,就说你是园艺中心'一支笔'。那样我们的麻烦就会少多了,你给我们在上面和外面做挡箭牌,我们专心把菜种好就是了。"

大家都说好。

二杆子说:"好是好,可这样也太抬举我了。"

"抬举什么,你现在是乡长了,乡长当咱们园艺中心的董事长也是抬举了我们呢。"

"还有个问题呢",二杆子忧心忡忡地说,"乡里让我把支部先改选完再去上任"。

"你有什么打算?"

"我打算让我儿子小宝干,他当书记没有问题,这小子脑瓜比我够用,当了七八年兵,眼界也宽,眼下在外面领着二十几个人包活呢,也会赚钱,大伙都挺服他的。我寻思他当了书记,咱们以后合作起来也方便,怎么说也是家里人啊。要是别人当选了,谁能保证总和咱们是一条心呀。"

"你儿子行",向勇说,"前几天我们俩聊了半天呢,他还给我提了不少建设性意见,他很有远见,他还瞧不起他老爸呢,说他爸保守,没有开拓精神。"

"操!我没有开拓精神,这园艺中心的凤凰是他栽梧桐树召来的?"

向勇问:"你们村里有多少党员?"

"包括在外面打工的共13人。"

向勇说:"从现在开始我们就造势,抬高你家小杆子的威望。另外,按照我党的管理条例,我、博士和苏香也可以把组织关系落到你们村里,这样加上你和你儿子就板上钉钉有了5票,我估计你儿子接你的班不难。"

王槐说:"有啥问题到老大这都能迎刃而解。可惜我不是党员哦,我要是党员,小杆子就又多了一票。"

苏香捂着嘴转过身笑。

大家问她笑什么。

苏香说:"真好玩,这村官也搞世袭啊,难怪中国有几千年的封建史。我笑你们一个个那么严肃认真的样子,好像在开市长办公会,知道不,你们这叫策划于密室,拉选票呢。再说,你凭什么就知道我肯定能选小杆子?"

二杆子说:"我这是举贤不避亲,再说,老大不是也考察过了吗,他也完全同意我的意见嘛。"

苏香笑得弯了腰:"老大什么时候考察过了,再说老大又不是组织部长,他凭什么考察村支部书记?"

胡博士说:"苏香同志,你要严肃一些,我们是在讨论中心的发展前途问题,是在巩固和发展与地方政府的关系。我们要紧紧团结在以向勇同志为核心的园艺中心周围,与村党的领导中心保持一致。"

二杆子被苏香笑得有些不自然:"老大你看看,这有些不像话了吧,晚上回家你是不是得管教一下。"

向勇说:"那可坏了,你家小杆子的书记官悬了,我们家是二姐当家,我得听她的,你儿子又少了一票。"

苏香抄起条帚就来打二杆子:"管教我的人还在狗肚子里转筋没出世呢,我今天先管教管教你。"

苏香和二杆子就扭打到了一起,二杆子只是招架。

看见二杆子挨打,王槐马上过去拉偏,苏香就招架不住了,向勇就去用胳膊护着苏香。

博士说:"二比二,我就不参战了。"

几个五十多岁的人就像小孩子一样笑着、闹着,打到了一起。

门外,汽车喇叭响。大家走出去。

是大龙回来了。大龙关心他庄园的施工进度,隔些日子就抽空回来看看。

在任何情况下大龙都不按规则出牌。看见苏香,他一声大叫"二姐!"一把揽过苏香,把苏香抱起来就在原地转圈,"是什么风啊,能把我们的女点长刮来。"

苏香说:"牛魔王,你快点把我放下来,我眩晕。"

博士说:"大龙你胆子再大也得先摸清情况再有想法,二姐现在可是名花有主。"

"是吗?二姐把老公带来了?"

博士说:"老公来没来我们不知道,反正二姐现在每天晚上是在老大的沙发上睡觉。"

"靠!看来我是回来晚了,没想到二姐的鲜花插到高脚杯上了。"

王槐说:"还有你没想到的事呢,就像变魔术一样,老大和二姐的儿子和孙子都要来了。"

牛大龙就瞪圆了眼睛:"真的?老大你是什么时候和咱们二姐暗度陈仓啊?"

博士说:"根据我按时间的推算,他们爱情的结晶应该是发生在点将台村。"

大龙说:"你们给我编故事,逗我玩?"

王槐说:"二姐把照片给大龙看看,将来孩子来了,也好认认大龙叔。"

苏香有点不好意思:"照片早就叫老大没收了,他成天揣在兜里,我想看还得跟他借,小气着呢。"

向勇也有些难为情，可照片是要交出来的。

大龙看照片，感慨道："看来是不用做亲子鉴定了。都说我大龙胆大包天，我看老大的胆子能包下宇宙，在青年点你就把咱们点花拿下了？吃完饭你必须给我介绍一下经验。唉！我大龙和老大比这辈子白活了。对了，我还给你们大家带来一个妹妹呢。"

"人在哪里？"

"在车里呢，我不让下车就不敢下车。"

博士问："是小三还是老四啊？"

大龙说："这个小三可不敢要。我上次和你们说过的，是羊羔的妹妹。听说我给她姐姐扫墓，上次就要和我来。这次，我推不掉就带来了。她妈妈说让她在这玩几天也好，这儿是天然氧吧啊，她的肺病在这儿有利于治疗。两三天我走，她要是愿意和我走，我就带她回去，不愿意走就让她在这玩几天。她什么时候要走你们给我打电话，我来接她。她想吃什么、要什么，你们尽管满足她，费用都算我的。"

向勇说："大龙你这是什么话，难道羊羔的妹妹就不是我们的妹妹？她花销多大，我们也负担得起，太大了，我们宁可自己少吃少穿，也不能让她受委屈。"

博士和王槐说："就是。"

苏香说："我听老大说了羊羔妹妹的事。因为当年做了几年赤脚医生，回城后又在书店工作，我就对中医有了些研究。我还参加了好些年中医函授学习呢，我现在有文凭。等她住下来，我观察一下，根据她的情况，我调理一下她的生活和饮食结构，我有信心让她健康起来。"

大龙说:"阿弥陀佛,杨洋遇到女菩萨了。我去叫她。"

大龙开车门,把杨洋领到大家面前:"杨洋!这些都是你姐姐当年的同学、朋友,都是你的哥哥和姐姐。你在这玩几天,有什么事,想吃什么,和他们谁说都行。"

看模样,杨洋和杨早果然有几分相像,只是脸盘比杨早大些,个子也比杨早高。实际年龄应该在四十多岁,但看上去也就三十开外。

杨洋低头给大家行个礼:"哥哥、姐姐们请多关照。"抬起头,那双温顺的大眼睛依次地看着大家。

大家都作了自我介绍。

大龙说:"杨洋你去玩吧,想吃什么菜自己摘。要是上山采花别走太远,得让我们能看到你。"

望着杨洋的背影,大家的心里一阵难过。苏香说:"这是一头受伤的小鹿啊,你们注意到没?她的大眼睛里还躲藏着惊恐。"

二杆子说:"我怎么觉得她的眼睛有些分神呢。"

大龙说:"说弱智有些夸张,但她的智商也就相当于十二三岁的孩子吧。"

博士说:"多好的孩子看到妈妈被剃了阴阳头,在众人面前被殴打、折磨,也会被吓傻啊。"

苏香说:"有一个秘密,我从来也没和你们说起过。当年,有一天晚上大家躺到床上,睡不着,就有人提议,咱们都说说将来嫁人嫁给什么样的人,光说类型不行,必须有具体人作参照。大家都同意,表决:谁要是不说实话,大家就每人掐她一下。

"就从炕头第一个开始,小羊羔最小,她就得先说。可是她老半天也说不上来,大家要掐她,她说:'我真的没有考虑好啊,我想找牛魔王那样的人,他勇敢、坚强,可是他太霸道了,我怕嫁给他他欺负我,我还想找博士那样的人,他爱学习、钻研,就像我爸爸,可是他又太懦弱了,妈妈总是欺负爸爸,我又不想欺负他。要是有一个人,一半是牛魔王,一半是博士就好了。'"

大龙说:"我明白了,我该做的,能做的都做了,就冲羊羔对咱们俩每个人都打了 50 分,博士你今后就对杨洋多关照些吧。"

博士感动地说:"我会的。"

大龙说:"我和羊羔妈妈联系上以后,开始我叫她杨阿姨,后来她让我叫她杨妈妈。

"我看杨洋太可怜了,有一次我对杨妈妈说:'你要是不嫌我年龄大就把杨洋嫁给我吧,我会照顾好杨洋的。你们想不到杨妈妈是怎么说的吧?'"

向勇说:"她绝对不会同意的。"

"杨妈妈说:'牛大龙!全中国就剩下你一个男人了,我也不会让杨洋嫁给你。你都离了八次婚了,我可不想让杨洋给你当九姨太。'"

"她说:'你的企业做得那么大,都上亿了,你需要一个内当家、贤内助;你整天在外面跑来跑去、风风火火的,回到家需要给你端上一碗茶的温柔的贤妻良母。杨洋跟了你,你照顾不了她,她也照顾不了你,不仅毁了你,也毁了她。你把你爸爸老战友的姑娘都毁了。你这辈子就给我当个好儿子,给杨洋当个好哥哥吧。'"

苏香说:"杨妈妈说得对。"

"从此我就把杨洋当作自己的亲妹妹了。"

博士说:"她以后也是我们的亲妹妹。"

大家就把目光一起投向杨洋。

杨洋正一边哼哼着歌曲,一边摘黄瓜。

有两只杏黄色的蝴蝶飞来,绕过大家的头顶又向杨洋那边飞去。

黄瓜架的下边,传来杨洋轻轻的歌声:

你从哪里来

我的朋友

你好像一只蝴蝶

飞进我的窗口

不知能作几日停留

我们已分别得太久太久

……

胡博士和向勇交流园艺科技技术。向勇很吃惊:"你现在能给我当老师了,到底是正牌大学生,比俺这工农兵大学生强多了。正好,讲课的老师不够用,你晚上也给员工们上课吧。回头,我把课程和你交待一下。"

"书就是先生。你还别说,这些养殖、种植技术讲座我是越学越爱学。其实,大自然才是所有学科的母亲。就比如说我们纺织吧,人类最初把动物啊、植物啊画在石头上,然后画在纸上,编进织机的程序里织出来。我现在看风景就习惯横看是经线,竖看是纬线,把山川、大地、菜畦都看成画,都看成是在织布。那感觉真正是心纳百川、天人合一啊。"

向勇感慨道："精辟。"

博士说："你那些同学给员工讲课，我都听了。我还想和你说呢，我觉得他们讲的理论多了些，结合实际少，最好再通俗一些。你不请我讲课，我还准备讲两课呢。我讲的时候你去听听，我不怕批评。"

"我也听了两课，你说的问题我也感觉到了。他们刚来，我不好太挑剔。过两天大家开个座谈会，也邀请听课的农民参加，大家交流一下会好些。"

杨洋闲不住也干点活，她最愿意干的活就是采摘。看见员工摘黄瓜、西红柿、辣椒、茄子就过去帮忙。她喜欢跟着博士的后面干活，有什么问题也总是找博士问询。

博士问她："杨洋，你为什么愿意跟着我干活？是谁告诉你的？"

杨洋说："我妈妈说，如果你谁也不认识，又需要帮助那就谁戴眼镜找谁比较好。比如迷路了问路，一定要问戴眼镜的先生和女士。我妈妈说戴眼镜的人一般都是有文化的人，相比之下更可靠一些。"

"是这样啊。"

"大家都叫你博士，博士是最有学问的吧。"

"我不是博士，但是你如果有了什么问题，在任何情况下都可以找我。"

"谢谢你博士。"

"你以后不要叫我博士，叫我胡哥好不好？"

"好！谢谢胡哥。"

"你和我以后不用说谢谢。"

"妈妈说:谢谢是礼貌。"

"你和我不用那么多礼貌。"

"我和你为什么可以不礼貌?"

博士心里说:看来她的智力还不如十二、三岁的孩子,"好吧,你愿意礼貌就礼貌吧。"

这天,在大槐树下。杨洋问博士:"胡哥:我姐姐就是在这棵树上吊死的吧?"

"你听谁说的?"

"我来的时候,妈妈告诉我的,妈妈说姐姐是我的唯一,我应该知道姐姐是怎么离开这个世界的。"

"是的。"

"胡哥:上吊一定很疼是不是?"

"杨洋:我告诉你,上吊不仅仅是疼的问题,而是离开了亲人,离开了妈妈,离开了大家,离开了这个世界,离开了阳光、月亮和眼前的一切。"

博士指着脚底下的一棵草说;"杨洋你看,这棵草也是一颗种子,一个生命,大家天天走来走去,天天踢,人人踩,但是它还顽强地活着。因为它知道活着就有希望,活着就有一天能够长大,长这么高、开花、结籽,将来也做一个妈妈。一棵小草都那么勇敢、坚强,我们人应该比小草更坚强、更勇敢。你不要总想姐姐的事。想姐姐你就会难过,可是你妈妈、你大龙哥、我和大家都希望你天天开心、高兴、健康。"

"胡哥我知道了,我不会去上吊。"

只要是杨洋来找,博士从来都是有问必答,有求必应。他想:反正大家都知道我生理有病,不算个男人了,杨洋和我在一起也不会有什么闲话。为了避免干活的员工和村民误解,博士对杨洋说:"杨洋,你以后叫我哥哥。如果别人问起你,你就说我是你的哥哥。"

杨洋懂事地点点头:"不叫胡哥了,叫哥哥。"

"不是哥哥,就叫哥。"

杨洋就成了博士的尾巴。博士走到哪里,她就跟到哪里。遇到生人,博士就介绍说:"这是我妹妹。"

"亲妹妹?"

"一个爹妈生的,不算远吧?"

"你妹妹这么漂亮,你可有点说不过去。"

"是啊,多亏我不是女孩。"

苏香告诉杨洋,每天只能吃一根黄瓜,一个西红柿,不要吃山野菜。因为她属于虚寒身体,可以多吃些辣椒、豆角、韭菜、白菜,要多吃肉。这样下去,要不了一年,杨洋的病就会好的。

杨洋很听话。每天都要摘几根辣椒,吃得直淌眼泪。

刚来的时候,杨洋还有些哮喘,每天都吃药,怎么看都像一只可怜的小病猫。点将台村的空气让杨洋转身就变成了一只白天鹅,每天欢快地在绿油油的菜畦间飘来飘去。大龙回来两次,每次要带她回家,她都拒绝。

苏香不让杨洋再吃药了。

杨洋说:"我妈妈告诉我要按时吃药。在家里,她总要逼我吃药，我不吃妈妈知道了，要生气的。"

苏香说："你听姐姐的。你妈妈来了，我和她解释。一定要吃药，我给你配点中药吃。你经常吃的那些药，恐怕这个病不好，又添新病。"

杨洋巴不得不吃药。

开工资的时候，根据杨洋的劳动情况，向勇给她开了300元钱。杨洋惊讶，不要。向勇说："这是你在菜地里干活应该得到的报酬。杨洋高兴地给妈妈打电话："妈妈，以后我可以自己养活自己了，我现在有工作，有工资了。"

这天，博士发现有一会没看到杨洋了，就问大家。向勇、苏香和王槐都说没看见。博士就到处找，有一个干活的员工说看见过杨洋端着个盆去河边。

博士找到河边，只见杨洋的洗衣盆和小板凳还在，人却不见了踪影。

大家就分头去找。博士判断，如果杨洋不慎落水，应该被水冲到下游，河水出了山口有一个向山外急转的回弯，上游冲下来的东西到了那里就会被甩到岸上。那里堆满了枯朽的树干和淹死的动物。

博士气喘吁吁地跑到那里，也不见杨洋的影子。

博士懊悔极了，杨洋要是有了什么意外，该怎么向大龙和杨洋的妈妈交代啊。

正是雨季，上游的雨水汇集到贝勒河里，将贝勒河变成了一匹脱缰的野马。如果杨洋是落水了，没法打捞，也无处寻找。

只能寄希望于杨洋没有落水，是走失了。

博士觉得如果杨洋是走失了，她不可能上山，她自己不敢上山，一定是顺着河床玩，走失的。

他顺着河床找，遇到支流就顺着支流往上走，找不到就折回河床继续找。

天快黑了。拐过一条长长的支流，博士看见杨洋蹲在一棵河边的柳树下哭泣。这里离点将台村已经有十里开外了。

博士跑过去，把杨洋搂在怀里："杨洋你怎么跑到这里来了，你把大家都急死了。"

杨洋说："我正在河边刷鞋呢，看见了一只小鹿，它嗷嗷地叫唤，它一定是走丢了要找妈妈。我想去牵着它，帮它找妈妈，它走几步就等我一会，后来它就不见了。我就顺着河往回走，可怎么也走不到家了。"

博士想：现在不能说杨洋。

他牵起杨洋的手，"杨洋，走吧，我们回家。"

走了几步，杨洋停下来，她望着博士说："哥，你刚才抱我了？"

博士说："我急啊，总算找到你了，一高兴就抱住你了，怕你再丢掉。"

"哥，你再抱我一会，真好！"

博士想：这是一头受惊的小鹿啊，她后怕，她是想要亲人的安抚吧。

他把杨洋抱在胸前，他感到杨洋的身子在颤抖。杨洋的大眼睛望着他，就像一只小猫偎在主人的怀里。

博士觉得杨洋的智商也就相当于七八岁的孩子，总之，绝不会超过十岁。

一天晚上,博士正在看书,杨洋突然问他:"哥!你说咱们俩结婚好不好?"

博士说:"不好。咱们俩不能结婚。"

"为什么?你是不是不喜欢我?"

"不是的,我喜欢你。可是,我是你哥哥,我们是兄妹,哥哥不能和妹妹结婚。"

"那我看电视里,哥哥和妹妹也结婚的。"

博士想:大龙来了,得让他把杨洋带回家了。

第八章：离婚是根本不可能的

  向勇当年的恋人苏香来到了点将台。一夜情不仅让向勇有了一个私生子，而且还有了孙子。面对日夜思念的情人、血脉相连的儿子和孙子，向勇决定和妻子市委副书记李梅离婚，协议分手。他觉得，分居十年了，结束名存实亡的婚姻不会有任何障碍，但是妻子李梅告诉他：离婚是根本不可能的。向勇不知道在以后的日子里，他该怎样面对两个女人。

  几乎每天都有向勇在农大的同学、学弟和学妹来点将台村参观、学习、交流。有的寻求合作，有的想投资加盟。

  大家的亲属、同学，过去的同事、工友也纷纷前来找工作。

  住房总是不够用，渐渐地，把原来老林场时所有的房间都翻盖维修了。

  育种的、种菜的、捉虫子的、拔草的、摘菜的、送菜的、来买菜的、加上盖房子的民工，每天，太阳一出，原来的青年点就熙熙攘攘像个小集市。

  向勇和苏香合计，他们俩的事迟早要传到父母和李梅那里。如果哪一方前来兴师问罪那就被动了。

不如主动去说明情况，把事情摊开。不管结果怎样，总要去面对。

向勇买了一辆别克。现在他去哪里都是自驾车。

估计父亲那一关还好过。先难后易，到家后，他给李梅打电话："李梅，我回来了。什么时候你方便？我想和你谈点事情。"

李梅说："那就今天晚上吧。今天晚上我能安排出时间。"

"你看咱们约到哪里方便？"

"什么哪里方便？咱们还不是路人吧。如果你不愿意到我家里来，那下班后我去你那里。我到你那里吃晚饭，你要是不愿意做，给我熬个大米粥，小咸菜就行。"

向勇不好拒绝。

晚上，向勇炒了两个菜，配了两个凉盘，都是李梅爱吃的菜。他打定注意，上策是好说好散，不做夫妻了也不成冤家，和为贵；下策是委屈求全，万一李梅发火，甚至叫骂，他就来个徐庶进曹营一言不发，以不变应万变。

李梅进屋后，看见向勇做了她爱吃的烧茄子、鸡蛋炒尖椒很高兴，一边脱外衣一边夸向勇："我一进走廊就闻到你的菜香了。谢谢你啊，没用咸菜打发我。"

向勇说："这些菜都是我们自己种的菜，真正的绿色食品，绝对没有农药和化肥。"

"我看到关于你们的报道了，真让你们火起来了。我还寻思抽时间去你那里看看呢。向勇，对不起哦，或许是当初我误解了你。我们机关里有的同事知道咱们俩的关系，都夸你有作为呢。"

一边吃饭，向勇一边向李梅大致介绍了一下情况。他必须在饭后摊牌，否则，没准李梅会掀桌子摔碗。

吃过饭，向勇沏上茶。两个人并排坐在沙发上。

李梅说："有什么事情要和我谈，需要我出面帮忙你尽管说。只要大原则不违反，我会灵活掌握的。"

向勇知道，谈这样的事情宜粗不宜细，说个大概就直奔主题："李梅：我今天必须向你坦白一件事。我下乡的时候曾经和一个青年点里的知青有过那么一次不该发生的事，当时，我们都年轻，一时冲动了，都没有把握好自己。结婚的时候，我想和你坦白的，但又怕影响我们的感情，就压下了。这些年我们一直也没有联系，想不到就那么一次她竟然怀孕了，有个孩子现在都30多岁了，更想不到的是他结婚后又有了孩子，已经两岁了。

"现在，我和你道歉、请你原谅也没有什么意义了，木已成舟。我想，我们这些年，感情一直也不好，只是考虑到向莹还小，怕父母离异对孩子造成伤害。现在向莹也大了，我们是不是商量一个协议分开比较好？"

李梅沉默了一会说："向勇，我这几天累极了，现在浑身的骨头都像散了架子。这样吧，我们躺下慢慢谈。你放心，我不会沾到你身上，要是你戒备，我们中间画一条线，我不越界。"

只好如此了。

两个人躺下，中间约有一尺远的距离，脸对着脸。向勇该说的话已经说完了，他不知道还应该再说什么。

李梅不说话，眼睛直视着向勇。

向勇被李梅盯得很不自在："李梅你这样看我干什么，你有什么想法，咱们好商量。"

"她现在也在你那里吧?"

"嗯。"

"儿子、孙子也在那里?"

"没有,我还没看见呢。我想等我们的事情有个结果,再和他们联系怎样见面。"

"当初既然那样,你们为什么没结婚呢?"

"有些事情也说不清了,和我之前,她……被大队书记强暴了。她不想告诉我,又不愿欺骗我。"

"哦,是这样啊。那你肯定孩子是你的?"

"是的,我看了照片,像极了我。你以为我是在骗你?我有孩子的照片,你要不要看看?"

"我不看。"

"李梅你别这样盯盯地看着我好不?有什么话你就说嘛。"

"我盯你怎么了?我看你怎么了?我得好好看看你啊,二十多年了,向勇,我都没有看透你,我什么都想到了,就是想不到你看上去那么诚实、本分,却在青年点就搞出了孩子。"

"你看你,干嘛说得那么难听呢,什么叫搞啊,我刚才不是和你说了么,当时,我们都没有控制住自己,但我们都是自愿的。"

"什么叫自愿啊?下乡的时候你才十几岁,还不满十七岁吧?那个女孩子当时多大?十几岁?肯定还没成年吧?我也是从十几岁姑娘的时候过来的。女孩子在那个年龄根本就不希望发生那样的事,男人为了达到目的,不是强迫就是诱惑。"

"都是下乡几年之后的事情了,当时我们也都成年了,而且……"向勇不想说出自己当时是被动的。

"你说就一次？"

"就一次。现在我还有必要说谎吗？一次和一百次又有什么区别？"

"是不是就在那个石佛洞里？"

"你……你怎么知道的？"向勇大吃一惊。

"不是知道，是想到的。别忘了，女人对情感问题的观察是最准确、细腻的。那一年现场会后，你去石佛洞，我就有点预感，一个破山洞，几尊缺胳膊掉腿的石头人，去一次谁还会去第二次？你在山洞里把我抱在怀里，那么冲动，原来我不过是个替代品，是我让你回到了那个难忘的时刻。"

"李梅，我们不说这些了好不好。我承认，我是欺骗了你的感情，可……你不也是……"向勇不想把话说的太明白，他知道现在不能揪李梅的小辫子，不能刺激李梅，稍有不慎，李梅就会像一颗手榴弹那样在瞬间爆炸，"我们不必再纠缠、检讨过去的孰是孰非，现在我们需要的是面对未来。"

"是的，我承认我也有错误，可我们之间是性质完全不同的两个问题。你说。哪个女人愿意和比他大二十多岁的老头子上床？人生会有很多时候你不情愿，你想拒绝，但你别无选择。我想要事业，我也要家庭，我想如果你什么也不知道，那就不会伤害你的感情，那样我就事业和家庭都能保住，现在看我当时是太幼稚了。可说到底我是为了保卫婚姻，而你从一开始就是在欺骗婚姻，一个努力去保卫，一个从开始就欺骗，向勇同志，我们所犯的错误是性质完全不同的，这在本质上是有根本区别的。"

向勇无可奈何。事情总是这样，不管有理无理，只要和李梅对话交锋，宣传部长出身的人从来都是胜者。她雄辩、居高临下，打败你的同时还要因人施教，给你上课。向勇打定主意，不再说话、争辩，以结果分手为原则。

"你打个电话就跑了，半年，双喜临门了，财运、桃花运都交上了，回来就等我一句话：协议分手。看来你考虑的已经相当成熟了，可是你考虑问题一小时六十分钟给我留一分钟没有？你不觉得你们太自私了吗？你们夫妻双双把家还了，儿子、孙子四世同堂享受天伦之乐了，我呢？把我抛到护城河外，让我孑然一身凄惨晚年？快十年了，你想过没有，我过的是什么日子？我拼命地工作，拼命地忙碌，我就怕闲下来啊，我就怕忙碌了一天回到家里，一百七十多平米的房子，我转了一个屋是我自己，再转一个屋，镜子里多了一个李梅。邻居们让我关好门窗，说小区里发现了老鼠，我却把门打开了，我希望我的家进来一只老鼠啊，最好进来一只老鼠妈妈领一窝小老鼠，有了老鼠，我回家也有个伴啊，我说一句话也有个带毛的东西听啊。晚上躺下，打开电视，谁都能看见我的身影、听见我的声音，可有谁知道那时候我正躺在两米乘两米的大床上，像一只被遗弃的小猫自己舔心上的伤口。

"那一年，我像个下贱的女人，脱光了衣服，把脚趾甲里都打上了香水钻进你的被窝，深更半夜你撵我回家，你让我守活寡，一守就是十年啊。你说，人生有几个四十岁？人生有几个十年？

"我现在已经是年过半百的老太太了，你要和我分手，你是想让我去公园找个打扑克、下棋的，连眉毛都白了的老头，然后去给人家当填房，给人家的孩子当继母？

"我有错误，我应该受到惩罚。我受多少惩罚，流多少眼泪我都认，因为我还有希望啊，因为还有每天啊，因为我还可以等啊。我总在想：事情总会过去。等我们老了，等我退休了，我们也像所有的老夫老妻一样手拉着手，到处去旅旅游，早晨去散散步，回家炒几个小菜喝一口红酒。可是现在你连我的希望都要粉碎，你连我前面的桥都要拆毁。我是你的结发妻子，二十多年的夫妻都抵不过你们那个一夜情。你惩罚了我十年，还要一直惩罚我爬进那个大烟囱，惩罚我变成骨灰都没地方放那个小匣子。我就不明白，认识你的人全都说你为人好心地善良，可你善良了九十九个人，到了第一百个人我这里，你为什么心这么狠？"

李梅声泪俱下，说得向勇哑口无言。说得向勇不得不重新审视自己，也许真的是自己做错了什么。

看来协议、离婚、分手都是不可能了，向勇说："我这不是回来和你商量吗？我原来想，我们的婚姻已经是名存实亡了，与其这样耗着还不如分手，分手也是为了你好。既然你不想分手，那你说我们今后怎么办？我总不能否认这个事实，就当什么也没发生吧？"

李梅一声长叹："还能怎么样？受伤害的总是我们女人。你不仅伤害了我，也伤害了她，你让人家独自抚养一个孩子三十年。这三十年，你没给孩子喂过一口水，没有牵过孩子一次手，现在你突然之间就得到了一个儿子，一个孙子。我看木已成舟，我们还是维持这个现状吧。你给我留点面子，让我名义上还有一个家，有一个丈夫。我现在连检查身体的时间和精力都没有，一躺到床上，这身子骨就不是我的了，哪都疼。你这样对待我，我也死得快了，我也不想去检查身体了，就是查出病来，也无人管，无人问。没有病，活着就是你们到一起的障碍。最好我马上死了就给你们腾出了地方。向勇你说心里话，你是不是盼我早点死啊？"

向勇说："你说这是什么话，我刚才说了，我以为分手也是为了你好。这样下去，你也得不到夫妻的感情，对你也是不公嘛。我怎么会盼你死呢？你死了对我有什么好处？你死了向莹不就永远也没有妈妈了嘛。"

"就是你不盼我死，她也在盼我死呢。"

"看你，说的是什么话，她……不是那样的人。"

"她长得比我漂亮吧？"

"不能那么说。"

"和我说说你们之间的感情是怎么发生的？"

"我不想说。"

"我想听，就算我求你了。"

向勇只好大概说了事情的经过。

"看来她还是个不错的女人，为了你，她也付出了所有。如果换了我是她，肯定就要想办法嫁给你。既然你说协议，那我就说说我的条件。"

"好，你说。"

看来李梅也承认了既成的事实。向勇没有想到李梅能这样通情达理，没有发火、没有骂人，向勇甚至做好了准备；骂不还口、打不还手。看来一个人了解一个人的确不是一件容易的事。

"你听我的，回去不要公开和那个女人同居。无论怎样说，不是夫妻同居就是见不得人的，就是非法的，就要被人议论，你向别人介绍她时就是尴尬，就是见不得阳光。你们要到一起也要等到晚上，大家虽然都知道是这么回事，但你也得让大家睁着一只眼睛能闭上一只眼睛。人要活得有尊严，尤其是男人。公开带个非法的女人，有小三、小四在身边的，都是些什么样的人？有几个臭钱，穿着名牌，开着名车，戴着名表不以为耻，反以为荣。你就是有钱也不会成为这样的人，你是国家干部，你是有知识的人，你是市委副书记的老公。我不是嫉妒你们在一起，我真的是为你好。

"以后你回来就给我打电话，白天我忙，可晚上我们还能把女儿叫过来一家人吃顿饭，聊聊天。我要求不高，一个月你总要陪我一次，一次就行，我都是年过半百的老人了，你再让我享受几年女人的日子。在这个世界上如果你不可怜我，就没有真正可怜我的人了。因为别人可怜我是怜悯，怜悯有鄙夷的成分，你可怜我就是还有夫妻感情。"

"好，我同意。"

"还有，你今后不要有了儿子就忘了女儿。你要多关心关心女儿。母亲的关心和父亲的关心是不一样的。说到女儿，有件事我必须和你说。我对不起你，我没有教育好、照顾好女儿。我看她在爷爷身边接触的都是那些工人子弟，张口就是国骂，粗俗、下流，我就把她叫到我身边来了，我以为到我这里接触的都是领导干部的孩子，有教养、有身份，机会也多。她都大学毕业两年了，也不找工作。我给她安排了几个工作，她不是不去，就是干不到三天就跑了。我一说她就和我吵，说我不理解她。没想到，她接触了这些纨绔子弟开始讲吃、讲穿，不是名牌的衣服不穿。要车，我想给她买辆夏利，经济、实惠，样子也可以，关键是开着也不招摇，市委领导的女儿，大家的眼睛都盯着呢。可她根本不要，说开着丢不起人。让别人从国外捎来一个什么牌子的包,两万多美元,能买一辆中高档的轿车了。那个人一下飞机,她就把人领到我的办公室要我拿钱。

"她还和人家打架、群殴。因为争风吃醋被打伤住进了医院,是医院的院长发现了打电话告诉我的。她还在舞厅吃摇头丸被警察抓去过。我也不敢告诉她爷爷,我怕他来骂莹莹、骂我。我也不想告诉你,事情已经发生了,告诉你又有什么用,你心里已经没有我,没有你的女儿了。"

向勇心如刀绞。他不知道命运对他是厚爱还是惩罚,让他得到了一个儿子却失去了女儿。

一切好像都是他的错,他对不起苏香,对不起儿子,对不起李梅,对不起女儿。

说到女儿,李梅伤心欲绝,她无法控制自己的情绪,俯身趴到枕头上痛哭流涕,泪水湿透了枕头,湿透了她的衣襟。哭得向勇不知所措。

李梅哭累了,擦干自己的眼泪。她搂过向勇的脖子撒娇说:"今晚你别让我走了,我们已经有协议了,每个月你要陪我一个晚上,今天就算是第一次吧。"

向勇轻抚着李梅的肩背。心想:多要强的女人,当多大的官,女人也是女人,就是当了女皇,女人也有最柔弱的一面。他在心中反省自己,或许是自己做的太过分了,他们在伤害对方的同时也伤害了自己;他们都失去了人生最宝贵的一个阶段,人生还有几个十年呢。他不知道今后应该怎样补偿他生命中的两个女人。也不知道应该怎样走好前面的路。

其实李梅完全没有必要这样。一个公众人物，一个众人瞩目的领导干部，只要她愿意，即使她到了人老珠黄那一天也并不会缺少陪伴她的男人。可是现在，她却像一只曾经被遗弃的可怜的小狗一样渴望回到自己的家，虽然她知道主人已经心有所属。想到这一点，向勇心中那冰封了十多年的坚冰就融化成了一汪水，"李梅！你不要这样说。以后我回来就给你打电话，晚上如果你方便就过来。我们会有那一天的，等你退下来，我就不干了，我们去旅游、散步。"

"你不要哄我，我知道你只是可怜我罢了，你的心早已不在我这里了。将来你陪我去旅游、去散步，那她怎么办？"

"那只好今天陪你，明天陪她了。"

"那不行。陪我两天，陪她一天。"

"为什么啊？"

"别忘了，我是正房，我是老大。"

"李梅！我猜你的前世一定是墨索里尼，总是有理。"

李梅问："老头子还不知道吧？"

"不知道，我得先和你说啊。我明天去告诉爸。"

"那我也回去。"

向勇有些疑虑，他不知道李梅要回去是什么意思，总不会是去祝贺吧："你，挺忙的，你就不用去了吧？"

"你放心，我回去不是发难的。我是想借这个机会和老头子修复一下感情。你爸做梦都想有个孙子呢，这回不但孙子来了，连重孙子都来了，他也不会和我吵了，也不会嫌我不中用没给他生孙子了。我明天晚上去。"

第二天，向勇找到向莹。半年的时间，向勇把心事和精力完全放在点将台村的园艺中心，他以为女儿有妈妈，有爷爷和奶奶，用不着他操心。但是她错了。

这还是她的女儿吗？是搂着他的脖子和她撒娇，上高中了晚上还要和他划拳，让他背几圈的女儿吗？

向莹的头发染成了金黄色，牛仔裤的膝盖处有两个窟窿，这就是她妈妈说的名牌服装？

女儿瘦了，脸色苍白，二十多岁的姑娘看上去脸上已是中年女人的沧桑。

向勇什么也不说，想到女儿被打伤，无助地躺在医院里，想到女儿被羁押在派出所的临时监号里，他紧紧地把女儿抱在怀里："莹莹！爸爸对不起你。"

"爸爸！莹莹也想你呢。"

"莹莹你被打伤住院，为什么不告诉爸爸？"

"告诉你也晚了，我不想让爸爸难过。"

"你为什么不听妈妈的话啊？"

"妈妈从来不对我说话，她现在是更年期，看见我就训我、骂我。有一次我去找她，她正在市委机关礼堂给机关党员上党课，我等她，我听了几句，原来她给我讲的和在大礼堂的讲的都是一样的话，我这才知道，她是在天天给我上党课。我不要听她的党课，我不是党员，我也不想入党。"

现在不是责备女儿、评论李梅的时候，向勇需要时间来了解女儿的内心世界，和女儿沟通情感。他计划把女儿带在身边一段时间。

"莹莹，爸爸今天有一件事和你商量，还有一件事要告诉你。"

"嗯，我听着呢。"

"半年前爸爸告诉过你，爸爸在当年上山当知青那个地方做了一个项目。搞园艺、种植。爸爸明天回去，想让你和爸爸一起去，你不要误解，爸爸不是让你去干活。你在那多玩几天。那很好玩的。山上有野生的和放养的梅花鹿、有猕猴、有山猫、有狍子、有狐狸、有獾子，走几步就能轰出野鸡；有养殖的林蛙，那可不是一般的青蛙，一只林蛙能值十多块钱呢，有娃娃鱼，你看过娃娃鱼吗？有养鱼池、有螃蟹池、有蛇馆、有花房，过几天山上的圆枣子就熟了，还有山葡萄、山楂、山里红、山核桃、山梨。爸爸种的菜正是丰收的季节，黄瓜、西红柿顺手摘下来就能吃，爸爸种的萝卜比苹果都好吃，又脆又甜，都成了品牌，到了市场上就抢购一空。"

"爸，我去。"

"那就说定了。爸爸要告诉你的事是爸爸年轻的时候犯过的一个错误，但是我不能瞒着女儿。"

他告诉向莹，她将要去的地方有个苏香阿姨，还有个没见过面的哥哥、嫂子和侄儿，大致讲述了事情的经过。

他无法预料女儿对这件事情的态度，但他必须告诉她，因为不久她将面对这一切。

"爸爸！你是说我还有一个同父异母的哥哥？爸爸你太了不起了，你太浪漫了。他是解放军的军官？那我什么时候能见到他啊？"

向勇感叹，现在的年轻人真是思想开放、超前。

"爸爸，你说的这些事，妈妈知道吗？"

"知道，昨天我都和她说了。"

"她没骂你？"

"没有。"

"她没教育你？给你上党课？"

"没有。"

"太不可思议了，妈妈昨天没有吃错药吧。"

"女儿不能这么说妈妈。"

"爸爸，你会和妈妈离婚吗？你要是和妈妈离婚，我没有意见。"

"你妈妈原谅了我这件事。爸爸和妈妈现在不想离婚。"

"爸爸，我知道你和妈妈早就不住在一起了。我知道为什么？小路和我说的。"

"谁是小路？"

"小路是洪市长的儿子。现在你和妈妈谁也不欠谁的了，你们拉平了。"

"不许这么说。有些事情是说不清的，你不懂。"

"莹莹，爸爸给你看看哥哥的照片吧。"

向莹看过照片高兴得跳起来："哥哥好帅啊，好威风呢，和爸爸年轻时的照片一样，酷！"

下午，向勇回到家。

老向头听完了儿子的故事，用眼睛从上到下，又从下到上反复端详儿子，然后用手掌摸摸儿子的脑门说："小勇！你是不是把昨天晚上的梦当真了？"

"爸，是真的，这么大的事情我能骗你吗？"

"该不是哪个臭老娘们看你赚了几个小钱，来蒙你、讹你吧。"

"爸！你看看照片就相信了。"

老头子戴上老花镜、又拿出放大镜。老太太直唠叨:"快点,我看看。"

老头子根本不理会老伴的唠叨:"催什么?叫小勇去给你到商店再买个放大镜。我早着呢。"

老太太就和老头子抢放大镜。向勇从来没有见过母亲这么勇敢过,结婚五十多年了,从来都是她让着父亲。

两个老人看完了照片,你看看我,我看看你,眼角就笑出了眼泪。

老头子说:"没错,和小勇年轻的时候就像一个模子倒出来的。"

老太太说:"我以为那些电视里的故事都是瞎编出来的,敢情咱们的日子里真能遇到这样的事。"

"老头子你当太爷爷了。"

"你不也是太奶奶了吗。"

老太太说:"还说不定孙子不方便认咱们这一家子呢,部队有部队的规矩。"

老头子说:"他敢?他要是不认,我到部队去找他们军长说说理。"

老头子说:"小勇,你快去给爸买火车票,我明天就去北京。"

"去北京干什么?"

"你不是说我孙子在北京当兵吗?你给部队打个电话,就说他爷爷去探亲。你要有时间陪我去,你忙,我自己去。"

老太太说:"老头子我和你一起去。我也去北京看看,和孙子在天安门照个相。"

"爸,现在你孙子还什么也不知道呢,连我这个当爸的他还没认呢。还不知道他了解了事情的真相会是什么态度呢。这事得慢慢来，得让他妈找个机会和他说。"

"那就快说啊！你现在就打电话。"

向勇说："爸，咱们先吃饭，吃过了饭商量事情应该怎么办？最好大伟能请探亲假回来一趟，你们去坐火车要一天呢，来回太劳累。"

"不打电话我不吃饭。"老头子像小孩子一样耍起了脾气。

向勇答应明天回去立即和苏香商量办好这件事。好说歹说让老头子放弃了马上买车票进京的念头。

晚上，李梅也来了。老头子因为高兴，收下李梅给他的茶叶还一个劲说谢谢。

向勇告诉李梅，明天要带向莹去点将台村，让女儿在那边呆些日子。

"她答应了吗？"李梅问。

"答应了。"

李梅很高兴。女儿在向勇身边，有父亲照看她，这是目前最好的结果。更重要的是有女儿在身边，向勇和那个女人总要有些顾忌，会收敛些，以后就不能公开地在一起同居了。

"向勇！谢谢你。"

"看你，这是什么话，她又不光是你的女儿。"

"向勇！我只想提醒你一点，你从来都是惯着孩子。到了那里，你不能完全放任，听之任之。要不是你从小惯到大，哪能现在我说一句她顶我两句。"

向勇心里说：你倒是不惯孩子，你整天给人家上党课，人家还得听啊。

"你放心吧。"

第九章：让我和这个村支书斗一斗

老支书二杆子被提拔到了乡里。他的儿子小杆子王小宝担任了村支部书记。王小宝认为土地资源、人力资源都是村民的，园艺中心的利润分配不合理。于是，他千方百计为村民争取利益，和知青园艺中心矛盾重重。向勇和王小宝几次交涉都不欢而散。向勇的女儿向莹来到了点将台，她对爸爸说："让我和这个村支书斗一斗……"

知青花园已经基本竣工了，只剩下部分内部装修。因为人满为患，需要不断地腾出房屋给后来者居住，所以庄园的主人们一边装修一边渐渐入住。好在装饰材料都是高档环保的名牌产品，正值盛夏，门窗都可以大开，入住倒也无妨。

青砖墙将整个院落围住，院墙只有一米高，站在墙外，院内景致尽收眼底。

庄园正面，一座高大雄伟的石牌坊，上面是大龙爸爸题写的四个行草大字：知青花园。

穿过牌坊是从东至西一并排四扇朱红色的广亮门。绿色琉璃瓦封脊，八角攒屋顶，飞檐斗拱、雕梁画栋。

四个院落结构完全一致。都是三进三出的四合院。

青砖灰瓦,一进北向是五间正房,中间三间是客厅,东西两边各有一间耳房和三间厢房;二进、三进都是正房五间,东西耳房,各有厢房三间。庭院坐凳栏杆,抄手游廊;一进垂花门,后面两进都是月亮门。

典雅、庄重、气派。

大龙说,院内游廊藤萝、养花、植树、水蜿、奇石等各种景致由房屋主人自己决定。

远看,群山怀抱中的建筑群金碧辉煌,仿佛是从天上垂挂下来的一幅油画,庄园就像是一座空中花园。高大的石门牌坊赫然醒目,仿佛是一座通向天堂的大门。

凡是来到点将台的人,无不为之赞叹。

向莹和爸爸来到点将台。她很快就喜欢上了这个绿色王国。爸爸下车有事,她独自来到知青家园里转来转去。不一会爸爸赶来了,"莹莹,你要转,就到最西边这个院子里转吧,顺便帮我参谋参谋院子里的景观布局,这个院子是咱家的。"

向莹瞪圆了眼睛望着爸爸,"爸爸:你中奖发财了,还是贪污受贿了?这院子里的房子都是咱家的?"

"是你大龙叔叔盖的,赞助给我和你王叔、胡叔每人一套。""这个大龙叔叔是什么人啊,他在哪?他有病?"

"别瞎说,你不理解我们知青战友之间的感情。"

"那,哪间屋子是莹莹的啊?"

"随你挑,你要几间都行。"

"爸,这可是你说的,你不许反悔。我要一间起居室、一间客房、一间衣帽间、一间书房、一间会客厅、一间珍藏室,如果爸爸皇恩浩荡那就再加上一间我独自享用的小餐厅啦。"

"我看,按照你的计划,这套院子得整个都给你。"

"整个院子都给我了?爸爸,你太好了,女儿给皇阿玛谢恩了。可我怎么能忍心全部都自己享用啊,我得给你留出来一间哦。"

向莹高兴得搂着爸爸的脖子打秋千。

"爸爸,我今天晚上在这住。"

"不行,内部刚装修完,有味。"

"没有关系,门窗都开着。爸,求你了。"

"门窗都开着,有人把我女儿抱跑了怎么办?还有,我可不是吓唬你,这山里有熊瞎子,有山豹子、山猫、山狸子,这儿的狐狸连猪、羊都能叼跑。"

"爸,那你陪我在这住。"

说话间,苏香来了。苏香去乡里办事,刚回来,听说向勇的女儿来了就马上赶过来。

向勇为苏香和向莹做了介绍。向莹说:"阿姨好风度啊,要不然怎么会夺走爸爸的初恋。"

苏香看了一眼向勇:"看你,都跟孩子说了些什么?"

向莹说:"不过,好在爸爸没有被你领跑啊,要不然可就惨了,哪里还会有我向莹哦。"

向勇原来还担心苏香和向莹彼此会有隔膜、尴尬,没想到,两个人很快就拉着手亲热得像娘俩。

他们在庭院游廊的坐凳上坐下来聊天。

向勇问:"莹莹!你妈妈说你在美国买了一个什么'爱马'包,

折合人民币十多万元？你给爸爸看看，这么贵的包是龙皮做的？"

"这还贵？真正贵的包能买下你这个院子。我妈妈就会打小报告。她让我的面子丢大了，现在我都没脸见朋友了。我知道妈妈肯定不会同意，我就先斩后奏，把帮我从美国买包的朋友一下飞机就直接领到妈妈的办公室要钱。可妈妈说，孩子实在对不起，我现在手里凑不上这么多钱，等明天我凑够了，让向莹给你打电话。你相信，阿姨不会赖账的。

"我看妈妈那样子挺真诚的，可能手里真的一时凑不到这么多钱吧，心想妈妈总算当了一回菩萨。哪知道，第二天那位朋友就告诉我，那个包被别人买去了。我知道这里面肯定有文章。后来，朋友和我说，具体情况她也不知道，只知道那天晚上她爸爸接到了他们局长一个电话，爸爸在电话里和局长一个劲保证和对不起。放下电话就告诉我，那个包不能卖给你。就说被一个朋友看中硬给买走了。"

向勇说："换了爸爸也不会让你买。莹莹你想过没有，你要是挎个十多万元的包，别人会怎么看你妈妈？你妈妈一个月工资多少钱？等到纪检委调查你妈妈的时候，你哭鼻子都找不到地方。"

"我就知道，和你说就是对老黄牛弹琴。"

苏香说："其实莹莹也知道错了，我一看就知道莹莹是个嘴硬心软的姑娘。"

"还是阿姨好。"向莹说完用肩膀轻轻地蹭了一下苏香示好。

"莹莹，你妈妈说给你找了好几个工作，你都不中意，不是不去，就是干两三天就当逃兵。你和爸爸说心里话，你究竟想做点什么工作？"

"什么工作我都能做。我就是不要后面有监工啊。爸爸你不知道，我无论到了哪个单位，后面都有保姆、监工、保镖、克格勃、中央情报局。那些领导啊，每天上班都要来和你报到，问寒问暖，向莹同志你工作适应不适应啊？你妈妈最近还好啊？我是你妈妈的老下级啊，你妈妈的工作能力值得我学习一辈子啊……可那些年轻的不尿你，不仅不尿还和我整事。在工商局我复习准备公务员考试，有个家伙说风凉话：哎哟，真是的，做那个样子干嘛，你还用考公务员？你考多少分还不都是录取。你这么做不觉得虚伪吗？我把书砸到他的脸上，我们俩就打了起来……最可笑的是那些和我年龄差不多的姑娘们，都像防贼似地防着我，就怕我把她们那个烂窝瓜似的白马王子抢跑，要是遇到个脸皮厚的小痞三就更倒霉了，他整天缠着你，下班吃个便饭吧，请你喝杯咖啡吧，星期日去滑冰怎么样啊，莹莹，如果你要是公主下嫁可要考虑考虑我啊，恶心死了。"

听得向勇和苏香忍俊不止。

"最有意思的就是在财政局，局里竟然派了一个老太太给我当保姆，专门监视我。我出去会朋友，刚出门她就给局长打电话。我上厕所她也假装上厕所盯梢。我要倒杯水喝，她马上把暖瓶抢过去，我来，我来，小心烫着你。我说你累不累啊，她说：姑娘啊，求求你了，我马上就要退休了，你要是有了点什么闪失，我可怎么向局长交代啊，理解万岁吧。我天天晚上都要接受妈妈的审查：向莹今天你上午不请假干什么去了？向莹今天下午有一个卷毛头的大个子找你干什么？向莹你今天和谁通电话打了一个多小时？爸！你说我这工作怎么干？"

真是难以想象，向勇心里想，但嘴上只能说："你妈妈也是为了你好。"

"她都要把我逼疯了，还为我好？爸爸你就是不说公道话，你最虚伪。苏阿姨你说，我爸爸虚伪不？"

苏香说："天下第一虚伪。"

向勇让向莹到处看看，随便玩玩。他准备对女儿有了更多的了解后再和她商量今后的工作问题。他认为向莹总要回到市里找一份工作。

苏香对向勇说："现在的年轻人不习惯被束缚，他们喜欢做自己愿意做的事，喜欢张扬自己的个性，工作岗位不是特别重要的，有时候甚至报酬也不是重要的，如果他们愿意，他们可能去做义工，做志愿者。向莹学的是工商行政管理，在骨子里他们都有主导欲望。我看可以给她一点负责任的工作，让她有一点责任感，让她觉得自己的意识可以得到延伸。"

"你是说让她负责一些工作？"

"是这个意思。"

"不可能的，她连自己都负责不了，还能负责别人的工作。"

"你把她交给我，让她协助我工作，试一试好吗？"

"随你。苏香，我对女儿又爱又恨，但现在我不能表现出我的恨，她和她妈妈的对立情绪很严重，我现在不能添柴禾，只能撤火。可是我又不能一味地迁就她，我得慢慢找到解决问题的办法。你尽量帮我照顾一下向莹好吗。我看她很听你的话。"

"嗯。向勇，女儿来了，我们以后也要注意接触的尺度才好。做女儿的都不会希望自己的父亲和母亲之外的女人亲近。"

过了几天，苏香对向莹说："向莹，这两天又腾出来一些菜畦，我得领他们赶紧播种。采摘那边你帮阿姨照顾一下好吗？不用你干活，你盯着点就行。"

然后，她向向莹交待了一些具体的事项。

"苏阿姨：你放心吧，不会天下大乱的。"

既然当了领导，总不能掐着腰站着。向莹也挽了袖子采摘蔬菜。干了两天，向莹提出了自己的见解："菜队的工资支付不大合理，一律按日工支付报酬，体现不出多劳多得的分配原则。有些人干得多，有些人我一离开就偷懒。关键问题是经常偷懒的人也不少开工资，时间长了会影响大家的积极性。"

苏香也早就注意到了这个问题，和大家商量，也没有更好的办法。总不能摘一筐辣椒、茄子就马上过秤。

而且，如果以称重量计酬还可能"拔萝卜快了不洗泥"，为加快进度把不够成熟的蔬菜摘下来。

向勇问："你有什么好办法？"

向莹谈了自己的工资改革方案。大家觉得挺新鲜，但能否实施都看不准。

苏香说："我看就让向莹试试看，不行再改过来。向莹说了，不会天下大乱的。"

博士说："我感觉应该能行。"

向莹召开蔬菜队员工大会。

"各位大叔、大婶、大哥、大姐：从今天起，我们工资的分配形式要改一下了。原因是，过去按日工发工资，干多干少都一样，不能体现多劳多得的分配原则。修改的方案,老板并不是为了节约开支,过去老板付出多少,修改后依然要付出多少。以前,大家都是按日工每天20元,每月600元。以后我们改为按劳动态度、劳动成果评工。分三个等级,一等的每天21元,一个月630元;二等的不变,每天依然是20元,每个月600元;三等的每天19元,每月570元。谁评几等我说了不算,大家评,到月底给大家每人发一张表、一支铅笔,所有人的名字都在上面,名字后面是三个小格,一、二、三等,你认为张三够一等就在第一个格里打个勾,够二等就在中间格里打个勾;三等的以超过半数为准。有几个三等的就评几个一等,以得票多少从前面往后排。"

大家在下面议论纷纷,改革方案是好是坏众说纷纭。干活爱偷懒的几个人都表示反对。

"那老板不是都给我们开三等工资了吗?"

"一个屯的乡里乡亲,低头不见抬头见,谁给谁划三等啊?"

"别改了,我看以前的办法挺合理的。就是多抽了一支烟,少拔了两根萝卜,一个月就少开60元钱,那也太不合理了。"

向莹的脸一绷,"不要吵。认为不合理的可以辞职不干;不会都是三等的,一等的张榜公布名单,那是光荣榜。"

一个月下来,评出了五个一等工资。自然,三等的也是五个。几个得三等的来找向莹吵闹。向莹把大家的评分表往桌子上一放,"你们自己看看,有多少人给你们评了三等。"

几个人纷纷翻表查看,看见自己名字后面的第三个格里的确有不少大勾。不记名投票,铅笔道道都是一样的,也不知道是谁给自己打的勾。

查看完了都不吱声,耷拉着脑袋走了。

看来,群众的眼睛是雪亮的,大家的心里都有一杆秤。

结果是上光荣榜的人更积极了,评了三等的也不再偷懒。

苏香说:"据我看,劳动效率提高了百分之三十。"

王槐说:"龙生龙、凤生凤啊,这老总的女儿就是凤啊。"

博士说:"那肯定,你的儿子保准会盗洞。"

向勇说:"看来我是小看我的女儿了。"

苏香说:"老大,我说话你别不高兴,这孩子将来准比你强。"

二杆子的儿子小杆子当上书记的头几天和园艺中心的叔叔们关系还算融洽。但仅仅过了一个星期就风向转北。

开始发表一些看法,否定他老子的既定方针。

"向总,我老爸和你签订的合同有很多漏洞哦,双方的责权利根本就没有分清。"

向勇并不在意,以为小杆子不过就是想让大家对他重视点罢了。

"向总,你们现在已经直属乡里管辖了,应该和我们村里重新签署一个合同的。"

向勇没理他。

渐渐地,他开始和园艺中心分工、分家、分心眼。一见面就和叔叔们算小账。

村里这也亏了,那也不合算了,进而发展到和叔叔们又争又吵。

小杆子振振有辞:"这不是我个人的事,如果是我个人的事甭说让三分,我十分全让都行。我得代表村民的利益啊,为官一任造福一方,我没有能力造福一方,可也不能损害一方吧,我这样做就是损害了群众的利益呀。"

问题是向勇还理论不过他。每次争论,向勇都败下阵来。向勇说:"我就纳闷了,这个小兔崽子总能抓住理不放。真后悔把这个小兔崽子推上来,这小子和他老子比心眼能多十倍,不过,都是他妈的鬼心眼。"

向莹说:"爸,我看小杆子争的都是理。"

苏香说:"公道说,他挑咱们的毛病也都对。"

博士说:"支部再改选,得把这个小兔崽子轰下去。"

王槐说:"我找二杆子去,他把儿子夸得能当大元帅,我看除了鸡蛋里头挑骨头他没别的能耐。"

向勇向二杆子告状:"杆子,你儿子成天和我过不去。总挑我们的毛病,斤斤计较。"

二杆子说:"老大,我都不好意思见你面了。我回家就和他吵,我们爷俩就差没动手了,你说也他妈的怪了,我就是理论不过他。真对不住,早知道这局面,我说什么也不能把书记这个位子让给他。"

一般情况下,早晨大家都到向勇的办公室碰个面,互相之间通报一下各自的情况,有需要研究的事情,大家一并解决。这是向勇的民主作风。

这天早晨,大家刚到一起,点将台村的党支部书记王小宝就推门进来了:"正好,叔叔、阿姨们都在,我这有两件事要和你们商量呢。都不是什么大事,也就占用你们三两分钟。"

苏香礼貌地给小宝递过去一把椅子。

"第一件，村头刘拐子找我好几回了，我都不好意思和你们说，可没办法啊，我让他直接找你们解决，我说这不是村里的事，可他就是不干，人家说你当村官就得给村民做主，我不找你找谁？"

这套开场白向勇都能背下来了："王书记，你就直接进入主题吧。"

"那我就说了。拐子说这大半年他们家鸡鸭鹅狗可遭了罪了，天天在院子里圈着不敢放，门口十几分钟就是一趟车，那要是放出去一天压死一只，现在全都得炖肉吃了。这鸡鸭鹅一圈，那十天八天也下不了一个蛋，没圈之前可是一天一个蛋。光是牲畜遭点罪也就算了，更遭罪的是人啊，拐子有病，失眠，这汽车整天轰轰响，他现在完全靠安眠药过日子。我寻思你们这么大的公司，也不差他那点蛋钱和药钱，一天给他补个三块两块的算了。"

向勇不耐烦了："快说你的第二件事。"

"那这第一件就算通过了。好，我说第二件。我说向总你们这盆栽蔬菜给我们村造成的损失可太大了，这一盆一盆整天呼呼往外运的可都是好土啊，土不好也不可能长蔬菜啊。我计算了一下，平均每天要运出去两、三吨土。十天、八天的我就不计较了，可长年累月这么往外拉土就不得了了，一天按两吨算，一个月就是五六十吨啊……"

向勇打断他的话："你什么意思？直说吧。"

"那我就直说了。这件事当初你们和我爸签合同的时候也没明确，这显然是个漏洞，现在得想办法弥补一下。我们村委会研究了一下，鉴于你们的项目也是带动了我们村民致富，我们村做出一点牺牲也是应该的，但你们总得多少给我们补贴一点，尽量减少一点我们的损失。我们要求也不高,你们赚大头,我们呢就捡一点零头,每盆卖出去的蔬菜给我们提一块钱就行了,多少意思一下,我和村委会也算有个交待。"

向勇很生气,但他尽量压住火气让语气平和一些:"王书记,第一件我看不大合适,我不差刘拐子那几个钱,关键是这后面的连锁反应太大了。刘拐子补十块,挨着他的李拐子补八块,后面的王拐子补六块,你们村民是不是拿我当唐僧肉了?这第二件我就更不能考虑了。当初上盆栽蔬菜的项目,我也考虑到了这个问题,为了解决这个问题我和你爸踏遍了点将台的山坡和土地,最后选在和尚头沟。一是那里是沙土地,适合盆栽蔬菜用土。二是那里树木少,不破坏植被。第三我们计划那里挖空后正好填放生活垃圾,填满了再盖上土植树。这是一举多得的好事,你现在要来和我分一杯羹有道理吗?"

"向总,您要这样讲可就不占理了。这第一件我看您还是顺着手指头缝流出来一点好,一天十块、八块你嫌多,哪怕三两块,一个月给他个三十、五十的也是个意思。要不然他整天到村委会闹我,对你们影响也不好,要是他到你们这闹,耽误你们的工作。如果他要是到乡法庭起诉,那他可准能胜诉。到那个时候,向叔你们园艺中心的面子可就丢大了,我真不希望看到那一天。可乡下人做事情没分寸,拐子的脾气又不好……还有这第二件,一举多得还不都是你们自己得了,我们村里除了失,可是一得没一得。这是秃子头上的虱子,明摆着的事,我实在没法和村委会交待啊。"

王槐听不进去了:"你说这些都没有用。我们按合同办。当初你爸和我们签的合同没有这个内容,你要反悔找你爸去。"

"王叔,这话可不能这么说。谁的话也不是一成不变的,社会每天都在发展，我们不能今天按昨天的老黄历办事，实践是检验真理的唯一标准，发现错了就要改正。再说我爸当时的出发点就是错误的，观念上有问题，江湖义气，只想着哥们够意思却牺牲了整个村民的利益。你们赚大头，我们也应该赚个小头吧，大家要共同致富才好。"

王槐反唇相讥："江湖义气怎么了，不讲江湖义气可也不能六亲不认。当初你爸请我们回来创业，我们也是因为哥们够意思才回来的。现在看我们赚几个钱就红眼病了。"

"要想合作好，形成良性循环就得公平，要真正体现公平就得六亲不认，现在就是我爸站在这里，我也六亲不认。王叔，江湖义气在企业的创业之初还能起到点积极作用。可发展到一定的阶段，江湖义气就会断送企业的生命。刘备如果不是江湖义气为关羽报仇，不听劝阻，非要去打东吴，那他死不了，他死不了就轮不到阿斗坐班。刘备有诸葛亮的辅佐，那最后夺得天下的必定是蜀汉。"

向勇不说话，坐在那里生气。他不可能让步，但他也不想再和小杆子争论下去。他和小杆子争论从来都没有结果。

苏香看这形势，一时也解决不了问题，就打圆场说："王书记你先回去吧，你说的这些事我们现在也没办法马上答复。等我们研究一下再答复你好吧。"

小杆子也没想马上就有结果，他有思想准备，和这些叔叔们只能打持久战加麻雀战。一件一件来解决，两三天解决一件，逐渐来，积少成多，争取半年内全部解决。此刻他正好借坡下驴："好！那我回头听信，唉！中国农民哦，太不容易了，希望叔叔、阿姨们能换个角度考虑问题，换个思维方式看待问题，那解决问题就不难了。你们忙。"

小杆子刚走，向莹来了。向莹睡懒觉，早晨起得晚。一进屋看见大家的脸色都难看，就问是怎么回事。苏香把情况大致说了一遍。

　　最近以来，爸爸和这个小杆子总是不愉快，向莹耳闻目睹，见此情景，向莹说："爸！我有一个主意，以后你们不要和小杆子再直接对话了。你何必啊，总是惹一肚子气。从现在起，我就是咱们园艺中心驻点将台村办事处主任，以后有什么事情由我和他直接交涉，你们不用管了。"

　　王槐说："你哪里是他的对手，这小子现在六亲不认。自打他上任，专门和咱们唱对台戏。"

　　向勇也不同意，他知道女儿脾气暴，人家说她参加公务员考试虚伪，她就和人家打架，这小杆子气人的话多着呢，向莹哪是他的对手。

　　博士却说："我看可以试试，反正咱们现在谁都和这小子扯不起。我是掰扯不过他，这小子说话虽然邪门但总能抓住理。"

　　苏香也同意，"我看莹莹可以，让穆桂英挂帅试一试。"

　　向勇说："你可不许和他吵架。"

　　向莹说："不过我可有个条件，用人不疑，疑人不用。既然大家同意我上，那就别中间插杠子。他找谁，你们也不要接招，就往我身上推。要是你们接招，特别是爸爸，最后不是撤退就是妥协，那我明天就回沈阳。"

　　"你想怎么办？"博士问。

　　"我还没想好呢，不过我会找到办法的。"

　　不一会，向莹到蔬菜队转了一圈，带回办公室两个人。

苏香也在办公室，她想看看向莹葫芦里要卖什么药。

"请坐吧。您是刘喜妹吧？您是三河？"

"是的，向队长您有事找我们？"蔬菜队的人都叫向莹向队长。

"是这样的。现在公司的蔬菜订单开始减少了，没办法，公司准备裁员。你们两个一会去结算工资，明天就不用来上班了。"

犹如晴天霹雳，刘喜妹和三河一时都惊呆了，半天才明白发生了什么事。三河问："为什么啊？"

"我不是说了吗，公司要裁员。"

"为啥单单裁我们俩啊，我们干得好好的，我可是上了光荣榜的。"

"总得有个开始吧，你们走了，我还要和别人谈。"

两个人都撅着嘴，不说话。三河的脑子突然灵光一现："你不能裁我们，我们有合同的，合同规定一年，我们没犯错误，你凭什么提前解雇我们？你提前解雇我们，你违反合同。"

"是啊，凭什么？有合同的。"刘喜妹也振作起来。

这一招向莹没有想到，她思索片刻说："是这样啊。那就等年末再说吧。不过，蔬菜队用不了那么多人了，从明天起你们俩去积肥组吧，那个组还缺人。"

积肥组就是倒粪、运粪，收集人畜粪便、割草沤粪。

这次，刘喜妹首先抗议，喜妹是个干净人，每天总要擦脂抹粉的："我不去，向队长，我哪得罪你了。"

"我不去，我找向总评理去，我上光荣榜，凭什么先裁我。"

向莹慢条斯理地说："甭找了，向总病了，气的。"

"谁气的，我们可没气他。向总他人那么好，没人气他。"

向莹开始转入正题,"这不是嘛,刚才你们村王书记来找向总,说村东头拐子叔找他了,说汽车成天在他家门前过,他现在失眠了,要花钱买好多安眠药吃才能睡觉,还说不能放鸡鸭了,因为门前车多,怕车压死,鸡鸭圈在院子里现在都不下蛋了,要求我们公司索赔。"

两个人恍然大悟。喜妹是刘拐子的妹妹,三河是刘拐子大姐的儿子——亲外甥。

苏香也明白了向莹的用意,她心想:这丫头鬼点子是多。

向莹继续说:"你们两个给评评理,这事情能这么办吗?你们村原来大家的生活标准怎么样?一年就是到集市上卖几个鸡蛋,捡几个山核桃,打点山杏、山梨,卖几个小钱,一年都凑不到一百块钱,要不是希望小学,孩子都念不起书。我们来了,你们一个月收入多少钱?五六百,还有租地、包地、土地入股,是原来收入的几十倍,一年好几千啊!现在家家都买了电冰箱,买了彩电。吃水不忘挖井人,我们不图你们报恩,可也不能以怨报德吧?还要我们赔偿?拿我们当地主老财要分田分地分浮财了。还吃什么安眠药?还怕小鸡被车压着……"

三河悟性快:"向队长你不用说了,我去找我舅,这就是吃人饭不屙人屎,他家的土地也入了股份,他的良心让猫叼去了。他要吃安眠药我给他买一大包让他一股脑吃进去。"

喜妹也觉得应该有点行动:"我也去。哥是不是夜里脑袋让驴踢了?他家小鸡不下蛋,我家的鸡蛋都给他灌肠子。"

两个人风风火火来到刘拐子家,进屋就开炮:

"舅！你和知青要什么赔偿钱？你小鸡不下蛋也要知青赔？你想钱想疯啦？"

喜妹接着喊："你什么时候睡不着觉吃安眠药了？我看你天天躺在炕上烀猪头，就差没睡过去了，你该吃点耗子药。"

刘拐子被妹妹和外甥一顿炮火轰得蒙头转向："咋啦，咋啦？"

"还咋啦？我们俩被炒了，不让我们干了，都是因为你。"三河说。

"哥！你小外甥还等着我这个月开工资黑白的换个带彩色的呢？你可把我们坑稀了。"

刘拐子说："昨个王书记来坐会儿，我就是闲聊了几句，我说要留书记喝一口，我说鸡蛋不多了，鸡鸭不能放了，怕车压着，圈着不爱下蛋。他就说他去找知青，这事应该要点补偿。我还说算了，我家土地也入股了，哪多哪少我还不知道？。"

"那你不要补偿了？"

"我原来也没准说要啊，看这事弄得。"

三河说："就这样吧。小姨咱们走。舅你以后有什么事找小姨和我合计合计，别总找小杆子，我看那小子就是能得瑟，仗着老书记当了两天支书就不知道北了。哪天把我惹急了，我一脚把他踹到贝勒河里喂王八。"

两个人回来找向莹，说好话，赔礼道歉，说赔偿一事是个误会，要求复工。

向莹说："这事你们和拐子叔说不着，是王书记来替拐子叔要赔偿的。你们得让拐子叔和王书记有个话才行。他王书记为民请愿，难道我们不是为民谋福？"

两个人又折回到拐子家，非要拐子马上去找王书记，撤回赔偿的话。

拐子不想去，王书记也是为他好，再说他也不敢得罪王书记。

三河说："你不去也行，以后你每个月给我六百块。"

喜妹说："你不去也行，你明天就替我抓粪去。"

刘拐子只好去找王书记。

王书记心想，这也不像是向总的招法啊，"行，我知道了。那你去告诉他们吧，你自己不要赔偿就算了，我也是为了你好。"

三个人又来找向莹。

向莹说："你们怎么就不明白呢？这事是王书记来要赔偿的，如果撤诉，得王书记亲自来。你们谁能代表党支部书记？他工作忙，不来也行，空口无凭，得给我写个字据吧，要盖章的，他说是村委会做出的决定，得盖村委会的公章。拐子叔，你也别着急，今天你一定要把王书记请来，或者把王书记的条子拿来。您腿脚不方便，让喜妹和三河搀着你。喜妹和三河的任务是我给的，那今天算上工，工资照发。不过丑话我可是说在前头，如果拐子叔今天请不来王书记，拿不来王书记的条子，那喜妹和三河明天就去施肥组干活，这事没商量。"

三个人只好又去找王书记。王书记躲起来了。三个人到处找，拐子腿脚不方便，一瘸一拐的，累得满头大汗，三河和喜妹只好一左一右搀着他满村找。遇到人就打听王书记，大家自然要问什么事这么急啊？等明天吧，三个人说急着呢，免不了一番来龙去脉，痛说不幸遭遇。最后由三河作总结："村委会也不干人事，老百姓吃片安眠药，小鸡不下蛋也他妈的用他们表个决议，真是吃饱了撑的。"

王书记知道再躲下去影响更坏,只好出山。

王书记说:"条子我不能写。我去看看,哪个向队长这么厉害。"他知道向总有这么个姑娘,来了不长时间,打过一两次照面。

一行人来到园艺中心。向勇和博士、王槐听苏香说了,也过来看看向莹的戏怎么收场。

小杆子进门就直接奔向向勇。向莹拦住他说:"王书记,有件事我正想通知您。我叫向莹。我们中心刚刚任命我为园艺中心驻点将台村办事处主任。今后您有什么事情直接找我解决就好。"

"哦,小向姑娘?"

向莹做了一个球场上叫停的手势:"王书记,打住,向莹,向主任。"

"这么说,以后我们村里有事,任何事都找你?"小杆子说到任何事时特别加重了语气。

"对。任何事,您就是找别人也没有用,最后还要找我解决。

这也是为了简化工作联络程序,为您着想。您工作忙,上百户村民,每天都要下基层,调查研究,访寒问苦,连小鸡不下蛋,村民失眠睡不着觉都放在心头。你有事找我们,找到这个找不到那个。以后方便了,你打个电话我就到。"

小杆子的样子有些尴尬:"向总:这不大合适吧,园艺中心和村里领导之间每天会有很多问题需要互相沟通、磋商。您让一个什么办事处和我对话是不是不大对等啊?"

向莹说:"王书记这样说就错了。首先,驻村办事处就是园艺中心驻村的代表机构。大同小异,您能说中国驻联合国代表大会不代表中国?中国驻美国大使馆不代表中国?还有。就算您要求对等吧,好像我的职务也不比您的低。我们园艺中心现在归乡里直属。乡长是我们的董事长。这就是说在行政级别上我们应该享受科级待遇,我算是正股级,村支部书记好像也就算股级。所不同的是您是选上来的,我是公司任命的。"

小杆子心想:小黄毛丫头,那我就直接对你。他觉得手里还有牌可打。

"那我们就解决问题吧。刘拐子要求赔偿的事就算了。拐子哥高风亮节……"想不到三河不买书记的账,他觉得现在正是自己向公司邀功的时候,这关系到他今后工作、工种、工资等级等一系列重大的问题。他打断小杆子的话头说:"王书记:我舅也没要求赔偿,他就是和书记随便拉拉家常。舅!你说话呀。"

刘拐子小心翼翼地看了书记一眼,一边点头,表示外甥说的是,嘴里小声嘟囔说:"书记也是为咱好。"

喜妹的立场也很坚定,"哥是没有说要赔偿。小鸡圈了,少下蛋是不假,可土地入股了,收入增加了。这账哥能算明白。哥说了,以后吃鸡蛋去我家里拿。"

三河马上溜缝:"我家鸡蛋也吃不了,舅要吃就去拿嘛。"

支部书记王小宝被他的村民出卖了。但王小宝有办法变被动为主动:"那这事就算了,算了,我也是为了拐子哥瞎操心。可向主任,那盆栽蔬菜用土的问题不知道你怎么解决,这可不是哪一个人的事,是全村人的大事。"

向莹说:"王书记放心,我不出三天一定给你答复,彻底解决问题。"

小杆子想不出这个黄毛丫头还有什么高招,心想:这事我非得让你们公司给我村里切下一块蛋糕。

"好！那我们就告辞了。"

小杆子走了。向莹马上安抚三个村民。刘拐子的样子有些慌神。

"你们回去吧，喜妹和三河明天继续到蔬菜队上班。蔬菜队的事我还管，只要公司在，就有你们的活干。拐子叔以后有了困难直接和我说，你是公司的股民啊，咱们实际上就是一家人，公司的河里有水，你的锅里才有水。你要是再里外不分，我就把你的股份退回去。"

一席话让三个人感动得千恩万谢。

苏香说："青出于蓝胜于蓝吧。"

博士说："能看出来是市委副书记的女儿。"

向勇说："真不知道我姑娘哪来这么多鬼点子。向莹，那盆栽蔬菜用土的事你有办法了？"

"明天看吧。"

有两辆独轮车每天专门从和尚沟往菜棚运土。每人每天大约四五趟。第二天向莹把两个运土工叫来说："公司的各项工种都要改革了。变记工制为承包制。从今天起，你们每拉来一车土，这边就记上一笔，每车土5块钱。如果你们多跑几趟应该比原来的收入有所增加。"

"那我们还算不算公司的人啊？"

向莹说："怎么不算呢，你们村的土地也承包了，你们就不是村里的人了？不过是分配形式变了。过去你们干得不错，说承包其实我们就承包给你们俩，别人拉来土，我还不要呢。"

"是这样啊，那我们就放心了。"

向莹说:"可是,你们去哪里拉土我可不管了,你愿意去你家后院拉土我也没有意见,但是土的质量必须和和尚沟的土质是一样的。土质不好,不验收,等于你白拉一趟。"

"明白了,那我们还去和尚沟拉土。"

向莹给小杆子打电话,告诉他:"王书记:我们盆栽蔬菜的用土解决了。以后我们不再挖点将台村的一锹土。以后和村民买土,我们见土付钱。"

"那村民到哪取土啊?还不是去和尚沟?"

"那我就不知道了,他们去挖自己家后院的土我也不管,如果去沈阳北陵公园拉土那就更好了,那的土质好。如果你怕和尚沟的水土流失,你就去看着点呗,让他们去城子山的岭后取土,那就不属于你们村了吧?王书记你看还有什么问题……"

向莹没说完,小杆子那边已经放下了电话。

大家哈哈大笑,苏香都笑出了眼泪。

向莹说:"小杆子现在参加北方大学工商管理函授学习呢,刚刚学了点皮毛就拿来到咱们这比划。他不知道吧,本姑娘可是工商管理学院的科班,他和我比呀,还嫩了点。"

王槐说:"我看莹莹这一招也挺简单、容易的,可我咋就没想到呢。"

向勇说:"我这些日子让小杆子给我缠巴得吃不好、睡不好,想不到我女儿替我解围了。"

一连几天,大家没有再看见小杆子的影子。

第十章：村支书成了光杆司令

　　村支书王小宝和向勇的女儿向莹斗了几个回合都铩羽而归，他成了光杆司令。明明是为了村民争取利益为什么人心向背呢？他百思不得其解。在父亲二杆子的开导下，他决定改变斗争策略，由寸土必争到拱手相让。园艺中心动员村民家家挖菜窖，王小宝找到向莹主动承担任务。向莹说："和小杆子还得留个后手。"

　　大龙回到市里，见到了杨妈。

　　他对杨妈说："杨妈，杨洋不跟我回来。她在那里高兴着呢。我们那有个女知青，叫苏香，她对中医有些研究。她说杨洋的病不用治，在那养，杨洋的身体就能养好。杨洋现在不吃药了。我看杨洋现在可不像个病人了。她还干活呢，每天干半天活，大家都照顾她，让她干点力所能及的活，拔拔草、摘点菜什么的，苏香说让她适当参加点劳动好，她可能吃饭呢。可有一件事我想不明白。你说杨洋的智商相当于十二岁的孩子？"

　　"差不多吧。我按标准的智商测验方法测试过她。"

　　"可她恋爱了。我这次去，她告诉我，她要和胡哥结婚。"

"胡哥是谁？"

"我们一起下乡的知青，名叫胡学林，大家都叫他博士。胡博士生理上有病，所以和太太离婚了。胡博士因为自己身体的情况，觉得大家对他不会有误解，所以对杨洋照顾的就多些，哪想到杨洋竟离不开这个胡哥了。我看杨洋可是认真的。"

"不会的，她就是说一说。在家的时候和我也说过，妈妈你说我将来还能结婚吗？我应该嫁给一个什么样的人呢？她是看电影、电视看的，其实她根本不懂得结婚的意义和内容是什么。"

"但愿如此吧。不过，我觉得有时间你还是应该去点将台看看。你当妈的比我们更了解女儿。"

"那你什么时候再去，拉上我，我去看看。"

杨妈来到了点将台村。

触景伤情，这里永远埋葬着她的女儿杨早。但这里也可能挽救了她的另一个女儿。她简直认不出她的杨洋了。胖了，脸色白里透红，大眼睛熠熠生辉，根本看不出曾经是个病人。杨妈注意到，杨洋根本就不再咳嗽了。

杨妈拉着苏香的手，把苏香抱在胸前；"苏香：谢谢你，你让我的杨洋脱胎换骨了。"

"不，杨妈，是这里的空气，这里的环境让你的女儿走向新生。杨洋现在能养活自己了，她说她有两千多存款了。"

"那是你们大家照顾她的。"

杨妈和苏香探讨杨洋现在的情感世界。

杨妈坚持认为，杨洋想结婚只是认为别人都结婚了，她也要结婚。她其实不懂结婚的实质是什么。

苏香不同意。苏香说:"我现在正在查找一些相关的资料。有些专家认为,一个人在童年时期精神受到极度刺激,会影响他的智力发育,但他的生理发育也许并不滞后。我怀疑杨洋很可能属于这种情况。杨妈,我建议您多住些日子,多观察一下杨洋。"

杨妈观察到她的女儿已经离不开胡博士了,几乎成了胡博士的影子。博士对女儿的照顾也是体贴入微的,像哥哥,更像父亲。

她问杨洋:"杨洋你为什么要结婚啊?"

杨洋说:"妈妈我结婚不对吗?你原来说我有病,不能结婚。现在我已经好了,我什么病也没有了。苏香姐姐早就不让我吃药了。我没有病了,为什么不能结婚呢?"

"你想和谁结婚?"

"和胡哥啊,我想和胡哥结婚。妈妈我喜欢胡哥,我爱胡哥。"

"你知道什么叫爱吗?你是看电视学的吧?"

"爱就是喜欢,爱就是总想和他在一起。"

"你胡哥同意吗?"

"胡哥不同意。胡哥说他是我的亲哥哥,哥哥和妹妹是不能结婚的。"

"胡哥说的对。"

"不对。亲哥哥和妹妹是一个妈妈生的。我和胡哥不是,所以,我们可以结婚的。"

"可是,你胡哥不同意。不同意不能强求啊。"

"没有关系的,妈妈。你看电视剧里,开始都是不同意的,最后都会同意的。"

杨妈觉得女儿真的是坠入情网了。她现在需要弄明白的是杨洋对婚姻实质的理解程度。

几天以后，杨妈约博士来到贝勒河边。

已经是仲夏了，百草的芳香令人陶醉，河面上不时有鱼儿跃出水面。大自然让每个人都觉得脚下这块神奇的土地只属于自己。

杨妈说："小胡，感谢你对杨洋的关心、呵护，你们让她焕发了青春。"

"杨妈您这是客气了，我们觉得怎样关爱杨洋也无法弥补我们对杨早的愧疚。十三个女知青，只有杨早永远长眠在这里了。这是我们一生一世的心痛。"

"杨妈知道啊。杨妈虽然失去了杨早，可杨妈得到了更多的儿女。大龙、向勇、王槐、苏香和你，你们都是好人，你们都是杨妈的儿女。杨妈和你们在一起很幸福，杨妈自己在家的日子想起你们就不孤单。杨妈现在最不放心的是杨洋，我将来总是要先走的，我走了她怎么办？"

"杨妈你放心吧，我们几个都约定好了，只要我们中间有一个人在，就不会让杨洋受到任何委屈。"

"我知道，可她毕竟是你们的负担啊。"

"不是这样的，杨妈。一个人如果愿意做一件事，那就是他的心愿，是他的幸福。我们都愿意和杨洋在一起。杨妈你知道吗。苏香说有一次他女知青们聊起将来要嫁给什么样的男人，杨早说，她要嫁给一个大龙和我结合起来的人，既有大龙的勇敢、坚强，也有我的勤学、书生气。从我听到这个故事起，我就觉得我这辈子就是你们杨家的人了，是杨早的哥哥，也是杨洋的哥哥。"

"可现在杨洋不想让你仅仅做她的哥哥了，她要和你结婚。"

"是啊，我也正为这件事犯愁呢。我真后悔啊，如果不是我的病，只要杨洋愿意，你同意，我会让杨洋做我的妻子，和她白头偕老。"

"我听大龙说了。你的病，一点希望也没有了？"

"十五年了，大概治了十多年，看看没有希望，我就放弃了。我今年已经53岁了，已经是年过半百的人了，甭说治不了，就是能治还有什么意义呢。"

"小胡你想过没有，其实我觉得杨洋并不了解婚姻的全部内容。她电视看多了，觉得作为一个女人，她和别人一样，也应该结婚。对于她来说，结婚仅仅就是一个形式，未必是内容。"

"可能是这样的。即便如此，我也永远不会和杨洋结婚的。如果是那样，对杨洋太不公平了，不能因为杨洋不懂夫妻生活，甚至不懂得房事，就欺骗她，那既是对她的欺骗也是对她的伤害，我们都不希望杨洋再受一点委屈"。

"可，你不和她结婚，她就不受委屈了吗？她的将来只有两种可能：一个是终身不嫁，单身，直到离开这个世界，如果是那样，她就一辈子也享受不到作为女人的权利了。还有就是想办法再嫁给一个人，杨洋今年都41岁了，她这样的情况，这个年龄的女人嫁给谁？只能是个离过婚、有过家室的老人。她能给那个家庭带来幸福，还是那个家庭能给她带来幸福？杨洋的智力肯定是有问题的，他的丈夫能真心爱她、呵护她？最大的可能就是他们互相伤害。大龙要娶她，大龙的条件那么好，我也相信大龙能对杨洋好，可我不同意，因为那对于他们双方来说都会造成伤害。如果杨洋嫁给的男人再厌倦了她，和她离婚，那就等于把杨洋彻底毁了，真是生不如死。"

"杨妈妈，你的意思是让我娶杨洋？"

"孩子，我不会强迫你，为难你的。以你现在的条件和人品你完全可以找到一个更好的女人。杨洋嫁给你，实际上是委屈你。我刚才说的话希望不会给你造成压力和负担。你再考虑一段时间。我准备在这住些日子。如果你不打算和杨洋结婚，杨妈妈不会怪罪你的，我理解。那我就想办法让她和我回沈阳，重新安排她的生活方式。"

晚上，博士把大家找到一起，把他白天和杨妈妈的谈话内容和大家说了一遍。博士很矛盾，他需要听听大家的意见。

苏香建议把杨妈妈也找来。无论大家说些什么，什么意见，都没有回避杨妈妈的必要。苏香还建议把向莹也叫来，听听当代年轻人的看法。

杨妈妈来了，她一进屋就说："孩子们，谢谢你们，你们让我知道了杨洋在你们心目中的分量。我想说的，已经和小胡说过了，今天我也想听听大家的意见。"

唯一的当代青年向莹首先问："其实，这没有什么可犯难的。胡叔你就说心里话，你是爱杨洋，还是可怜杨洋？"

"刚开始是可怜，是责任，现在是爱。我不觉得杨洋的智力有问题。在我的眼里，杨洋就是一汪清纯、明亮的山泉。在山里，遇到这样的山泉，我就是渴了，也只是小心翼翼地喝上几口水，天气再热，我也不会去洗手、洗脚、洗澡，我怕我的手和我的身子弄脏了那汪山泉，因为她是属于大山的，属于大自然的，她是圣洁的。"

向莹说："太感人了，胡叔那你还犹豫什么啊。那就赶快结婚吧，我来当杨洋小阿姨的伴娘。"

向勇说："莹莹你坐下，听听大家的意见。"

博士说："杨洋嫁给我，我能把所有的爱都送给她，可是她得不到一个女人最应该得到的东西。如果她想得到这个，那她会非常痛苦，如果她不知道，那我就是欺骗了她。这是我最犹豫的问题。"

刚刚坐下，向莹又站起来："太感人了。胡叔，要是遇到你这样的男人我也会毫不犹豫地嫁给他。我现在懂了，其实你们这一代人才真正懂得什么是爱，怎样去爱，苏阿姨，我说话你可不要难为情啊，爸爸每次看你，那目光都像在说话哦，那样的目光爸爸可是没有给过任何人。"

苏香说："我看你是没良心，爸爸看你的目光都是说不完的话。"

"只是不一样啊，爸和你的目光都是恩爱，看我是慈爱、疼爱。"

苏香说："我倒霉不啊，我30多年没看到老大，给人家把儿子养大又养孙子。现在刚到一起，就有人观察我们的目光。莹莹你要是你妈的卧底我可就惨了。"

"我只是替我妈妈感到悲哀啦。"

王槐说："跑题了。我们今天的中心是博士。"

向莹说："还有王叔也是啊，王叔和我说到他的前妻脸上都放光彩哦，说他前妻那么年轻、漂亮，善解人意，闹了半天王叔还是被人家给休的。说到他的女儿啊，眼泪汪汪，就是一个想啊，就这，女儿还不是他的亲生。"

王槐说："莹莹，你不懂，血缘不是这个世界上最重要的东西。

最重要的是人和人之间的情感。你是你爸爸的孩子,你爸爸是你爷爷的孩子,可谁能保证你们家往上数多少代人都是亲生的,没有过继的?连皇上都要过继儿子呢,远的我不知道,清代同治、光绪,都没有儿子,何况我们小老百姓。我和我女儿的感情你无法理解。"

"还有啊",王槐继续说,"我和你爸爸也不是亲兄弟,没有血缘关系,现在要是你爸爸做手术需要心肝肺、胆囊、肠子、腰子什么的,我和你胡叔献出去眼睛都不会眨巴一下,你能吗?你妈妈能吗?"

向莹哀叹道:"像你们这样的男人,现在天底下我怎么找不到一个呢?"

向勇说:"咱们还是说博士吧。王槐你什么意见?"

王槐郑重地说:"我同意博士结婚。"

向勇说:"博士的担心我理解。但是我想,能够把遗憾弥补给杨洋的男人也很难拥有博士那么多的优点。换句话说,天下没有完美的男人,就是有他也不可能属于杨洋,就是有,他也不可能像博士那样的去关爱杨洋。博士不是完美的男人,但是他会把杨洋视作自己生命的一部分。所以,我同意博士和杨洋结婚。但是决定权还在博士。"

杨妈说:"我想说的就是向总说的。"

大家都把目光投向博士。

博士缓缓地站起来,激动地环顾着每一个人:"你们大家都知道,我妻子和孩子去美国以后,我一夜之间就失去了一切。现在儿子连我的电话都懒得接。家没了,工作没了,我整天酗酒,不怕你们笑话,我连自杀的心都有,我想我还活着是为了什么啊?我学的那些知识还有用吗?我不就是一个造粪的机器吗?人活着总要有点意义吧,总要有点意思吧。正在我绝望的时候，老大把我带到了这里，老大比我大一个月，算是我的哥哥，其实他也是我的再生父母，我在这里找到了一个新的起点，找到了一个全新的世界，我是学纺织的，种植、养殖对于我来说是个陌生的世界，现在，我重新学习，我不仅找到了自我，还感觉到我的身体和精神世界回归到了大自然。现在你们又把杨洋，一个那么好的姑娘送给我，使我又有了一个家，有了一个妻子，有了自己的另一半。我还能说什么呢？我原来担心太委屈了杨洋，现在我也意识到了，换了一个男人，杨洋还可能受更大的委屈。现在我决定：我要和杨洋结婚。杨妈：你放心吧，我会让杨洋的后半生幸福，我不会让您失望的。"

苏香说："还杨妈呢？你该叫妈妈。"

博士走到杨妈面前深深地鞠了一躬,："妈！"

大家都情不自禁地鼓起掌声。

杨妈抱住博士："谢谢你，孩子，我这辈子无牵无挂了。"杨妈那银白色头发在灯光下闪亮，与之辉映的还有杨妈脸上那幸福的泪花。

也没有什么可准备的。向勇说："大龙说十一国庆那天，咱们往四合院乔迁，我看就把杨洋和博士的婚礼定在那天最好，洞房是真正意义的新房。"

大家都赞同。

向勇说："还有一件喜事呢，咱们让这一天双喜临门。十一，苏香已经和大伟说好了，他们全家请探亲假来这儿，我父母也要来。我和儿子就要父子团圆了。"

大家高兴得互相道喜。

杨妈把消息告诉杨洋,杨洋高兴得跳起来:"妈妈我说过的,胡哥会同意的。"

"你还有什么要求要和妈妈说吗?"

"妈妈我要穿好长好长的婚纱。"

"行!"

"妈妈我要去好高好高的大教堂。要有个牧师问我:杨洋女士,你愿意嫁给胡博士,做他的妻子吗?我说愿意,然后胡博士要给我戴一枚戒指的。"

"你是电视看多了。教堂是外国人结婚的地方。中国人要吹喇叭迎亲,回头我问问,乡里有没有鼓乐班。"

"杨洋明天和妈妈回家吧,等到了结婚那天大龙哥去接你。结婚前,新娘子和新郎是不能见面的。再说,我也要回去给你准备准备。"

"好,我听妈妈的。"

点将台村支部书记王小宝又找碴和向莹较量了两个回合,都是铩羽而归。他就纳闷了,我王小宝当了七八年兵,领着施工队在外面闯世界所向披靡,现在竟败在一个黄毛丫头的手里?怪了。

他把疑团和父亲一说,二杆子拍手称快。

小杆子悻悻地说:"我就知道你会幸灾乐祸。"

二杆子说:"我和你向叔都斗不过你。我说一句,你能还我两句。这回遇到对手了吧。这就叫人外有人,天外有天。下象棋的人都知道,谁也不能称大。你知道棋逢对手的时候谁能取胜吗?"

"愿听赐教。"

"就是一个小卒子。棋逢对手,难分胜败的时候起决定因素的就是一个小卒子,只要这个小卒子一过了河,那就赢定了。"

"都是你给我扔下了一本糊涂账。你那个协议签的简直就是'卖国求荣',不是甲方和乙方,而是乙方自己定的条款自己签。责权利完全没分清。你把点将台一个大好河山完整地送给了城里来的哥们,你把人家变成了地主,把你的村民都变成了雇工、长工和短工。我现在就是有回天之力,也不可能一下子扭转乾坤。老爸你好糊涂哦。"

二杆子说:"我都懒得和你理论。知道你为什么斗不过黄毛丫头吗?"

"我洗耳恭听。"

"因为人心都不在你这里了。古人云,得人心者得天下,失人心者失天下。你没有人心了,你马上就要当光杆司令了,你他妈的就是秋后的蚂蚱没有几天蹦头了!"

"我怎么失人心了?"

"这马上就要入秋了吧?老大放出风了,让大家挖菜窖,分别贮存蔬菜,他付存贮费。老大算得精吧,他不动一锹一土,家家都成了他的菜窖。要是我在,老大就会和我打招呼,由我布置村民挖菜窖,统一管理。存储费呢,和我结算,由我向村民发放,老百姓知道什么?谁把钱递到他的手里,谁是财神,他就听谁的,谁给他钱谁是爹。除了村民得的,老大总要给我一部分劳务费、辛苦费、管理费。我一举几得?现在可倒好,人家绕过你了,人家和你扯不起就不和你扯了。你少收了钱,又把你的臣民送给人家去当兵打仗,你得到什么了？钱没了，兵没了，民心没了？你现在就剩下村委会一块阵地自己守了。你以为你是为村民说话？谁感谢你了？你败了几回还不觉醒，你马上就成了光杆司令了。你敢让大家不挖菜窖？你断了大家的财源，大家伙不用动手，光用唾沫就能淹死你。刚才我到老大那儿去，村委会那几个委员都在和黄毛丫头套近乎打包票呢，说保证让家家都挖菜窖，还有人问挖两个菜窖行不？他们都是卖国求荣？就你一个人是岳飞？我敢问问岳将军，岳家军的营盘里现在还有几个兵？"

小杆子不言语了。二杆子老伴听出了道理，埋怨丈夫："你当多少年书记了，就你能，你不和他说，他能掰开这些理吗？"

"你少插嘴，你知道个屁？我嘴皮子都磨薄了，他还得听啊？我说他一句，他给我讲一堂课。他学了几天什么屁管理，就以为自己成了气候了。你说我协议签得这也不清，那也糊涂。你说我当了这些年的书记，我能不明白这合同和协议是什么吗？谁不明白什么是精，什么是细啊？一条一条慢慢琢磨，傻子都能明白。又精又细就得动心眼，动了心眼就是分心眼。我的意思和他们就是一家人，分了心眼就是两家了。一个家庭，如果分心眼，爷俩、亲兄弟也有隔阂，早晚也得分家。不分心眼，不是一家人比一家人还亲。刘关张是一家人不？亲兄弟也不如他们亲。我和他们不分心眼，那是因为我了解他们，你向叔、王叔和胡叔那几个人，如果看我吃不上饭，都能自己饿着把饭盛给我。当年你王叔为了给我买书，从县城走到点将台，省下路费给我买书。和这样的人你还精？你还细？大家都缺心眼，就你精，就你细。"

"可这些资源都是咱们点将台的。大不了，咱们自己干，咱们又不是不会种菜。"

"你会个屁,你就会种大白菜吧。你看看老大那些同学,人家讲的那些课,什么怎样提高蔬菜的叶绿素啊,什么怎样把握光照时间啊,什么授粉的最佳时机啊,你去讲几课我听听。还有老大那些关系、人脉,这才半年多一点,养娃娃鱼的来了,种植人参的,种植中草药的来了,种植果树的来了,养殖林蛙的来了,养鹿的来了,都二十多个项目了。我是糊涂,可我吃什么亏了,我又没集资,我又没出汗,那山是国家的山,水是国家的水,地是集体的地,人都是打娘胎起自个爹娘养大的。老大他们是拿了大头,可你想想,如果没有人家的大头,能有咱们的小头吗?原来家家有个电饭锅就算家用电器了,现在家家都有电冰箱、彩电。没有老大他们猴年马月也买不起。按着我那打法,大家伙致富了也得感谢我,因为我和老大他们本来就是一家啊,我到乡里去,老大还让我挂着董事长。一家人,他老大是赚钱的爹,我是管钱的妈,孩子有钱了,感谢爹也得感谢妈。现在是你和人家还没离婚,但你和人家分居了,你当不成妈了。你的孩子都跟有钱的爹跑了,你自己在村委会的大牌子下面守活寡吧。你知道你的失误在哪里吗?从古到今,谁啃书本,按书本办事,按兵法打仗谁就失败。蒋介石的兵多不多?比共产党多几倍?他的将军全都是黄埔毕业,全都懂兵法,结果败了吧。因为啥?因为毛泽东不懂兵法,毛泽东不按书本打仗,毛泽东那个十六字方针孙子兵法里有吗?毛泽东的游击战、麻雀战哪个兵法书里有?写什么'管理'、什么"谋略"的那些作家哪个不是穷光蛋?你现在念什么大学呢,又懂管理,又会谋略,怎么成了光杆司令?小子,你就学吧,我那些经验哪本书里你都找不到。我知道,我说话你听不进去,那是你从来也没瞧得起我,就你眼眶高看得远?我当乡长一没送礼,二不买官,三后边没有关系,我是靠自己的本事干上去的，难道县里、乡里领导的眼睛都瞎了，拉我这个稻草人当壮丁。

"我真后悔，把支部书记的位子让给你，我以为你小子准能比我强，你又当兵，又当包工头，又读大学，结果你就是个银样镴枪头。儿子，我早都想好了，你也就干这一届过过村官的瘾吧。你向叔正在办理往咱村落户口呢，你说这下一届的书记还用选吗？真到了那天，你最好请病假，要不然一公布选票，你就一票，我看你这脸往哪搁。当然了，也许你还等不到那一天呢，我现在正在筹划搞个群众签名运动，准备发动一场政变把你提前轰下台呢。"

二杆子老婆不明故里，想替儿子赚回来一点面子，插话道："那也不丢人，不是还有一票吗？"

二杆子说："你儿子真是你生的，那一票是他自己投自己。"

老婆说："你这当爹的可真够狠的，还要搞儿子的政变？你要搞政变自己去饭店吃饭，我不能给你做饭，让你吃饱了撑得没事干让儿子难堪。"

"你懂个屁，我让他上台是举贤不避亲，让他下台是大义灭亲。再说了，是我让他难堪的？是他自己让自己难堪。现在搞掉他，是他自己难堪，到了将来就还得搭上我和他一道难堪。"

二杆子说完，脸冲墙，往炕头里一仰，就不再搭理他的儿子。

小杆子走到院子里，坐在小马扎上，一边抽烟，一边望月亮。他得好好想一想父亲刚才的话。看来父亲也并不糊涂，他是有意糊涂，难得糊涂，大智若愚。他所有的工作只有一个目的，一个中心点：让大家兜子里有钱。

作为村支书，自己一心一意在为大家谋利益，争取村民的合法权益，保卫家园。因为，脚下这块土地，这里的山，这里的水，是点将台全体村民的。但是现在，正如父亲说的那样，大家离他却越来越远。连最知心的朋友看见他都和他撒谎，说去找孩子，一转身却出现在黄毛丫头的办公室里，自己简直成了孤家寡人。看来，什么农民管理条例，什么农民合法权益？什么农业科技领先，什么农民参政议政，到了这山沟里，到了农民这里全都是他妈的废纸一张。

小杆子想通了，不管白猫黑猫，你必须抓住耗子才算好猫。你没能耐给大家发票子你就是国宝大熊猫也没有人尿你。既然如此，他小杆子就让你们看一看，他是不是一只好猫。

一大早，他来到园艺中心。依照惯例，中心的领导人都在，他们每天早晨都在这里碰个头。小杆子向大家礼貌地摆摆手，然后拉过一条凳子径直坐到向莹的面前。

"向主任，听说你们正在动员大家挖菜窖？我有一个建议，你看好不好？"

向莹说："虽然我估计王书记的建议不会太好，但我必须洗耳恭听。"

"你挨家挨户动员、落实，既麻烦又浪费人工。你交给我吧，告诉我菜窖的规格和要求，总计需要多少菜窖？我大喇叭一喊，就给你落实了。然后我下去转一圈，检查、督促、指导、落实，你只管验收就行了。"

向莹说："这办法真好，就是不知道王书记在大喇叭里这一嗓子我得付您多少喊话费？"

"你原来答应大家挖一个菜窖付多少钱就是多少钱。愿意给我点跑腿钱就给,不愿意给我就不要。园艺中心的事也是给我们村民谋了福利,让大家票子多了,腰包鼓了,共同致富,这不也是我当书记的责任和义务嘛。"

"王书记的腿能随便跑嘛,我不给跑腿钱,王书记也干?"

"没说的。"

"那合同怎么签啊?"

"随你。就是动员大家挖个菜窖,还用签合同吗?不过向主任要签,那你就拟个合同,我一个字也不改。"

向莹瞪圆了眼睛直视着王小宝,王小宝也看着向莹,两个人不错眼珠地大眼瞪小眼。

"向主任不认识我?"

"我认识昨天的王书记。昨天王书记还给我讲课呢,讲什么叫商标法,和我说'点将台'蔬菜的商标是什么无形资产啊,这个资产要有专家论证啊,要有专家评估啊,注册前应该交全体村民讨论啊,因为这涉及每一个村民的切身利益啊,点将台村委会是不是应该喝一勺汤啊。以后村民家院子里的菜是不是也是'点将台'牌蔬菜啊。这不,我昨天晚上学习了一夜《商标法》,今天上班正要落实王书记的指示呢。"

"那个事就算了。一家人哪能说两家话呢。不管有形、无形还不是都炖在咱们大家的锅里。"

"别,我想好了,王书记说得对,点将台注册了商标,那村里的损失可太大了,我不想让你们受到任何损失。让你们受到损失我也对不起二杆子叔。我已经决定,我们蔬菜的商标改为'知青'牌。还有啊，刚才靠山屯的周书记来找我，说愿意让我们注册'靠山屯'牌蔬菜商标，还说这样做提高了靠山屯村的知名度，他们愿意给我拿点赞助费。还说他们想盖房子让我们的技术员过去住，开发'靠山屯牌'的蔬菜呢。你看王书记，一个要给我拿钱，一个我要往外掏钱，我是不是能算开这笔账啊。"

大家都转过脸去，向莹每次和小杆子交涉，大家都想乐不好意思乐。

小杆子心里想：亏得我今天来个180度转向，要不然可就让靠山屯周扒皮这条老狐狸钻了空子，"靠山屯周扒皮给你拿多少钱？感谢向主任点拨，周扒皮拿多少，我拿多少？"

"王书记不喝一勺汤了？"

"这不是天天在喝嘛，这菜窖挖好了，大家伙又都喝了一勺。"

"王小宝，你葫芦里卖的什么药？你叉叉叉给小鸡拜年？安的什么心？昨天你还在城墙上放枪打我，子弹没有了你用石头砸，今天你就打开城门欢迎大军进城了，你城里设了几道埋伏？以为本姑娘看不出来。"

"向主任大人大量，过去哥有不对的地方，你得谅解，我也没有私心，都是为了村民。"

"你给谁当哥？"

"不是哥，那是什么？我总是比你大几岁吧。"

"哪有当哥的咒妹妹死的？"

"这是哪的话呀？"

"你背后说我'死丫头'，不是咒我死是什么？"

"这……"

"还说我黄嘴丫子没长齐就抖搂翅膀要上天?说我娘在我出生时抱错了孩子,把'葫芦娃'抱来了,说我是脸蛋子漂亮心狠手辣?说我心眼这么多将来嫁不出去怎么办?谢谢哥的关心,实话告诉你吧,追求我的帅哥能有一个加强排,我随便抛个绣球就能嫁出去,一直没敢抛是怕他们为了我动刀子。"

小杆子心中暗暗叫苦,看来这全村人都成了这丫头的卧底和奸细。有些话说的时候只有一两个知己啊?看来任何人都是靠不住,什么人都可能当叛徒。

他只好向向勇求救:"向叔,您看……怎么说我也是一村之长吧,你看妹妹这机关枪,我这全身都是枪眼了,她还不依不饶地扫射。"

向勇只好过来圆场:"向莹,你今天给我一个面子。我看王书记的合作是诚心的。"

"你忘了也是这个王书记气得你牙疼好几天吃不下饭?你忘了给我承诺?你是不是下午就想让我回沈阳?"

"我是和你商量,又不是命令。给不给我面子在你。"

"好吧,王书记,看在我们老大的面子,我们一会碰个头研究一下,你等我的信。不过希望不大了,我昨天刚刚布置几个人下去分片包干,落实挖菜窖的事。你学'管理'的应该明白,这朝令夕改的可是企业的大忌。"

"把那几个人叫回来,我一个人就能干的事,何必兴师动众劳民伤财呢。那我这就去落实了,我先下去摸摸情况。"小杆子说着不等向莹回话开了门就逃之夭夭。

向莹说:"看来这小子正面进攻打不过我,改挖地道了。"

苏香说:"我也觉着这事不大对劲。"

博士说:"我看小杆子的样子像痛改前非。"

向勇不说话,他拨通了二杆子的电话,把刚才发生的事说了一遍。那边二杆子哇哇哇说了半天。

向勇放下电话说:"二杆子说了,昨天他连损带训说了小杆子半天,说他现在是孤家寡人了,已经是光杆司令了,还说他正在运作,准备发动政变把小杆子轰下台呢。他说小杆子的悔改可能是真的。"

如果小杆子能插手挖菜窖的事,那就事半功倍了。大家正愁要挨家挨户动员、签约,人力不够呢。向勇说应该把几个下去签约人员的工时工资都给村里。

向莹说:"先不要提钱的事,和小杆子还是得留个后手。昨天还骂我死丫头呢,今天就哥呀妹的嘴上抹了蜜了。这转变的速度也太快了,连个摆渡都没有。"

第十一章：女记者是个同性恋

各种媒体、小报的女记者让牛大龙吃亏上当，尝尽了苦头。牛大龙有偏见，所以他拒绝《辽宁群英》编辑部女记者刘晴的采访。但意外的是刘晴是个同性恋，牛大龙接受了刘晴的采访。刘晴聪明伶俐，博得了众多老板们的欣赏。开发商侯总喜欢上了刘晴，可惜他并不知道刘晴是个同性恋。

大约在六月初，有一次牛大龙回到在沈阳的公司总部大楼。

因为经常有小报记者、地方电视台广告部、什么什么基金会的打扰，所以他从后门进电梯直接到了办公室。秘书曹静告诉他，有一个姑娘是《辽宁群英》编辑部的记者，要采访他。等他三天了。

"她就在大厅里坐了三天？"

"一会出去买包油条，一会出去买袋水果，嘴是没闲着。出去办事还回来。有人找她，她就让到咱们公司来，大厅成了她的办公室。打电话就用大厅的座机，说是手机有辐射，打十年手机女孩子会得不孕症。吓得咱们公司好几个姑娘现在都不接手机。我看这姑娘挺难缠的，就没给他你的手机号。"

"你做得对。一会你去告诉她，就说电话和我联系了，我最近不接受任何媒体的采访。马上把她打发走。"

"我是那样说的。没用，她说不接受采访可以，我必须亲耳听到牛总和我说。她还说，她的事情多，希望能在大厅里给她临时放一张办公桌。如果公司没有闲置的桌子，她可以打电话让朋友拉过来一张。"

"这不是无赖吗？小报的女记者都是他妈的妓女。"

"我看你还是见一见她吧，这姑娘我肯定打发不了。"

"妈的！让她上来，不信我就不接受采访，还能把我吃了？"

不一会，咔咔咔的高跟鞋声从门外传来。大龙知道，这姑娘绝不是农村考进大学的学生。农村姑娘就是进了城也走不出这么自信的脚步。这姑娘敢去采访美国总统。

敲门后，进来的姑娘果然气度不凡。高高的个子、披肩长发，鹅蛋型的脸庞透着高傲和自信。

"牛总，这是我的名片，还请牛总多关照。"

大龙扫了一眼名片：刘晴，《辽宁群英》编辑、记者。

如果要打磨来人的锐气就不能把名片放进上衣口袋。大龙把名片随便往桌子上一扔："刘小姐有何贵干？真是抱歉，我的时间不多，马上还要会见一位客人。我们有十分钟的时间。请讲。"

"哦，既然是这样，那我今天就不打扰了。我改日再来？我三天都等了，可以再等三天、六天，我看您的时间方便。我知道您不方便给我手机号，那我就随时和曹秘书联系？"说罢，起身要走。

大龙想到公司大厅成了她的茶楼、会客厅，看来今天不打发了她,她就要论持久战。

"刘小姐留步,我们最好今天解决问题,要不然也耽误刘小姐的时间。"

"可我十分钟不够?"

"那就……让客人等我一会。"

牛大龙知道,自己的第一回合是败了。

像这样的漂亮妞,打着电视台、大小报社记者的招牌来采访,大龙只要在家几乎天天都要面对。他已经不是讨厌了,而是深恶痛绝。

只要给她们一点好脸色,那接下来就顺理成章了,事情的发展基本上都是千篇一律的:接受采访,接着是喝个茶或者是咖啡,共进晚餐,然后姑娘喝多了,似醉非醉,你把她送回家或者不知道她家只好带回你的家。然后姑娘清醒了,说不好意思,我冲个澡,之后几乎是袒露着身子羞答答地走到你的面前,然后是上床。

当然,姑娘上了床你就要付出代价了。都知道牛总有钱,拉广告的、要赞助的,买了房子钱不够的,要买车的……牛总已经记不清有多少个女人就这样来到他的身边,又从他的身边滚蛋。当然,并不是所有的姑娘都马上滚蛋,有的姑娘会像蚂蟥一样缠着你,一点一点吸你的血,今天她过生日,明天她觉得自己好像怀孕了,后天她要出国……他牛大龙是个把钱看得很淡的人。愿意付出的,他不需要对方付出任何代价;捐助希望小学,资助贫困大学生上学他都尽量不露姓名。给老大他们知青战友盖四合院,他无偿赞助。但他就是恶感带着目的向他索取的人,这样的人,他一分钱都不想拿。

他光棍近十年了。开始还为自己是光棍王老五而自得,现在他不得不经常声明他有家室。他已经渐渐明白了,如果他需要过性生活,打个电话找个小姐,半小时什么问题都解决了。三百、五百,遇到让他心情舒畅的姑娘一千、两千也行。然后就拜拜,走到大街上偶尔遇到都不必说话,就当两个人从来没见过。

而这些拿着名片的妓女就可恶、可恨多了,她们先是搜寻目标锁定你,然后是设计你,挖下一个个陷阱,安装一个个兽夹子,埋下一颗颗地雷,调好定时炸弹的时间,确定好总攻的方向。她们的每一分钟都是在演戏,什么时候撒娇,什么时候哭泣,什么时候上床都是剧情。最可恨的是一切都结束以后,她们还要把你的痴情当作笑料在同伴中炫耀。

牛大龙一眼就看出来了,这个装模作样的刘小姐就是一位拿着名片的妓女。牛大龙不会再上当了,他只想尽快让她结束表演,尽快滚蛋。但他知道,对付这个女人他得有一点耐心,因为她已经胜了自己一个回合。

"刘小姐的什么编辑部要采访我什么?希望刘小姐能简明扼要些好。"

"事情是这样的。我们《辽宁群英》编辑部欲编辑出版一套反映辽宁企业界精英的报告文学集。"

牛大龙马上打断刘小姐的话:"那我明白了,你们一个精英要交多少钱啊?"

"牛总是个明白人。收多少钱要视企业家的财力状况而定,少了五千,多者不限。但对牛总这样的真正的企业界精英我们不收费。"

"哦？有人给我赞助？"

"牛总知道，拿钱出书就难免有滥竽充数之人，为了提高本报告文学集的权威性和知名度，我们需要几个像牛总这样的有影响的、有威望的真正的企业精英装点门面。排名前三位的企业家我们分文不取。"

"哦，刘小姐很坦诚。这样吧，既然刘小姐这样坦诚，那我也坦诚一把。我们商量一下，我呢，你就不必采访了，我也没兴趣上你们那本什么精英集。难为刘小姐在这里等了我三天，我虽然不参加，但我出版费照拿。一会我让会计给你支付五千块，你回去也好交差。"

"牛总误解我的来意了。钱我不要，但采访任务我必须完成。因为我来之前已经立下了军令状。"

"刘小姐真会开玩笑，不过就是写一篇吹捧牛大龙的文章，还立什么军令状？"

"牛总不知道，在确定企业家名单，分配采访任务的时候，到了您这卡壳了。大家都说采访您根本不可能。首先，您软硬不吃，外围公关也不可能，您没有枕头风，没有上级，父亲管不了您，国家主席写条子到您这也不好使。其次，您不近女色，我们单位有几位非常漂亮的公关小姐，据她们说，您连个微笑都没有，似乎对女性有一种与生俱来的反感。我刚到编辑部，初生牛犊不怕虎，凡事不信邪，我说我去采访牛总。我们总编要我立下军令状，说采访成了有奖励，不成夹包走人。"

"那你要失业了。你怎么知道我可以接受采访？"

"要是采访罗马教皇我不敢接，可采访一个企业家我不信比登天还难；登天我没有云梯，可采访牛总我有双脚，只要牛总没离开地球。我相信牛总不接受采访总有一个理由。只要不是把牛总往火坑里推,我就有能力说服牛总放弃这个理由。"

"那好吧,我就说说我的理由。我就是不希望出这个名,不愿意参加这个活动,你们不会强迫我,绑架我参加吧。"

"牛总错了,您和我不一样。您现在是公众人物了,严格说公众人物除了自身的躯体以外,其他方面已经不属于或者是不完全属于您自己了。您的社会影响力、号召力、公信力都是这个社会物质和精神文明建设的一部分;宣传牛大龙其实已经不是宣传您个人的问题了,牛大龙已经成为一个成功的符号,一个成功的代名词。宣传您是为了给大家一个样板,给大家一个信心,让这个社会拥有更多的成功人士。您的社会责任不是可以随便放弃的。比如说我现在可以辞职回家,什么也不干,可是您不行啊,您辞职回家了,那些工人怎么办?失业?多少个家庭面临困境,吃饭、穿衣、孩子上学等等;那些盖到一半的楼盘怎么办?很多人交了预定金等待入住,土地是国家的资源……"

牛大龙说:"好了,好了,你的意思是说我接受也得接受,不接受也得接受?我要不管什么公信力、号召力、影响力,就是不接受呢?"

"我已经说明了我的理由,而且理由是正确的,您还不同意,那您就是一个不讲理的人了。我不相信牛总是个不讲理的人,只是我的理由可能没有说服您。如果是后者,我会回去继续学习,继续准备,有了充分的理由再来说服您。"

牛大龙见过善辩的人,可是这么善辩的姑娘他还真没见过。大龙不想和她辩论什么理由,他打出自己的王牌,"好吧,刘小姐的理由已经说服了我,可是我根本没有时间怎么办?采访一个人一生的经历,经验总要几天时间吧。我明天就要去锦州,那里楼盘的质量出了问题,我必需马上去处理。"

"牛总不会连几分钟的时间也没有吧,牛总每天都要抽烟、喝茶。很多个几分钟的时间加在一起我就可以完成采访任务了。"

"几分钟能采访完?我今天有五分钟,给你打电话?明天有十分钟通知你?"

"我有办法。"刘晴从挎包里拿出一个书本大的录音机,放到大龙的老板台上,"牛总按这个键就是开始录音,按这个键就是暂停。牛总抽烟、喝茶的时候就可以随便谈了,少年时代,知青岁月,创业的艰辛,童年轶事、陈年往事;几分钟可以,一句话也可以。这盘带子录完了,您放在曹秘书那里,由她告诉我取回,我再给您换一盘带子。估计有五六盘就差不多了。您不必考虑时间、地点、顺序,您把记忆中的碎片都录到里面就行了。由我们来理顺、整理。不知道牛总还有什么困难,刘晴会尽力为您解决。"

牛大龙心想:我这牛魔王还真遇到个女魔头,她把你的退路都堵上了。既然如此,就把她的录音机留下,我什么时候录,是否愿意录,还不是我说了算。先敷衍她,然后再拖黄:"那时间会很长啊,我怕耽误了你们的出版计划。"

"如果我没有理解错,牛总这就算答应我了?时间多长都没有关系,我们这套书是个系列,够30万字就出一本,牛总的稿子我们可以耐心等待。"

"你写我的稿子?"

"我只是负责录音,有作家写。我没有那个水平。不过,我也有希望挂个名。能参与、撰写牛总的风采是我的荣幸。我想提示一下牛总,也可能是小人之心度君子之腹,说错了,还请牛总原谅。"

"你提示我?说说看。"

"牛总千万不要是先敷衍我,然后慢慢拖垮我,最后拖黄这件事。"

牛大龙笑了,心想看来我是遇到了一个人精,他突然有了兴趣和好奇,他想进一步了解了解这个人精:"看来刘小姐还很诚实,你刚才说是刚到这个什么编辑部?"

"是《辽宁群英》编辑部。我是刚到,采访您是我的第一份,也可能是最后一份工作。和牛总不能有半句谎言,牛总是什么人啊,像牛总这样的人已经洞察了这个世界,微观了这个社会。"

"是嘛?那你说说我为什么不愿意接受采访?"

"我能想到的大概有两方面原因。首先,像牛总这样的人想要得到的已经全部得到,所以您对一切身外之物都已经看淡,包括名誉、地位。这就是为什么采访名人难的原因,其实很多名人也未必是没有时间接受采访。其次,我认为牛总可能是一朝被蛇咬,十年怕井绳了。"

"我被蛇咬过?刘小姐说说看。"

"来采访之前我做了些文案,收集了一些牛总的资料。赞美牛总的话我就不说了,什么您的资产有几个亿啊,什么有超前的想象力啊,什么您的非凡魄力啊等等等等。骂牛总的基本上都是小报、小网站的无聊女人,两种声音完全对立,一种说你玩弄女性,一种说你是同性恋,不近女色。"

"刘小姐怎么看?"

"这个我们可以不谈吗，我们撰写的内容可以避开这个话题。"

"我想听听刘小姐的看法。"

"那我就实话说了，牛总不要怪罪。我认为后者的可能性大些，前者是因为吃不到葡萄，说葡萄酸，得不到牛总所以就口吐秽言。"

"你是说我是同性恋？我的女儿比你都大呢。"

"有孩子未必就不是同性恋。您知道吗，全世界有多少同性恋者？据不完全统计是一个亿。因为这是个敏感话题的调查，所以这个数字并不准确，实际情况应该可以判断为两个亿，也就是说平均25人中就有一个同性恋。其实同性恋也是一种正常的性心理。人的情感世界是多维的，人为什么一定要喜欢异性呢？在西方国家，同性恋人有自己的俱乐部，有自己的公开的活动场所。很多国家，比如丹麦、挪威、瑞典等，同性恋还可以登记结婚呢。所有牛总不必为这个问题所困扰。我之所以做出这个判断是有根据的。"

"我听着呢。"

"我们编辑部有一个整个大楼的楼花，是个人见人爱的女孩子，据她说，她想办法接近你两次，你的脸色冷若冰霜，眼神拒人于千里之外。"

"别人的话你也相信？"

"相信，这种脸色和目光我刚才一进屋就领教到了。所以，如果牛总真的是同性恋我不惊讶。如果牛总是被蛇咬过，我可以打消您的顾忌。"

"就算被蛇咬过吧，你说。"

"您完全不必防范我的色情公关，因为我是个同性恋。"

牛大龙直视着刘晴，判断真伪。刘晴坦然地看着牛大龙，任凭他目光的审视。

　　牛大龙自信对任何女人，哪怕目光仅仅是一瞬间的碰撞，就能判断出对方的用意或企图。但他必须承认，他现在还没有看透眼前这位姑娘。他忽然对这个姑娘产生了极大的兴趣，"实话告诉刘小姐吧，我不是同性恋。但我不歧视同性恋。这么说我以后不必防范你的色情公关了？"

　　"您完全可以放心。您需要防范的是不要把您的女儿介绍给我，我相信牛总的女儿一定非常优秀。"

　　遇到了一个年轻漂亮的同性恋，牛大龙想和刘晴再聊一会。

　　"刘小姐原来在哪里发财？"

　　"牛总说笑话呢，像我们这样的人还谈什么发财，衣食无忧就是目标了。不瞒您说，我是旅游学院毕业的，毕业后做过导游，做过商场导购，也做过售楼小姐。"

　　"你还做过售楼小姐？"

　　"是啊，可惜我没有遇到好楼盘，我做了两个月就不做了，是期房，起来后是个烂楼盘，简直就是坑蒙拐骗，我卖得好，两个月赚了十几万，可是我不能再干下去了，一辈子的积蓄买套房子，我不希望购房者上当受骗，我也无法面对那些失望，甚至绝望的目光。我走的时候，老板留我，说提成在外，包我月薪一万。说起来也是缘分，我还应聘过牛总公司的售楼小姐呢？我先看了牛总的楼盘，牛总的楼就像牛总本人一样高大、雄伟、英俊、诚实，我想台风也摧不垮您的楼盘。"

　　"那你为什么没有来公司上班啊？"

　　"面试第一轮我就被涮了。对了，借这个机会我还想给牛总提个建议呢。以后你们公司聘人一定要先生聘女士，女士聘先生。"

"为什么？"

"那样会把最好的员工招到您的麾下。同性相斥，我当时一看面试我那位白领大姐，我就知道自己没戏了，她是担心我到公司抢了她的风头，勾引其他男士，说不定还可能勾引老板。武大郎开店，她招的员工一定要比他矮。后来我还好奇，去你的售楼处转了转。可怜啊，全沈阳的丑女都跑到牛总的大楼里来了。唉，我当时也没办法告诉那位大姐我是同性恋。"

"同性恋一直不会改变自己的性心理和性行为吗？"

"因为我是同性恋，所以，我对同性恋的研究就多些。大致说同性恋有三种情况，第一种属于双性恋，对同性、异性都不排斥，这种人无需改变，我现在还不能断定牛总是否属于这一类人；第二种是受过异性的伤害和刺激，这种人对异性是阶段性讨厌，时间长了，或遇到真心相爱的异性，有可能改变；第三种是先天性同性恋，其恋爱观是娘胎里带来的，这种人对异性厌恶，一想到和异性的性行为就恶心、作呕。这种人是无法改变的。其实同性恋的性行为追求的也是阴阳互补，所有的同性恋，都会呈现出假阴和假阳的状态，无论是一对先生，还是一对女士，两个人之间总会有'丈夫'也会有'妻子'的角色。"

"我很好奇，刘小姐属于哪一种呢？"

"不好意思，我是属于第三种，是无法改变的。"

"我牛大龙不相信世界上有一成不变的事物。看看我能不能改变刘小姐。这么好的姑娘，我希望你有一个正常的婚姻。"

"那牛总肯定是失败的，即便我是属于第二种，那牛总也无法改变我。"

"为什么呢?"

"因为改变第二种同性恋人的机遇应该是同龄人或年龄相近的异性中的优秀者。牛总的年龄可以做我的父亲了,即便我属于第二种人也不会对您产生一丝一毫的异性的感觉,根本不往那方面想,怎么有可能改变呢。"

"好吧,今天就聊到这里了,刘小姐让我又认识了一个全新的领域。我决定让刘小姐的军令状变成现实。这个录音机你拿回去,我不习惯自言自语,也找不到感觉。我有时间就给你打电话,你来录音。"

几天以后,牛大龙让曹秘书给刘晴打电话来采访。

就在大龙的办公室,泡好了茶。大龙问:"从哪谈起?"

刘晴说:"就从您能记住的小时候谈起吧,包括您的父辈。社会上、网上风传的,都是些云山雾罩的互相矛盾的信息。我们想从牛总这里听到最真实的内容。"

牛大龙侃侃而谈,刘晴不时插上几句话。大龙的童年除了淘气、逃学就是打架,但大龙不以为耻,时不时让刘晴忍俊不止。

大龙交待,曹秘书要挡驾,不接待任何人。但临近中午,突然闯进两位大龙的好友,都是大公司的老总,能和大龙在一起风光,也能一起去唱歌、洗脚按摩。这样的哥们根本不敲门,直接就闯了进来。

大龙说:"你们还能不能有点档次,黑社会老大去访友也知道按了门铃啊。我这正在接受记者的访谈呢,叫你们这么一搅和,灵感没了。"

大龙给刘晴和两位老总互相作了介绍。

老总们说要到楼下餐厅喝杯啤酒，还有两位已经在餐厅等候了。他们昨天晚上打了一宿麻将，刚刚起床。

大龙给曹秘书打电话，想让曹秘书陪刘晴吃了饭再走。

刘晴按住电话说："牛总我下午还有点事，几位老总慢慢去喝，我就不打扰了。"说罢起身要走。

内有一位侯总，一把拽住刘晴的挎包，回身问大龙，"大龙你和我们哥们说实话，你和刘小姐除了采访下午还有没有别的内容？如果有，我们不耽误你的好事，你们继续聊。如果没有，中午我请刘小姐喝一杯。你现在让刘小姐走不是等于骂我们吗。"

侯总是高干子弟，圈里的人都叫他花花太岁。大龙注意到，侯总一进来眼睛就没离开刘晴的胸前。

刘晴坚持要走，侯总不依。双方僵持不下。大龙说："小刘那你就和大家随便吃一点再走，下午也不会误你的事。"

大家到了楼下餐厅，刚刚入座，麻烦就来了。有一位西装革履的小个子男人径直走到牛大龙面前："您就是牛总吧？我有事找您。"

牛大龙很不高兴，"什么事啊？你下午找我们的业务部门好不好？"

"我找了，他们解决不了。我一年前，在你们彩虹家园的楼盘预定了一套向南的两居室。当时看的样板间，向南的方向宽敞明亮无遮挡。昨天我拿到钥匙进去一看，东边那座伸出去的楼角挡住了我一半的窗户。"

"你什么意思？要退房？"

"你按完全向阳的3300一平方米卖我,明显就是不合理嘛,我看了,我这套房子应该是3100一平方米。"

"那不可能。"

"怎么不可能,我要到消协去投诉你们,你牛大龙还是省劳动模范呢?"

刘晴站起来,对大龙说:"牛总你们先慢慢喝着,我来帮你处理。"

"你,行吗?"

"牛总忘了?我做过售楼小姐的。"说完,她把小个子男人拉到餐厅外面。很快,刘晴就返了回来。

大家很吃惊,刘小姐这么快就把他打发了?

大龙说"你怎么处理的?"

"很简单的一点事啊,他说我们欺骗了他,要投诉。我说你觉得被骗,你把钥匙交回来,我们把款全额退给你不就完了吗?他还说要利息呢,我说那不行,要利息就走法律程序吧。"

几位老总都笑了起来。侯总说:"刘小姐就这处理方法何必还把他拉到门外,我刚才一句话就完了。"

牛总也觉得很没面子,"我的大小姐呦,我好不容易卖出去一套房,你一句话就给我退了,我还觉得你有什么高招呢。"

刘晴肯定地说:"他不会退的。我敢和各位老总打个赌。"

"哦?赌什么?"各位老总很有兴趣。

"他如果退房,全款我付。如果不退,牛总输我一套同等大小的房子,但购房款可是各位老总均摊。"

大家都叫好。

牛总说:"亏你没答应给他利息,如果答应了,那必退无疑。"

刘晴马上说:"给他利息也不会退。这个赌牛总打不打?"

大家都戏谑地看着刘晴,侯总说:"刘姑娘还没喝酒呢,就说酒话了?"

大龙说:"你退房钱,还给利息,他不退?"

"不会退。"

大龙说:"我和你赌,不劳各位老总破费。"

侯总说:"那不行,姑娘铁输的事,牛总不能把便宜都占了。"

刘晴说:"各位老总慢慢喝着,我们一会见分晓。今天我走运,几分钟就赚了一套房子,今天这顿饭我买单。"

大家就喝酒。

看看时间差不多了,刘晴掏出电话,按了免提键。拿出一张名片,按着上面的号码打过去,"您好,是魏科长吧?我是刚才和您谈退房钱的小刘。告诉您一个好消息,您刚走,就来了一位先生看房。因为您说要退房,我就领他先看了您那个户型,就在您的楼下。他马上就相中了,还交了定金。我还和他说退房的先生要求付这一年定金的利息。可我们公司无法支付这笔钱,那位先生马上答应说利息由他来支付,按银行现行的利率。"

只听电话那头魏科长大发雷霆,"我告诉你,我不退房,我从来就没说退房,我装饰材料都买好了,我明天就去装修了。你敢把我的房子退了,我就去消协投诉你们。"

刘晴说: "那价格就是 3300 元一平方米,我一分钱不会退给你。"

"我认倒霉,我就是不退,你退我一万三一平方米我也不退。"

刘晴放下电话,"牛总:不好意思,他不退,给他利息他也不退。"

各位老总啤酒也不喝了,你看我,我看你,大家百思不得其解。

2004年的房市并不看好。售楼人员一个星期也卖不出去一套房子。大家让刘晴说说,为什么判断那个姓魏的不会退房。

刘晴说:"我不说,有各位老总和前辈,我不会关公门前耍大刀的。"

牛大龙说:"你说说,你不是正采访我呢吗?现在就是采访。我想弄明白这件事。"

刘晴说:"牛总想听,那我就说了。班门弄斧,我献丑了。各位老总都是建房的,你们没有亲自卖过房。我售过楼,知道购房人的心态。

"凡是买房子的人都是反复比较、衡量各个地块、各种楼盘,各种户型最后才决定买的,他们一旦相中了这个户型就不会轻易改变。这就是很多人拿到钥匙入住之后并不满意但也委曲求全的原因。一旦拿到钥匙打开房门,他的心里就已经觉得这是他的家了。第二,南方人不同北方人。北方人的家庭都是男人当家或者至少是面子上男人当家。而南方人都是女人当家,顶层的大老板们和底层的工人、农民还好一点。但这种都市的小公务员有一多半是农村考上大学娶了城里的太太,个个都是妻管严,退房是一个家庭天大的事,要退,他的妻子肯定亲自出马,不达目的决不罢休。觉得亏了,想找回一点差价,他们也知道不是一件容易的事,这个小公务员也就是奉了太太的圣旨来闹腾闹腾,有枣没枣打一竿子,他们根本就不报希望得到差价。刚才我一说要利息,走司法程序那个什么科长马上就走人了。第三,买东西从来都是大声吆喝的是卖瓜子的;端了架子的才是大买卖。各位老总如果不信,我们可以再赌一把;我现在给他打电话,告诉他除了利息再给他一点补偿,他也不会退。哪位老总愿意赌?"

这些建楼的大老板们,听一个曾经的小售楼员讲买房、卖房就像听天方夜谭一样。

小售楼员继续给老板们讲课:"各位老总如果相信我的话,不必楼还没起来呢就像个卖瓜子的,急三火四地做广告,卖房。你们都是财大气粗那点利息压不倒的人。有房子在那还愁卖吗?过去人有钱了,买房子买地,现在地买不成了,有钱人不买房子买什么?房子是如今社会唯一的不动产。沈阳的地就这么大,盖一撮房子就少一块地,这里是东北三省的都市,房子只能升值决不可能落价。我们生活在底层的人看得最清楚,最不济的房子也是住了几年少赚点卖出去,那是因为急等着用钱。不等着用钱的全都是高价卖出去。我就没见过赔钱卖房子的事。你们买的轿车,开回家就不能原价卖了吧?可买的房子拿到钥匙一转手就不是原价。各位老总终有一天会知道,你们的房子谁卖出去的多,谁最亏。"

几位老总都听傻了眼。一位说:"唉,刘小姐说的理我们也不是不知道,可房子还没戳起来就急着预售货币回笼还贷款。等都卖出去了才知道拖一拖本来还可以多卖好几个点的。可等到下一个楼盘拿到手还是急着卖。"

"那就看谁能拖了,谁能拖谁赚得多。"

"我看大龙今年起来这几座就没急着开盘。敢情是有高参。"

"神经病,我认识刘小姐才一个星期。刘小姐说现象,我们又不是没有共识,可你们就是项目一到手就猴燎腚似的预售、打折。"

侯总说:"刘小姐你当什么编辑部的鸟编辑?你去我的公司,哪个工作你挑,工薪多少你开个价,我不还口。"

牛总说:"侯总见到漂亮姑娘就动心,挖墙脚挖到我这里来了。"

侯总说:"刚才我可是问过你,你说和刘小姐就是工作关系。你要是和刘小姐有内容,我侯某人君子岂能夺他人所爱?"

牛大龙心里想:你小子要是知道她是同性恋就不会说要多少工薪给多少了。嘴上说:"那我就实话告诉侯总吧,我和刘小姐暂时没有内容,但不能排除将来也没有内容。就是没有内容,招聘员工也得是大龙公司优先吧。"

大家都嘲笑侯总:完了,侯总没戏了。

侯总说:"我就纳闷了,这好姑娘怎么都先去大龙公司呢?"

大龙说:"等你的个子超过了我的肩膀,我给你介绍几个我们公司的好姑娘。像刘小姐这样的姑娘到我们公司还上不了台面呢,只能在二线工作。"

刘晴说:"如果去大龙公司,甭说二线,就是到三线我也干。"

侯总说:"这酒不喝了,气也气饱了。"

第十二章：本姑娘怎么能嫁给一个土包子

　　支部书记王小宝爱上了向莹。但父亲二杆子认为他这是癞蛤蟆想吃天鹅肉，根本不同意。向莹的母亲李梅更认为这件事是岂有此理。王小宝开始向向莹展开攻势。向莹说："本姑娘怎么能嫁给一个土包子？"她设计让王小宝去和母亲李梅见面。一箭双雕，既让王小宝碰了钉子又气气根本不尊重她的母亲。

　　王小宝书记自从和园艺中心改善了关系以后，逐步把自己变成了园艺中心和村民之间联系的纽带和桥梁。村民们逐渐认识到，要想提高自家的生活水平就必须团结在以王小宝书记为首的党支部周围。

　　因为无论什么工作，哪怕就是用三两个人的临时工，园艺中心也是给王小宝打电话要人。

　　王小宝的威望又提高了，他重新找回了自信。

　　二杆子对儿子的做法大加赞扬，并不时地继续开导儿子。王小宝总是虚心地接受代理乡长的教导。但背地里却对乡长夫人说："妈，我现在全都明白了。现在的水泊梁山，谁去围剿都得失败，因为他们财大气粗，成气候了。慢慢来，终有一天，他宋江得归顺朝廷。知道大马蜂怎么繁殖后代不？它把卵产在毛毛虫的肚子里。

那卵孵出来的小虫子把毛毛虫的肚子吃空了爬出来就是一个大马蜂。"

"你最好听你爹的话，别瞎折腾。"

"我就不信，我堂堂的一个基层政府，用自己的土地资源和人力资源给别人赚钱。"

"这话可别让你爹听到。"妈根本分不清丈夫和儿子谁对、谁错，她只是本能地袒护儿子。

这天晚上王小宝做了一个梦。他梦见自己先变成了一只大马蜂，然后又变成了一只小虫子趴在向莹的肚子上。向莹吓得直叫，说你干什么啊，你快下来！他说我要爬进你的肚子把你吃空变成一只雄鹰飞上蓝天。

他就在向莹的肚子上爬呀爬呀，爬上一座高山，他吓了一跳，哎呀，这不是人家姑娘的乳房吗……结果他遗精了。

他醒了，心突突地跳，脸发烧。他点上一支烟，慢慢吸烟，却再也睡不着了。

他恨自己，想那个臭丫头干嘛？她欺负我欺负的还不够吗？

表面上称向莹为向主任。可在他的心里，向莹有一句人称代词：臭丫头。

但是，他往向莹那去的时间显然增多了。有事去，没事也去。向莹说王书记你没事总上我这抽烟烦不烦啊。你让我被动吸烟，成心让我短寿是不是？

王小宝说向叔也抽烟，你怎么不管，偏就管我呐。向莹说他是我老爸，我管得了吗，你是我什么人，我得受着你的，你是支部书记，我还没入党呢，我这辈子也不打算入党。

接着他去县里开了三天人代会。这三天没事他就想起向莹。他知道自己这是恋爱了。他拼命地说服自己，别去想那个臭丫头，脑子里反复搜索向莹的种种缺点：高傲、自负、霸道，没有信仰，玩世不恭，尤其对自己不尊重。

那个臭丫头好像从来不给自己正脸子，每次看见王小宝都是侧着身子，用眼睛斜视着他，也斜着他，审视着他。有人在场的时候叫他王书记，那口气明显就是不敬，潜台词是：好大的官。没有人在场的时候干脆就叫他王小宝。如果不高兴了，就叫他小杆子。每次和他交待完合作事宜，总要叮嘱一句：王小宝，可别耍花样，你肚子里有几条蛔虫我清楚着呢。

不仅如此，甚至还对王小宝充满了敌意，有一次，她问王小宝，"你知道荆轲刺秦王的故事吧？"

小宝说："知道啊。"

"你什么时候图穷匕首见啊？"

他想向莹的缺点，想了一大堆。但是没有用。向莹的优点似乎更多。

这个臭丫头出奇的聪明。就是她屡屡向他挑战，让王小宝一败涂地、颜面尽失。

她的马尾辫一甩，高高的脖颈一挺，杏核眼一瞪，那上下两片小嘴唇就缩成了一颗小樱桃。那高傲的样子就像站成一只孔雀立在鸡群。

王小宝越想向莹的缺点越心乱如麻，因为那些缺点很快就折射出她的妩媚之处，反而使得她更加动人。

王小宝决定：这个臭丫头就是他将来的妻子了。他知道，向这个臭丫头求爱的路肯定不会一帆风顺，但是他王小宝不畏艰险，越是艰险越向前。

回到家，他宣布："爸、妈，我决定搞对象了。"

二杆子老两口一听高兴啊，儿子的婚事，老两口天天愁。王小宝当了七年兵，在部队没有条件解决婚姻问题，家里有人提亲，那小子根本不理睬。回信说：都什么时代了，还拉郎配？他自己会解决。

转业去县里包工两年，对婚姻问题也是不上心。介绍的姑娘他都看不上。他看好了一个本乡考上大学留在县城工作的姑娘，去提亲，人家回答说：不在家乡找对象，更不会找个农民对象。

就这样，王小宝的婚事一直拖下来。老两口急啊，一唠起这事就唉声叹气。王小宝说你们急什么，将来剩下的姑娘都是好姑娘。好姑娘眼光高，挑来挑去就把自己变成剩女了。赖姑娘急啊，怕嫁不出去，遇到个提亲的猴急就把自己嫁了。

现在，王小宝要找对象了，老两口能不高兴吗。

二杆子说："你说，谁家的姑娘，我明天就找人去提亲。"二杆子自信，本乡的姑娘，他家小宝没有配不上的。

王小宝说："不用你们提，我自己去说。"

"快点说，哪家的姑娘？"

"我看向莹那个姑娘还不错，虽说牛气点，但人品还好，主要是聪明、有文化……"

二杆子立即打断儿子的话："你就不用给向姑娘总结优点了。我看你说她一亩地优点也没用。这事肯定不成。你最好别去提,提了,叫人家找个托辞顶回来反倒丢人。"

王小宝说:"我只是告诉你们一声,怎么提那是我的事,不成也不丢你的人。总唠叨让我找对象,我找了,你又让我打退堂鼓。"

二杆子说:"怎么不丢我的人,我是你爹,我看你是癞蛤蟆想吃天鹅肉。向莹那姑娘,心气高着呢,她会在这山沟里找对象?你真要去,我就当不知道,我可不丢那个人。我和老大本来就是兄弟一样亲,这事一提,以后见面多尴尬。"

当妈的一向护着儿子,说:"我看不出有什么丢人的事,一家女百家求,成了好,不成就当没说呗。那姑娘长得是俊,可咱家小宝有才有貌,配她不差啥。"

二杆子说:"我真倒霉,怎么摊上你们这娘俩,一对二呀。这事肯定不会成。不信你舔着脸去问,成了,我管你叫爹。"

王小宝说:"这事看来没有什么问题了,妈说行,爸说我配不上她,等于你们都相中了这个姑娘。"

王小宝开始行动了。他先攻克外围,找同盟军,搞统一战线,免得周围的人将来帮倒忙。

"向叔,我想和你家向莹处朋友,但是我得先征求您的意见,您要反对,我就当没说。"

向勇笑了,他知道向莹肯定不会同意,但他不想伤小伙子的自尊:"我没有意见,可我知道,向莹她不打算在这找对象,她大概得回沈阳解决个人问题。"

"您没意见就好。回沈阳我也不反对,现在人的两条腿哪儿不能去？我也可以去沈阳找工作嘛。"

向勇只好点头微笑，不置可否。

王小宝找王槐，他知道王叔和爸是铁哥们，所以直接就拉同盟军，"王叔，你和爸比亲兄弟还亲，我的事你得当自己儿子的事办。我想和向莹搞对象，你看我能有几分把握？"

王槐说："那姑娘的心气高，可也不小了，再不找对象，拖两年一过三十上哪找你这样的小伙子。你找人去说，我给你敲边鼓。"

王小宝找苏香，"苏阿姨，我想和向莹搞对象呢，我估计她不会马上就同意，你得帮我溜溜缝，我看她就听您的话。"

苏香说："一家女百家求，成了，大家是亲家，不成大家还是朋友嘛。我看你这个小伙子不错。不过这事向莹不会听别人的意见，如果她问我，我知道怎么说，成全一门亲事多十年寿呢。"

外围扫清了。王小宝来到向莹的办公室。

大概话已经传到向莹那里了。王小宝话还没出口，向莹就封门了："王小宝，我警告你，我们之间只谈工作，私事免开尊口，请君自爱。"

"我谈的不是私事，这事与工作息息相关。向莹，我想给你介绍一个男朋友。你有了男朋友，工作会更专心、更安心。"

"对不起，我有男朋友了。我们已经是事实的婚姻了，就差没领那个证。因为现在领不领那个证都无所谓。"

"向莹主任的男朋友姓什名谁，在哪里工作？"

"这个我好像没有必要告诉你。不过，我可以给你透露一点信息，他在国家安全部门工作，工作性质保密。"

"你傻啊？你怎么能在安全部门找男朋友呢，趁现在还没登记结婚呢，赶紧悬崖勒马。我告诉你，安全部门的人都生性多疑，每天要小心、谨慎，不能和街坊邻居来往，不能有朋友……上厕所都要看看有没有窃听器……"

"王小宝，我说过了，你弱智还是耳朵有毛病？我们不谈私事。我找哪个部门的人做男朋友和你没有关系。"

"有关系，我想给你介绍的男朋友就是我啊。"

这时候，向勇、苏香和王槐也推门进来。向莹以为王小宝可以知趣地回去了，哪知王小宝依然赖着不走，向莹的火气就上来了。

"王小宝，你这人也太赖了吧？你是不是脑袋让门挤了？竟打起本姑娘的主意？我就算不上是天鹅，是只麻雀，你说癞蛤蟆能吃到麻雀？就算我现在还没有男朋友，你也得排了号来，我后面想向我求婚的有一个加强排呢。"

王小宝不卑不亢："你是天鹅还是麻雀，咱们暂且可以不论，你说我怎么就是只癞蛤蟆呢？星期天来找你玩的那些大城市的天鹅、麻雀和青蛙王子们我也都看见过，他们都是时尚、时髦的人，他们都懂得什么是流行。乡下人不懂什么叫时尚啊、时髦啊、流行啊，但不懂得学习啊，得研究啊，我就不明白脑袋上染了一撮红毛、绿毛像只鹦鹉似的就是时尚了？一个大小伙子，耳朵上戴个耳环、鼻子上挂个小圈圈就是流行了？好好的裤子磨个大窟窿，好好的衣裳把袖子剪掉就是时髦？一个个男不男、女不女的，还张嘴闭嘴地喊什么帅哥？

"你们玩的那些游戏，我也没看出什么花样。上山玩，也就是男的采了两把花，然后编个花环给女的戴上；去河边玩也就是扬一把沙子，撩两把水，女的在前面跑，男的在后面追；看到一只花蝴蝶，就像哥伦布发现了新大陆；看到一条铅笔长的小蛇，几个大小伙子把他打死也就算了，还用大石头一顿乱砸，那英雄的气概就像武松打死了一只老虎。"

进来的人们本打算退出去，听王小宝说话有意思，都找个凳子坐下来。

向莹说："这就怪了，你没瞧得起我们城里人，干嘛死皮赖脸地找城里的姑娘要处朋友？"

王小宝说："我想瞧得起你们，我得学习、研究你们的优点、优势和潮流啊，你那些朋友进了菜地，一根黄瓜吃了半根就扔掉，一只西红柿咬了一口就喊，唉呀好酸啊！有红透的不摘，专摘半青不红的它能不酸吗？你说我为什么要瞧得起这些人？"

向莹又气又急："爸！你看王小宝赖不赖？工作时间要来办公室找对象。"

向勇笑笑不说话。

王小宝继续说："我想和你做朋友，是觉得你虽然有缺点，但你有那些人身上没有的东西。你聪明、睿智，有进取心，有同情心，那天你看见奎婶子有病发烧还来干活，你撵她回家休息，她不走，你说今天算你出工，不扣你工资了，奎婶子才回家。那年奎叔上山被毒蛇咬治耽误了，瘫痪在床十多年了，奎婶子在家里要顶大梁啊。奎婶子回家和奎叔说向姑娘看我病了让我回家说今天不扣我工资，老两口说让菩萨保佑你活一百岁，一天二十块钱可以感动一个家庭，也可以感动我。你对我们农民工没有歧视，从来不在利益上斤斤计较。我能看出来，你骨子里瞧不起乡下人，但你尊重他们。你比你那些嫌这也脏啊、那也臭啊的同学在本质上是有区别的。我想和你做朋友，是因为你身上有让我感动、让我爱慕的东西,这是你的荣幸。我王小宝虽然是个山沟里的孩子,其貌不扬,但不是讨不到老婆的人,你说追求你的小伙子有一个排,实话对你说吧,到我家托媒的有一个连了。我当兵头几年当警卫员,我们副司令员的女儿还要嫁给我呢,可我没瞧得起她。你瞧不起我没有关系,但你得让我明白,我哪些地方让你瞧不起,我哪些地方配不上做你的朋友。你说明白了,我认为对,那我上进,我学习,我改,人的一辈子要不断进步,我争取让你瞧得起,配得上你。我努力了,但还是配不上,那我不会赖皮赖脸地追你。"

向莹说:"爸!你们有事吧。"

向勇说:"没什么事。听你们年轻人争论,对于我们来说也是了解你们的过程。我也常常思索,我们这两代人的代沟究竟在哪里。为什么有的时候我们之间找不到沟通情感的渠道。你们谈,要是不影响你们,我想听听,小宝你接着说。"

王小宝说:"好,向叔、王叔、苏阿姨。我也有很多问题想和向莹和你们探讨、交流呢。我知道,向莹的心里头瞧不起我们乡里人。关于城市人和乡下人,几年来,一直有一个问题困惑着我。现在,城市和农村融合的速度很快。这为很多乡下孩子走进城市、追求城市的生活方式提供了可能。可乡下人要向城里人学习什么呢?有些农村青年,进了城也染了黄头发、拼命赚钱买一条名牌牛仔裤,以为自己就是城里人了。结果自己农民的尾巴永远不会去掉,城市里的洋气也学的不像,反而成了假洋鬼子,城里人瞧不起,回到家乡亲们也瞧不起。"

"有志向的,拼命考了大学,考了公务员,在城里有了工作,有了家,他们可以算作城市人了。如果是小伙子,那有百分之八十是

'妻管严'，他们要干所有的家务，包括女人要干的洗衣裳、给孩子喂奶，接孩子上学放学。他们的母亲可能永远也没有机会或是畏惧进城看看儿子，他们的父亲假装进城办事小心翼翼地去看看儿子、看看孙子，但是他们比进了监狱还难受呐，儿子告诉他吃饭不要吧嗒嘴，不要随地吐痰。不要大声说话，不要咳嗽，晚上脱掉的袜子不要乱扔，不能出门去街上乱走，因为城里所有的大楼都是一个样……好不容易熬到一个科长，脑袋秃顶了，肚子也圆了，回到家乡神气啊，衣锦还乡，成了全村人的骄傲，成了全村家家户户父母教育孩子的楷模。他们那得意的样子可以给父亲当爹了，可回到城里的家要给儿子当儿子，到单位要给所有的人当孙子。公务员是那么好当的？刚进机关要早点去打扫办公室，要打水给大家沏茶，一个部委办，科员两三个，但部长、副部长、处长、副处长七八个，请示工作先请示谁，后请示谁，都要请示谁那是一门科学，要察言观色、要谨小慎微，如果站错队跟错了人，那就滚蛋，去下面的公司、厂矿去。"

"如果是农民的女儿进了城，你就是考上了研究生、博士生也要看婆婆的脸色行事，你就是当了什么科长、处长，也永远有一条农民的尾巴。父亲进城去看女儿，没有资格和亲家一个桌吃饭，亲家就算是个无赖、一个成天去公园玩鸟的东西他也有资格瞧不起他。女儿在厨房给他盛了一碗饭，得把一只大虾埋在碗底下，然后告诉他：爸，吃过了饭回去吧，家里活忙。农闲季节家里哪有什么活？"

"这些流血、流汗把儿女送进城里的农民们，回到家，走在村里的路上可以把腰挺起来了，他们骄傲地说，儿子让我在城里多住些天，我住不惯。"

"你们说，这就是我们农民追求的幸福吗？"

每个人，包括向莹都不言语。

向勇说："小宝，你将来有什么打算，包括我们园艺中心的未来，你有什么建议？"

"我也很困惑。我也曾经想过进城找个工作，入赘当个城里人的女婿。但那就是我寻找的幸福吗。我可以进城去当老板。我当包工头，领着大家进城打工，我的施工队是信誉最好的。我有信心把我的队伍发展壮大。我有能力在城里买个房子，娶个老婆成个家。可这些不是我心底的追求。当兵这些年，我和首长跑基层、下部队，我所看到的都是农民的苦、农民的累、农民的辛酸，我就想，将来我转业了，要回到家乡去，我没有机会当省长，没有机会当县长，就是有机会我也未必能胜任。可我就不信不能改变我家乡的面貌，这个机会不用别人给。"

"我回来后，我的想法和意愿总是和父亲的相左。他是书记，我拧不过他。所以我一气之下就领着大家进城包活了。终于，我的机会来了，大家帮忙，我当了书记。可我和你们总是有矛盾，有分歧。我至今也认为我的愿望是为了全村人的利益，有些原则必须坚持。但是我失败了，我领悟到，无论什么原则，怎样坚持，最后的目标应该是明确的，那就是让大家的生活水平不断提高。"

"让我的父老乡亲们真正过上小康的日子。我今后就打算不断地和你们园艺中心融合到一起，我们成为一家人，有一个共同的目标，你们是这个家的父亲，我当好这个家的母亲，当好管家婆，让我们的城子山成为最美丽的生态旅游区，到处鸟语花香，一年四季都是绿色的家园。"

向莹的嘴一撇："你既然志在改变家乡面貌，不想入赘城里当女婿还和我套什么近乎,要处朋友?本姑娘可不会嫁到这山沟里给你喂猪、养鸡、生孩子。"

"向莹你不说我也知道。其实你心里未必十分讨厌我、排斥我。你就是怕同学们笑话你,嫁给一个农民老大哥。农民有什么不好?贫苦的农民不好,富足的农民应该是世上最幸福的人,向叔在城里工作了三十多年,进了机关当了站长,最后转了一圈还是要当农民,我看向叔、王叔、胡叔都已经准备当一辈子农民了。这里有我们的舞台,这里有无限的发展空间,这里能让我们每一个人的意志和愿望得到延伸。"

"我就是娶了你,我也不会去进城当个小市民。当然我也不会让你养猪、养鸡。一个人的价值总要找到去体现、去实现的平台,我不会让你当一个普普通通的农民的老婆。向莹,我分析过你的平台在哪里。你散漫惯了,你的脾气、秉性,绝对不可能去当个公务员,夹着尾巴往上爬,城里的好工作有的是,我知道,你想去干什么都能干上。可你干什么,一天到晚在银行数票子?去税务局开税票、罚款?去当老师早晨六点钟起床备课,晚上家访、给孩子们改作业?去公安局你当户籍警察还是拿枪到刑警队……这些工作,你都不行,你能干一个月、一年,你绝对干不了十年。你天生就有领袖欲,你在哪里都善于主导别人,你心地善良、爱憎分明、处事公道,工作讲究方法,这些都是所有领导者必备的素质。你不管有理无理都有办法让别人进入你设计好的路线图。我王小宝不是一个可以臣服谁的人,但我就是斗不过你。一个人是不是当领导的料就看她在群众中的威信如何。园艺中心所有的员工有困难都找你,但你一进蔬菜大棚,那威严就像则天武后。"

向莹被王小宝夸得有些不好意思了:"你少在这拍我的马屁,拍的再响也没用,本姑娘不会上你的当,和你交朋友。"

王小宝说:"告诉你吧,向莹,王小宝看上你,是你的幸运。你不嫁给王小宝也可以,但你总有一天会后悔的,因为你错过了一个你目光所及最好的男人。威廉王子比我好,但是你嫁不到。我早知道你不会马上同意的,你的秉性决定了你得像个骄傲的大公鸡一样得甩几天尾巴。来日方长,我有足够的耐心、信心、决心、恒心说服你,最后是让你铁了心嫁给我……"

气得向莹抄起桌子上的塑料尺向王小宝打来,王小宝夺门而逃。

向莹冲着王小宝的后背喊"德行!"

王槐说:"说实话,我看小宝这孩子不错。"

向莹回敬道:"你看他那么好,怎么不把你女儿嫁给他?"

王槐说:"我女儿没那个福气,哪天我把女儿领来,小宝要是看中了我女儿,今天看中了,我明天就让她出嫁。"

苏香说:"小宝是个有志向的年轻人,我看他有前途。莹莹你也不用说气话,你可以多考虑些日子。考虑得成熟些,再作决定。"

看爸爸没言语,向莹说:"爸,你怎么不说话?你回来当个农民也就罢了,你还想让女儿跟你当农民,你女儿当个农民也就罢了,你还想把女儿嫁个农民?我妈要是知道了,准是这套话,保准气死。"

向勇说:"我看还是你自己决定。我同意,你也不会同意,再说,你妈妈肯定不会同意你嫁给一个农民的。所以我就不说。"

苏香说:"怎么会呢,李梅也是农民出身的姑娘啊。"

王槐说:"就是,她怎么说也是市委领导,会那么歧视农民?"

向莹说:"好啊,那我们就来做个游戏玩一玩。"

她将电话按到免提键,拨通了一个号码,"妈!我是向莹。"

"啊!怎么样,莹莹,你那边还好吧。你这阵子呆的时间可不短啊。不要光玩,有时间要抓紧学习,公务员考试的复习提纲你都带去了吧,你千万不要有麻痹思想,不要指望我到时候给你开什么绿灯,你要靠自己的真实成绩来考取……"

向莹用双手捂住耳朵,一副痛苦状。

李梅给女儿讲了十分钟公务员考试的重要性,总算换了个话题,"你给妈妈打电话有什么事吗?"

"是这样的,妈,你不是告诉我,别人给我介绍男朋友必须先告诉你,你同意了,我才能和他接触吗?现在有人给我介绍男朋友了,我想和领导汇报一下情况,听领导的指示呢。"

"你少给我贫嘴,快说说他的情况。"

"这人叫王小宝,是这儿点将台村的党支部书记……"

李梅马上打断女儿的话,"什么,什么,村党支部书记?岂有此理,你爸爸在你那儿吗?"

向勇慌忙向女儿摆了摆手。向莹说:"爸爸不在,他去县里了。"

"你爸爸什么意见?"

"爸爸没有态度,你不是说你得先把关吗。"

"向莹你要注意呢,你爸爸的脑子一定出了问题,他自己去当农民也就罢了,还想拉上女儿当农民?现在又想把女儿嫁给一个农民?给我找一个农民女婿?你爸爸回来你问问他,那儿缺不缺村妇女主任?我去。你收拾收拾东西,马上给我回来。"

啪!那边撂下了电话。

大家都止不住笑。王槐说:"唉呀,亏得我条件太差啊,我要是有老大这条件找个市委书记的太太,那我非得精神病不可。"

向莹说:"这才哪到哪啊。打电话不好说的太多,今天我要是在家啊,那就惨了,晚饭后到七点,耳根子甭想清静。"

"为什么到七点啊?"

"七点钟,她必看新闻、焦点访谈,雷打不动。"

王槐说:"大侄女儿好可怜。"

向莹说:"我已经习惯了,我现在的耳朵抗地震、抗干扰、抗噪音的能力特强。她说什么,我的内耳有自动关闭功能。她能把我怎么样?有一次,她气得要打我,我说妈你要敢打我一下,明天我就去妇联告你,你看我敢不敢。"

苏香说:"她让你马上回去呢。"

"我才不听呢,原来我不敢和她公开对抗,没有经济自主权啊。现在我挣钱了,我自己可以养活自己了,我就更不怕她了。王小宝我是没看中,我要是看中了,她不同意也没用,我一高兴把农民小外孙抱给她看。"

苏香说:"养你这个女儿有什么用,一天不用吃饭,光气就气饱了。"

向莹鬼笑道,"不过呢,鉴于我妈妈这么独裁,我也不能就这么偃旗息鼓。我个人的终身大事,她连问我都不问我,好歹还问问爸爸的意见。明天小杆子再来,我就说你去问问我妈什么意见吧,我妈同意,我没意见。哈哈,那可好玩了,让我妈妈好好给小杆子上一课,让村党支部书记好好气气市委书记。这下可热闹了。"

向勇说:"向莹你不可以胡来。"

其实，在王小宝没有和向莹表白之前，向莹的好朋友就和向莹提起过王小宝。

一个月前，向勇和向莹谈起工作，向勇希望女儿能在这干上至少一年。向莹同意，但有两个条件：一、她要有双休日，每个星期五下午要回沈阳度周末，周一上午回来；二、她的工资由爸爸看着给，她不争，但是，她的朋友、同学们来玩，不论多少人都是食宿免费。

向勇征求了大家的意见，大家都同意。苏香说："孩子的要求都是合理要求。"

很快，向莹的同学、朋友就三三两两地来玩了。有些朋友要上山，向莹路不熟，还怕野生动物给朋友们造成伤害，就请求王书记给安排个导游。王书记自告奋勇，向莹也就同意了，心想毕竟大家都是年轻人。

上个星期天，来了五六个朋友，有男有女。从山上下来，进地里摘西红柿吃。有个叫肖彬的小伙子就摘了两个半红的西红柿，咬一口就叫喊好酸啊，然后随便扔掉。扔第一个，王小宝很生气，但他忍了忍没言语。扔第二个的时候王小宝忍不住了："有通红的你不摘，这没熟的能不酸吗？"

肖彬看看王小宝说："是吗？对不起书记大人，我色盲啊，要不您帮我摘一个红的？"

王小宝说："刚才你在山上给女朋友采花，还说我把这朵小红花献给你呢，这才半个小时你就色盲了？"

肖彬理尽词穷，感到很没有面子。对着王小宝的背影说："操！

你以为你是谁啊。"

王小宝回过头来说:"我是点将台村的农民。但是我要告诉你,在这个世界上,无论职务大小,无论地位高低,无论是总统还是乞丐,人格和尊严都是一样的。"

事后王小宝对向莹说:"如果他不是你的朋友,我今天就把他扔掉的西红柿塞到他的嘴里。以后你再有朋友来,我会安排导游的,我就不奉陪了。"

向莹也觉得自己的朋友挺不给她争脸,没说什么。

都以为这件事过去了。没想到两天以后,那个肖彬的女朋友,郭婷婷来了。那天,肖彬在山上就是给她献个小红花。她让向莹把王小宝找来,她要代表肖彬给王小宝道歉。

向莹说:"婷婷,你不会是爱上我们王书记了吧?如果你有这个意思,我给你当红娘,准成。"

婷婷说:"爱不爱的,我和王小宝谈完了再说,至少我喜欢他那天那副义正言辞的样子。我觉得我们城里的公子哥和这个王小宝相比真是无地自容。那天回去我就和肖彬吵了起来,我们都两天没说话了。"

王小宝来了。婷婷代表肖彬向王小宝道歉。

王小宝说:"那天我也不好,毕竟你们都是向莹的朋友。爱扔多少就扔多少,我就装看不见就是了。事后我也后悔,这多让他下不来台啊,毕竟他的女朋友在呢,男人可以被打倒,但不能在女朋友面前丢了面子。你回去和他说一句,我也向他道歉。以后你们再来,我安排其他人导游就是,我眼不见心不烦。"

婷婷说:"这事就是肖彬的错。"

王小宝说:"你们城里人不了解一粒米、一棵菜都是来之不易的。一棵西红柿秧从播下种子育苗到移植秧苗,上粪、浇水、拔草、授粉、搭架、打岔,要经过多少人的侍弄才开花结果呀。可他咬了一口就扔掉,我是真心疼啊,说心里话,你们吃多少我都不心疼,吃到肚子里就是营养啊,可扔到地里,不仅仅是糟蹋东西,还是对我们的劳动不尊重,对我们农民不尊重。不过,能有你这么漂亮、懂事理的姑娘特地来向我道歉,我还真没有想到。"

婷婷说:"王书记,我想到你们村落户、参加劳动,你要不要?"

王小宝说:"当然要了。可是你来干什么?当农民?种地,种菜?将来嫁个农民?都不现实。据我的生活经验,城里姑娘根本离不开城市,离不开商场。你来住一星期可能,你能住一个月?一年?十年?一辈子?你还要来落户,那就更不可能了。咱们打个赌,你能到我们村住半年,我就给你落户、分地。你敢不敢赌?"

婷婷说:"你说的也对,也不对。要是我能找到你这样的生活伴侣,我就能住上一辈子,要是我自己,一个月也住不了。"

王小宝为了不伤姑娘的自尊心,说:"谢谢你对我的赞美。可惜我有女朋友了,要是没有,那遇到你真是我的福气。"

郭婷婷临走的时候告诉向莹"我向王小宝求爱了,可惜他说他有女朋友了。"

向莹说:"他有女朋友了?我怎么不知道。"

"那她就是给我面子,婉拒我了。向莹,你听我的,抓住他,他是最棒的男人。"

郭婷婷的话和王小宝的表白，扰乱了向莹的心房。她表面上不给王小宝留有余地，但心里免不了拿王小宝和所有她结识的男朋友作比较，这一比，王小宝的优点就渐渐凸现出来。可是向莹还是无法接受一个农民身份的男朋友。来这玩的同学和朋友曾经拿王小宝开向莹的玩笑，说咱们向莹到农村来当农村老大嫂，不会是要嫁给导游，做点将台村第一夫人吧？

大家听了，都哈哈大笑。好像向莹要嫁给的是武大郎。

这样一想，向莹就下了决心：和王小宝处朋友，没门。

王小宝开始造舆论，搞得向莹很被动，这更让向莹坚定了拒绝王小宝的决心。

早晨八点，大家到向勇的办公室开非正式的碰头会。

一进办公室，向莹就宣布，我要让小杆子去我妈那碰一鼻子灰，让他死了这份心。你们谁也不许和小杆子说我们往妈妈那打过电话，我妈妈不同意。

苏香说："你妈妈能和王小宝谈吗？"

向莹说："我妈妈要说什么话，我现在就能提前告诉你们，前后不会相差几个字。"说着，拿出市委副书记的腔调说："王小宝同志：你是怎么想的？你也太缺乏自知之明了吧。你不是在开玩笑吧？感情的问题是可以随便开玩笑的吗？你对向莹了解多少？你对我们这个家庭了解多少？你知道不知道？我们这个家庭要接纳一个新成员那不仅仅是向莹个人的问题……"

大家经常看市电视台新闻，对李梅并不陌生，向莹学得很像，大家就笑。

向莹说:"要是王小宝自我介绍他是什么支部书记,那他就更惨了,我妈就会首先怀疑他的动机。王小宝同志:你想要进步的思想我是理解的,但要走正路,要端正动机,不要想着走什么捷径,动机是一起事物的出发点,如果动机不纯,那发展下去是很危险的……我妈的耐心最多五分钟,那时候,如果王小宝还赖着不走,那市委书记就变脸了,你马上离开这里吧,你是自己走出去?还是我让值班的武警把你送出去?"

王槐说:"向莹,这也太让小宝难堪了吧,我看你不要让他去见你妈了吧,一会我劝劝他,你既然不同意,我让他放弃就是了。"

大家也都劝向莹,算了吧。

向莹说:"那你们就劝劝王小宝吧,那小子一根筋,还特别自信,我估计你们谁也劝不了。我想提醒各位叔叔,谁也不许和王小宝透露我们给我妈打过电话的事。如果透露了消息,那咱们可就是内乱了。特别提醒王叔,王小宝是你大侄儿,我也是你的侄女。"

王槐说:"看这丫头,得了,我不插言。我是觉得这事不大公道,你妈已经不同意了,你还让小宝去碰钉子干啥。"

"我妈要是同意了,我还能让他去吗?我这是一箭双雕,让王小宝领教领教撞南墙是什么滋味,让妈体验一下给女儿把关的心情和感受,王小宝一会穿着劳动服过来,我直接开车把他送到市委大院。"

苏香说:"这姑娘可是够坏的,向莹你这是何必呢。向勇你劝劝向莹,别让小宝去了,万一李梅和小宝谈得不愉快,不是都惹一肚子气吗。"

向勇说:"向莹也没征求我的意见,所以我不表态。"

向莹说:"还是爸心疼我,今天我要让这个小杆子回来以后永远闭嘴。"

第十三章：干干净净地来　干干净净地走

牛大龙爱上了女记者刘晴。和其她的姑娘不一样，刘晴不要牛大龙的钱财和任何礼物。当牛大龙知道刘晴是当年强奸小羊羔罪犯的女儿时就像遭遇了晴天霹雳。他感到自己掉进了一个深深的陷阱。他赶跑了刘晴，时刻准备应对来自刘晴和他父亲的报复。

刘晴却告诉他：我干干净净地来，干干净净地走……

大约十几天，录音完成。接触时间虽然不长，但大龙却喜欢上了刘晴。因为知道她是同性恋，接触时就少了很多顾忌。大龙对同性恋的话题尤其感兴趣。他问刘晴："你和我说心里话，既然你是同性恋，那你喜欢的女人是哪种类型的？"

"我也说不好，不过我可以具体到人，让你知道我喜欢哪类女人。"

"快说说。"

"那不行，牛总得先告诉我你喜欢的女人是谁？"

"这事不是采访内容吧？"

"肯定不是。"

"好，那我告诉你。我喜欢梁思成的夫人林徽因那样的女性,聪明、漂亮、有才华。我认为她是个完美的女性,简直太完美了。该你了。"

"我说了,牛总可不能笑话我。"

"不会。"

"这个秘密就咱们两个知道。"

"拉钩。"

"我喜欢中国女排的郎平。"

"姑娘,我真替你犯愁啊,你这辈子不可救药了。"

最后一段录音完成。大龙才知道刘晴喜欢打乒乓球。大龙说:"真巧了,我也愿意打乒乓球。你水平怎么样?咱俩去打两拍?"

刘晴说:"我就是愿意玩,水平肯定和牛总不在一个档次啊。不过牛总喜欢玩,我可以陪你练练球,顺便和你学习学习了。"

大龙说:"走,去我家玩。"

"你家里有乒乓球台?哎呀有钱人真是会享受。"

两个人到了牛总的家。牛总在沈河区自己建的一个楼里将第九层和第十层完全留给了自己。中间会客大厅、健身、乒乓球室、台球室等上下挑空。周围的房间为跃层,总计有两千多平米。有一对中年夫妻在一个房间里看电视。大龙说:"男的是厨师、女的是清洁工。

刘晴逐个房间转了转。眼晕,200多平米的卧室只是在中间放一张高档圆床。

大龙说:"我不喜欢睡觉的床周围有任何障碍物。你知道我为什么留第九层和第十层给自己吗?"

刘晴说:"一年级小学生都知道,九九十成呗。"

就打乒乓球。两人一交手，大龙感觉刘晴有些基础，就提议："我让你几个球，咱们得有点输赢才能打出情绪。"

刘晴说："行，赢什么牛总说了算。"

"就赢你打赌赢的那套房子吧。"

"行。反正我也是白来的，输了也不心疼。可我输了输房子，牛总输了输什么啊？"

"就你这水平？我不可能输啊。"

"那还打什么输赢啊？"

"你赢了，要什么，你说了算。"

"那我就不客气了。我要是赢你这套房子可有点太贪了，就是赢了，我也不敢来住，奴家卑贱之躯也压不住啊。我要是赢了，就要你在青年点那套四合院吧。"

"你怎么知道我那有座四合院？"

"昨天录音不是你说的嘛。"

"你见过？"

"没有啊，牛总建的四合院那肯定差不了。四合院是平房，寒门婢女也许还敢住个一间半间的。"

"行，就是那个四合院了。你说我让你几个球？"

"动输赢的让球算什么事啊，不用你让，反正我那套房子也不是好来的。"

"那不行，那我算欺负你了。"

"你到底赌不赌？怕丢了你的四合院？"

"小丫头，真是不知天高地厚。三局两胜，你开球吧。"

第一局，刘晴11比9获胜。牛大龙很奇怪，看刘晴的球技也很一般啊。怪自己轻敌了。

第二局,牛大龙11比9扳回一局。牛大龙心想:虚惊一场。不过这丫头的球技可挺刁钻的,第三局只能赢,不能输。

刘晴说:"牛总:刚才这局我是让你的,第三局我可就不客气了。"

结果几分钟的工夫,噼里啪啦,牛总就以3比11败北。

牛总站在那里发兔子愣。

"真不好意思,牛总,这十多分钟就赢了一套四合院,我也不忍心去住啊。刚才的不算,牛总年纪大了,还没活动开呢,咱们再打三局怎么样?"

又打三局,牛总皆输。

大龙说:"怪了,我小学就打过全沈阳市少年组亚军。我们公司春节乒乓球赛我年年是冠军。看你这球路分明是专业队出来的。你在那个旅游学院就是天天打球也打不到这个水平啊?"

"牛总不知道了吧。我是念小学就选拔到省少年一队打专业的,半天学习,半天打球。全国选拔赛,差一点没打到北京去。我们淘汰下来的都去了旅游学院读书。我有半年没摸球拍了,再打三拍牛总有一拍及格就算赢。"

牛大龙恍然大悟,"唉,上了你这个小姑娘的当"。

一并排三个淋浴间。刘晴和大龙分别淋浴。大龙透过磨砂玻璃望着隔壁刘晴那婀娜的倩影,浑身就燥热起来。心想:他妈的,这丫头要不是个同性恋,老子今天非要了她不可。这么好的姑娘竟是个同性恋,这上天也真会和老子开玩笑。

洗毕，两个人穿了睡衣出来。大龙说："到我卧室休息一会吧。"

刘晴说："那合适吗？"

大龙说："你怕什么？你看到我的身体都恶心。可惜我不是郎平啊。"

大圆床能躺下一个班的人。两个人躺上去就像一张大床上的两个枕头。大龙望着刘晴笑："小丫头，我今天上你的当了，你什么时候去我的四合院啊？"

刘晴说："那是说着玩的，我是打专业的，赢业余选手不算数，不对等的赌博是我欺负你。再说，一个大山沟子，再好的房子我也不会去住，我要它干什么。"

大龙心想：像这么不爱钱财的女孩子还真是少见，都是沾边就赖，这赢到手的还不要。

两个人就聊中国的乒乓球。刘晴说："虽然互有输赢，但老瓦（瓦尔德内尔）堪称乒坛老大，相当于足球界的贝利、马拉多纳，其技艺无人能匹。说话间，不知不觉，刘晴睡衣的领口就奔了下来。里面的双乳随着刘晴的手势欢快地跳动，仿佛在向大龙招手。"

大龙的呼吸急促起来，他已经无法控制自己了，"刘晴！我想抱一抱你，好不？"

"不好，你明明知道，我讨厌的。"

"你闭上眼睛，就假设我也是个女人。好孩子，我只是抱抱你，就算我求你了。"

"就是抱抱我？好吧，只要牛总高兴，我就算舍己为人了，就当上了敌人的刑场、灌辣椒水、上老虎凳、钉竹签。"

牛大龙慢慢地蹭过来，抱起刘晴，贪婪地在刘晴的脸上、肩上狂吻，很快，他又扒开刘晴的睡衣，把刘晴的乳头含在嘴里。他看刘晴并不反抗，就褪掉刘晴的睡衣扑了上去："刘晴，你原谅我，原谅我……你就当我是同性恋的偶像。"

刘晴的眼睛依然闭着，嘴里喃喃地说："好吧，只要牛总高兴。"
……

起身以后大龙发现刘晴身体下面鲜红的莲花。

大龙愧疚地说："刘晴你还是个处女呢，看来你真是个同性恋。我真对不起你。你说我怎样才能补偿你，你说，你说，你要什么我都可以给你，只要是我牛大龙有的东西。"

刘晴说："我什么也不要。我想要的我已经得到了，牛总真的以为我是同性恋？"

大龙心想：坏了，这回遇到一个真正的高手，只怕要给买一座金山才能摆平了，刚才我就感觉到了。看来我又上当受骗一次？

"牛总怎么能这么说话呢。就算我和你说我是同性恋，也不过是一句谎言。谎言和欺骗是不能同日而语的。你现在只能说是上了一个当，但还没有受骗，我骗你什么了？迄今为止，我还没有和你要过一分钱吧？"

"现在不要是为了将来狮子大开口？"

"那你要等我和你开口的时候才能说我骗你。如果我一辈子不和你开口，那就是说我一辈子都没有骗你。"

"我不相信这个世界上有免费的午餐。"

"总会有免费的午餐，只是，不是每个人都能碰到。"

"我很幸运。我能问问为什么吗？"

"什么为什么？"

"你又不要什么,那你为什么说自己是同性恋到这来?"

"牛总真想听?听了你可不要骄傲。"

大龙心里说:我想看你演戏呢。

"我是西岭县人,小时候就听大人们讲过当年有个知青叫牛魔王,打遍天下无敌手。不过,我并没有在意,牛魔王和我又有什么关系,就当听大人讲故事了,和三国的关羽、张飞,水浒传里的林冲、武松差不多吧。"

"第一次对牛大龙感兴趣是有一天我们宿舍里的女孩子们聊天。我们宿舍的姐妹们都是作导游的,我们毕业了,还赖在旅游学院的宿舍不走,学院也不撵我们,条件是我们每年要替学院打一轮乒乓联赛。我们年年是女团冠军。"

"她们作导游,对你非常了解,说什么牛大龙的资产过亿啦,什么牛大龙离过几百次婚啊,什么牛大龙可能是同性恋啊,傍大款就傍牛大龙这样的家伙啊,皮鞋上弹下来一点鞋灰就够花了……她们经常忽悠游客:下面我们去参观沈阳的巴黎一条街。那条街的楼盘就是你的大手笔了。真漂亮,参观的人也都觉得开眼界。就有人说:我们天天拿牛大龙的一条街赚钱,将来有一天牛大龙会来找我们要提成呢。我的下床小颖说,要钱没有,要命有一条,要姑娘的身子免费。大家就笑。那个小颖可是我们学院的院花,是眼眶最高的姑娘,大家领来的男朋友,无论多帅气,她都眼皮不撩,还给起外号,这个是猪头小队长、那个是偷地雷的,反正没有好人。我就纳闷了,还有能让小颖免费送上门的姑娘?我就记住了牛大龙的名字。"

"第一次见到牛大龙的形象是年初在影院看电影,映前是公益广告片,叫《希望工程在山区》,介绍我省大龙公司董事长牛大龙,什么副主席、什么委员、什么常委,我一看,这个牛大龙果然是卓尔不群。无论站在哪个人堆里都是鹤立鸡群,目空一切,那风度、那气质。讲的话不多,但非常感人、真诚:'同学们:我今天说的话有身边这棵柳树作证,将来你们学校的学生无论有谁考上大学,都要让你们的老师去给我报个喜,念大学的费用全部由我来付,你们不要给我省钱,我希望这个小学所有的孩子都考上大学。'感动得老师、家长和孩子们直流泪。当时我就想有机会会会这位牛大龙。"

"机会来了。《辽宁群英》招聘记者,我去应聘,所有应聘的人都录用,都是试用期。所谓记者就是去拉名人往书里编,然后要出版费。说要找几个真正的精英装点门面,有牛大龙,可谁都不敢接这个单子,有好多人都碰过钉子,根本见不着面。我说我去找牛大龙,我和他沾点亲戚。单子是接了,可怎么能见到牛大龙啊,说牛大龙上班走暗道去办公室,秘书挡驾,没有预约根本见不到面。我想我不能按常规出牌,第一步要先见到牛大龙,我就拿你的接待大厅当我的茶楼咖啡吧、会客厅,我故意买零食吃一半扔一半,给朋友打电话到大厅聊天。有一个保安嫌我闹的慌,来制止我,我拿出相机要给他照相,我说敢阻挡记者采访的保安太勇敢了,应该上我们杂志的封面,吓得那小子再没敢朝面。"

"于是就见到了牛大龙。我想我必须换个思维方式才能让你答应录音。你不是怕'井绳'吗?我得先让你放心,我这条井绳不咬人,我说我是同性恋。果然你放心了。我当时就是想认识认识这个牛大龙,就是想接下这个单子,就是想拿下你。我可没想上你的床,就是好奇、兴奋、猎奇。和你一接触,听你讲故事,真过瘾啊,小时候一个人打败一个班的小煤黑子;枪口顶到胸膛了还敢说有种的往这打。

我知道那个年代，一枪毙了你没有地方说理。人人都是一只忙忙碌碌的蜜蜂，可你是一只大马蜂，你嗡嗡一飞就得有个声音，有胆识、有气魄、有雄心、有恒心，但你也狡诈、狡猾，你就像一只狼嗅觉灵敏，就像一只猛虎势不可挡，就像一只雄鹰傲视群山。你想办到的事一定能实现。你出牌从来不按规则，你一掷千金给希望学校，给几个哥们盖四合院，你又吝啬不肯花一分大头钱。你是王子，也是魔王，你是人间的极品。像你这样的男人几百年能出一个，出在两千年前就是项羽，出在六百年前就是朱元璋。出生在上海滩可能就是黄金荣、杜月笙，要是出生在太湖就可能是贺龙。我决定要上你的床。我不想错过这个机会。人生有很多目标，要一个一个去实现，我得把我的第一个目标，我的初夜交给一个能让我心跳的人。哪怕就一个晚上，那也要今宵一夜值千钧。我不是非常保守的女孩子，遇到能让我心动的男孩子我也不会拒绝。我搞过好几个对象了，接吻，搂搂抱抱，甚至摸摸也没必要羞羞答答，可是要动真格的，那不行，他们不配。不是有句俗话嘛，宁吃仙桃一口，不吃烂梨一筐。"

"我是那个仙桃？"

"满世界都是些庸庸碌碌的人，行贿的、受贿的、贪污腐败的、坑蒙拐骗的、讨价还价的、拼命往上爬的、希望中大彩的、秤杆子灌铅的……你说是不是都是烂梨？我们姐妹中间还有一句话：宁喝一口大红袍不喝一辈子白开水。本姑娘一定要喝一口大红袍。"

不管后面有多少谜底，但此刻真的让牛大龙为之动容："刘晴，谢谢你对我的赞美。其实我常常很不自信，孤独，也很苦恼，我经常觉得我现在除了钱什么都没有，尤其没有红颜知己。你真是我的知己啊。"

"是我应该谢谢你。我现在知道只要去努力,没有办不到的事。我不会做你的红颜知己,我们不可能结婚,你娶我,我也不会嫁给你,你比我大三十岁,我没有必要面对大家鄙视的目光,以为我是看中了你的钱财;我也不会做你的情人、小三,我有自己的理想、追求,我有自己独立的人格,我最瞧不起的人就是傍大款活着的人,那样的人和蛔虫有什么两样。我们就是朋友。你喜欢我,我们就在一起多玩几天,你我厌倦了,大家分手互相道个平安,还是好朋友,你过生日,我会送你一个小礼物,让你想起曾经有这样一个朋友。人生会有很多朋友,会有各种各样的朋友,但真正能够在心里陪伴你一生的朋友也就是一两个。不管我们什么时候分手,以怎样的方式分手,你牛大龙都是在心里陪伴我一生的朋友。"

牛大龙紧紧地把刘晴搂在怀里,虽然他坚定地认为世上没有免费的午餐,虽然他仍在怀疑这个姑娘是在放长线钓大鱼。但他觉得此刻拥有这个姑娘就算是吞下了一个鱼饵也值得。能让他牛大龙愿意上钩的女孩子也应该是女性中的极品。

几天的时间里,牛大龙什么也做不下去。朋友的聚会懒得去,公司有事就打电话安排。他让厨师变着花样安排膳食,每天和刘晴在家里就是吃饭、做爱、打乒乓球、打台球。

刘晴对做爱并不热心,但也从来不拒绝。大龙一有要求,她就不十分情愿地说,好吧,只要牛总高兴。

但刘晴喜欢把大龙的头抱在怀里,让大龙吃她的奶子,每当这个时候刘晴就会咯咯的笑出声来。大龙问她笑什么,她说:"我没有当过妈妈，但我想妈妈给宝贝吃奶就应该是这个样子吧，我感觉现在牛总就是我的儿子呢，我特有成就感。"

大龙发现，刘晴叫他的时候还是喜欢叫他牛总，但如果大龙没答应，她就会加大声音喊牛大龙！如果大龙继续不答应，第三声就是高分贝的牛魔王！大龙讨厌别人叫他牛魔王，但刘晴叫他牛魔王他愿意听。

大龙又约了几个朋友来家里聚会。大家吃喝玩乐，拿大龙和刘晴开心。这些人开起玩笑来没有分寸，开始大龙担心刘晴会不高兴，想不到刘晴很会装傻，大家无论说什么，她都是一副似懂非懂的样子。

这天，大龙对刘晴说我欠两个朋友的人情必须还，你要帮我。如此这般。

刘晴说："这也太阴损了吧，我等于是你的帮凶啊。"

大龙说："我大龙是占朋友便宜的人吗？"

刘晴只好应下。

大龙把朋友们约来，举行乒乓球比赛。输了午饭买单。谁也不在意午饭买单，但都把输赢看得很重。比赛很认真、激烈。结果侯总拿了冠军。

按照大龙的吩咐，刘晴有意输给侯总，但也没有输得太惨。

侯总很得意："我听牛总说他姑娘乒乓球如何如何厉害，看来也不过如此，真是情人眼里出西施，他姑娘身上的虱子都是双眼皮的。"

大龙说："我姑娘有意让着你，怕午饭客人买单不礼貌。你没看到啊，她穿着拖鞋和你玩呢。你有本事咱们动点真格的，赌点大的。"

侯总说:"好啊,不动真格的,我还不好意思让你姑娘输得太惨呢,你说赌什么?"

大龙说:"我今天豁出去了,要赌就大赌,我姑娘输了,我刚拿到的项目让给你,你要是输了,你北陵那块土地给我。"

侯总兴奋极了"好,我赌,但今天得签字画押。要不然,牛总不认账。"

大家都说不用,大家都愿意作证人。

三局两胜。

刘晴依然穿着拖鞋,只是把披肩发挽了起来,姑娘长得漂亮,长发随意地在头上一挽,看上去又平添了几分俊俏。本来刘晴对大龙这个阴谋有点反感,她想打满三局,以微弱的优势取胜,但听侯总说什么她身上的虱子双眼皮,心里就有气,暗暗较上了劲,决心教训教训这个侯总。

第一局,刘晴有意打得艰难,以11比9获胜,让侯总感到自己是大意失了荆州。

第二局,刘晴把拖鞋一甩,光了小脚丫挥拍上阵,噼里啪啦,三下五除二,打了侯总一个11比2。

众人皆惊失色。都知道侯总费尽周折,做了很多小动作才拿到了那块地。那块地不必说盖楼,转手卖地就是一倍的回报。

侯总醒过味来了:"牛总这是设套让我钻。刘姑娘这架门分明是专业嘛!"

牛总慢条斯理地说:"她是国家队的又怎么样?你事先又没说不和国家队的比赛。"

侯总气得脸色发绿。刘晴这才知道,这些老总们随便的一赌也是当真的。一块地要多少钱啊,这才叫豪赌啊。

眼看侯总快要挺不住了,一个劲大动作擦汗,大口喝水。大龙走过去拍拍侯总的肩膀,安慰道:"算了,我今天也没打算真的赢侯总,我就是想让侯总知道知道,人上有人,天外有天。你还真说对了,我姑娘就是专业队的。我姑娘说了,专业队和业余队比赛赢了不算。"

侯总说:"我也和专业队的打过比赛,还没遇到过打我2分球的呢。"

刘晴笑着说:"那是人家让着你侯总,不想让你输得太难堪。"

"那你为什么就打我个2分球,让我难堪?"

"谁让你说我身上的虱子双眼皮。"

大家哈哈大笑。

大龙说:"我姑娘又说了,专业队最差的也比业余队最厉害的强,那叫专业。不过,侯总那块地我可以不要,你可是欠了我一个人情,以后慢慢还吧。"

侯总说:"牛总你还真把我吓着了,那块地我已经让给两个朋友二分之一的股权了,钱人家昨天就打给我了。你要动真格的,我还真没法和人家交待。"

"你就以为自己准赢,是吧?"

"我错了,我错了。今天我买单。"

刘晴说:"侯总你要原谅我,今天帮牛总是不得已而为之,我欠侯总一个人情,我答应侯总,过两天给你找一个专业队的姑娘作陪练。"

侯总说:"我因祸得福啊。"

事后,刘晴问大龙:"你们还真的赢房子赢地?那块地值多少钱?"

大龙说:"这不含糊。要是我较真,明天就去拿地。那块地他三千万拿的。我要去拿也得给他三千万。但谁都明白,我转手就是五六千万。我过去也输过他,他可没和我客气。"

刘晴倒吸一口凉气。这些有钱人赚几百、几千万就是在玩啊。

这天,大龙说:"刘晴我们出去逛逛街,散散心吧,总在家里闷着,骨头都软了。"他的本意是到街上给刘晴买几件衣裳或者首饰。他觉得刘晴整天这么陪着他太亏了姑娘。

牛大龙和女人在一起,女人要一分钱的东西他也不高兴。女人不要,他主动给女人买座金山也不心疼。

刘晴说好啊,只要牛总高兴。

"如果碰到熟人,我怎么介绍你呢?"

"就说我是你女儿吧。"

"关系近的,都见过我女儿。"

"没关系,像你们这样的人哪个没有几个私生女、干女儿。"

但到了街上,刘晴什么也不让大龙买。大龙要给刘晴买一副水晶项链,刘晴说:"你买了我也不会要,我走的时候肯定会给你扔到家里。"大龙只好作罢。

就走到了太原街的一个瓷器店。门框上写着景德镇瓷器专卖。刘晴走进去，看见一个盘子里面是玲珑剔透的瓷器戒指。每个戒指上都有一个小动物，是十二生肖，非常精美。她挑了一枚有公鸡图案的戒指对大龙说："你一定要花钱送给我件礼物，就把这个戒指给我买下来吧。我喜欢，我是属鸡的。你不要害怕，瓷器的戒指不是定情物。将来你万一讨厌我了，我就把它用脚一踩，碎了，就当什么也没发生。"

大龙向店老板问价。老板说："我卖别人都是五块，看你姑娘那么喜欢，我给你打个折，四块钱你就拿走。"大龙感到很没面子，扔下五块钱转身就走。

买了瓷戒指出门，刘晴说："你给我戴上。"

大龙的心里很不是滋味，在他的记忆里，他从没给女人买过五块钱的礼物。

刘晴看出了大龙有些不高兴："牛总怎么了？"

大龙说："你成心让我难堪，我还没花五块钱给别人买过礼物呢。"

刘晴说："五块钱怎么了，五块钱也是你给我买的礼物啊，东西不在贵贱，礼薄情谊深啊，我很喜欢。我长这么大，你是第一个给我戴上戒指的男人。它就是值一百万，别人要给我买，我还不要呢。"

晚上，两个人躺到床上聊天。大龙问刘晴："你现在的生活来源就是那个什么编辑部给开工资？"

"编辑部每个月800元保底工资，拉了赞助赚提成。我炒股呢。我毕业后在沈阳、大连卖房子赚了些钱，我给家翻盖了房子还剩五万，我把这五万都买股票了。股票升值一点，我就退一点，我现在把五万元都退回来了，现在我手里的股票等于都是赚的，怎么跌我也不亏了。"

"你没买我们大龙的股票？"

"没有。"

"那我送你些大龙的股票吧。"

"行，你不是有原始股吗，你就送我一张原始股票，无论将来怎样升降，我也不卖，就当是个纪念。"

"你是成心让我难受，我怎么会就送你一张股票呢。"

"多了我不要，要送就是一张。"

"你不要在学院的宿舍住了，好不？我送你一套房子。对了，你还赢我一套房子呢。"

"我不要，如果我没上你的床，我还真兴许要那套房子，你们一个赌都是成百、上千万，我赢的那套房子也是靠我的智慧，应该得的，对于你来说就是九牛一毛。但现在我不要了，我上你的床为的就是得到牛大龙，我要干干净净地来，如果走也是干干净净地走。人活着，除了父母的钱，不要占别人一分钱的便宜，那样才能心里踏实，永远挺着胸脯走路。人活着不能让别人瞧不起，也不能让自己瞧不起自己。我相信我的智慧，我会靠自己的能力买房子的。"

"跟我说说你的家好吗？我想了解了解你的家。我想知道什么样的家庭，什么样的父母能培养出你这样的姑娘。"

"这个我不想告诉你。你就当我是孤儿好了。"

"可你不是孤儿啊，我想知道，我想知道你的一切。现在不是阶级斗争的年代了，你就是蒋介石的孙女我也能接受。"

"我怕说出来吓着你,我的家要比四大家族还可怕呢?"

"我牛大龙还不知道什么叫害怕呢,你就是皇帝的女儿我也不害怕啊。我又没强奸你,就算你告我强奸,我也不申辩,我去蹲大牢,我眼睛都不会眨一下。今天我一定要知道。"

"那我就说了,反正我也不想永远瞒着你。"

"快说。"

"你听好了,我是西岭县水泉乡靠山屯人,我的父亲叫王卫东。"

大龙的脑子在一瞬间就成了空白,呆了、傻了,但旋即他又笑了起来:"你真能开玩笑,吓唬我,王卫东怎么会有你这么大的女儿呢?"

"怎么不会呢。他在狱中表现好,80年无期改有期徒刑出狱,我是81年出生的,我后面还有一个弟弟呢。我出生后随母亲姓刘。"

大龙感到五雷轰顶。是的,世上就是不会有免费的蛋糕。她什么也不要,原来还有一个更大的陷阱在等着他呢。她要干什么呢?替父报仇?搞垮搞臭他大龙。这将是一条多么让人震惊的新闻啊:当年大队书记强奸了女知青,现在知青又强奸了书记的女儿?

他向刘晴的挎包瞥去。刘晴的挎包不在眼前,不大可能有针式摄像头。录音机呢,也看不到。也许该录的早就录了,该摄的早就摄了。

大龙觉得有一块大石头向心口砸来。

"我说吧,我不想说,可你一定要问。吓着了吧。想不到你牛大龙还有害怕的事。其实你大可不必,你们上一辈子的事和我有什么关系啊。应该害怕的是我,我父亲和叔叔们要是知道我上了你的床,不打折我的腿才怪呢。不知道还好,要是知道了,我就永远也不能回那个家了。"

大龙长叹一声："就算你没有什么阴谋，我今后可怎么面对我的知青战友们？我牛大龙还怎么做人呢。"

"我就不明白了，这和你做人不做人有什么关系？你又不是强迫我的，是我愿意给你送上门的。再说，我们之间的事情也没有人知道，你不说，你那些战友怎么会知道。你要是觉得我让你难堪，让你为难了，我可以现在就走。我们从此不再见面，就当我们之间什么也没发生过，就当我们从来就不认识。"

大龙看看刘晴，心里判断着她每一句话后面的潜台词。他觉得刘晴说的就当从来没有发生过本身就蕴含着威胁。就当什么也没发生过？那如果发生过呢？

如果真的从此就当不认识那应该就是最好的结局。但刘晴绝不会就这样什么痕迹也不留就走掉吧。

那就试试吧。

"刘晴，你说就当我们从来不认识，什么也没发生过可是当真？"

"牛总的意思是我现在就离开你，就当我们从来不认识？"

"是的，我觉得这是个好办法。如果你觉得我应该对你有所补偿，你开个价，我决不还价。但我补偿过了，我们从此就当从来不认识。"

"刘晴明白了。"

刘晴起身，默默地穿衣，下床，收拾好自己的挎包。然后，她走到大龙的床前："牛大龙：你记住我的话，我走出这间屋子我们就从此互不相干，就当我们从来也没有见过面。临走前，我还有三句话留给你。"

牛大龙不敢面对刘晴,他别转了脸说:"你说吧。"

"第一,你也是五十多岁的人了,不要总像个流浪汉那样生活。你有厨师,有条件,要尽量少在外面吃饭。钱再多也没有用,你要学会照顾好自己。"

"嗯。"

"第二,你的年龄已经不适合去飙车了,飙车是很危险的。尽管你的驾驶技术很好,但百密必有一疏。不可能飙车一百次,一千次,总是安全。"

"嗯。"

"第三,你的烟不算勤,每天一包,但还是要尽量少抽。我最讨厌抽烟,但我从来不和你说,因为我知道,我没有资格限制你抽烟。我走以后希望你每天再少抽一根烟,烟盒里只剩一根烟的时候如果你能想起我的话,就把它熄掉。每天少一根,一年就是三百多根,三十年,四十年就是上万根。"

大龙不知道应该说什么,做什么。

"现在请你闭上眼睛。"

大龙不知道刘晴要做什么,心想总不至于她要扇自己几个耳光,如果是那样,他也不会还手。他面向刘晴闭上了眼睛。

他感到刘晴的身子俯下来。没有耳光,只有刘晴轻轻的一个吻别,同时,有滚烫泪珠滴到他的脸上。

他不敢睁开自己的眼睛,他怕控制不住自己的感情让刘晴留下来,或许刘晴也在等待他那一句话,刘晴怎么会这么轻易地离开呢。也许这场戏刚刚开始。

他听到门锁咔的一声。睁开眼睛刘晴已经不见了踪影。刘晴在屋里总是喜欢光着脚走路。

他坐起来,看见床头柜上放着那枚瓷戒指。灯光下那枚戒指闪耀着熠熠的光芒;一只五色斑斓的大公鸡闭着一只眼睛,高昂着头用一只眼睛蔑视着他。

他掏出烟盒,想抽根烟认真地思索一下究竟发生了什么,他要分析一下明天可能面临的种种凶险和不测。

他打开烟盒,里面只有一根烟了。他想起刘晴刚才说的话,把烟盒狠狠地捏成一团扔到地上。

第二天,大龙就窝在家里。他哪也不能去。就像一只被铁夹子套住的狼,他不能奔驰在森林里了,不能奔驰在草原上了。他不能动弹,甚至无法挣扎,因为越挣扎夹子就会越紧。狼被夹子套住最终只能自己咬断腿逃走。命大的作为一条残疾狼苟且偷安,一般情况下,用不了几天就会因为流血过多,伤口感染而死去。

他分析了各种可能,无论哪一种结局他牛大龙都会身败名裂,无法继续在商场上驰骋了,无法在江湖上立足。

最坏的可能是全世界都知道这样一条奇闻。各种网站,大小报刊纷纷报道:当年大队书记强奸了女知青,女知青含冤自杀,今天女知青战友强奸了大队书记的女儿,大队书记的女儿含冤自杀未遂……大龙不排除刘晴也有自杀或有意自杀未遂的可能。替父报仇,这个姑娘什么事情都做得出来。这个姑娘太有心计了。

其次,他会接到一盘复制的录像带或录音带,让他付出巨额赔偿,甚至让他破产。大龙宁愿是这样一个结果,他宁愿破财免灾。财算什么,只要过了这一关,可以东山再起,一切都可以重来。

再次，告他强奸罪，以报当年父亲入狱之仇。

最后，就算什么也没发生，事情总要慢慢渗透出去，纸里包不住火，世上没有不透风的墙。况且，这一阵子很多朋友、同事都在家里见过刘晴。刘晴就算没有任何动作，消失了，但事情总要传出去。他牛大龙今后还怎么面对大家，面对当年的知青战友，怎么面对杨妈妈和杨洋。杨妈妈做梦也不会想到他和王卫东的女儿上床。

大龙坚信，刘晴或是王卫东，绝不会善罢甘休的，刘晴隐名埋姓，一步一步接近他，最后骗上了他的床绝不会没有目的，没有动机，没有阴谋的。说什么他是她的偶像，崇拜、爱慕，他是什么仙桃、大红袍都是骗鬼的话，世上决不会有这么巧的崇拜，这么单纯的爱慕，这么奇特的缘分。

等吧，现在只能静观其变，看对方从哪个方向进攻再做抵挡，明知道是一场必败的战斗又不得不应战，明知道对方的位置却不能反击。

牛大龙悔呀，牛大龙毁了，他做梦也想不到活了半辈子，年过半百了遇到了一个对手，一个真正的对手，一个注定让他一败涂地、身败名裂的对手。

都说君子报仇十年不晚，他王卫东等了三十年。

大龙变得敏感、多疑、焦躁，只要电话一响，他就会马上抓起电话。

一天过去了，什么也没有发生。

十天过去了，一个月过去了，什么也没有发生。甚至连认识刘晴的朋友们见了面也没人打听那个专业的乒乓球姑娘哪里去了。对于大家来说,当老板的身边出现一个姑娘和消失一个姑娘都不是新闻,都不值得大惊小怪。

只是侯总来过一个电话:"我在专业教练的指导下球技大有进步。你说你姑娘让我不及格,哪天我去再战一场,如果及格了咱们赌点啥?"

大龙说:"刘晴回家了。"

"不会不回来了吧?"

"不好说。"

"操!牛总金屋藏娇了吧。"

什么也没发生。法院没有传票,公安局没有传讯,没有录像带、录音带寄来,刘晴也没有电话。

大龙终于从最初的紧张、等待、焦躁不安中慢慢平静下来。

人一旦平静下来就会变得冷静,一旦冷静了就会换一个角度思索和判断问题。

或许刘晴根本就没有什么阴谋?如果她要对他实施报复,现在已经错过了最佳的时机。

大龙想起刘晴的每一句话,想起她临别的嘱咐,当时大龙判断刘晴是为了稳住他,怕他有过激行动,怕他第二天主动采取措施。

尽管并不相信刘晴的真诚,但从那天起,大龙不再飙车,每当他脚踩油门要飙车的时候就想起刘晴的话,不能永远飙车永远安全。每当他的烟盒里只剩下一根烟的时候,他又会想起刘晴的话,他从不把这一根烟留到明天,他总是把那一根烟连同烟盒揉成一团,狠狠地扔出去。

如果刘晴是真的从想接触他，到爱慕他，那刘晴就是他的生活中最冤枉、最委屈、最懂事、最可爱的姑娘了。她为牛大龙奉献了一个姑娘只能有的一切，她得到的仅仅是一个5元钱的礼物，而就是这5元钱的礼物她还并没有带走。

牛大龙欠刘晴的太多了，至少，他欠姑娘一句道歉。

这样一想，牛大龙就坐不住了。

他坐立不安，只要一回家，一躺到床上刘晴的音容笑貌就会浮现在眼前。他想起他们的第一次，想起刘晴随意的，高高挽起头发，光着小脚丫打乒乓球的样子。

想起刘晴临别时候说过的话。

想得最多的是刘晴躺在他的怀里，用那清纯的目光看着他，有些不大情愿地说"好吧，只要牛总高兴。"

已经三个月过去了，牛大龙仍然没有刘晴的消息，没有接到刘晴的电话。大龙决定给刘晴打一个电话，他要说一句对不起！

电话打过去，他被告之：对不起，您拨打的电话已停机。

他找到刘晴的名片，把电话打到《辽宁群英》编辑部，一位女士告诉她：刘晴三个月前就辞职了。不知道她现在在哪里供职。

牛大龙反复思索，还有什么线索能找到刘晴呢？他想起来了，他心想：你刘晴不管去哪里工作，总要回到自己的窝吧。

他知道找到刘晴也不会恢复以往的关系了，刘晴不会原谅他，不会再回到他的身边来。但他一定要亲口对刘晴说一声对不起。他牛大龙可以欠别人的金山、银山，但绝不能欠姑娘的一句道歉。

这天傍晚，他开车找到北方旅游学院，一路打听找到打乒乓球那几个姑娘的宿舍。

他敲门进屋,整个屋子五六个姑娘都把目光注视着他,有一个细高挑,明亮的大眼睛,异常漂亮的姑娘惊叫道:"先生莫不是牛大龙吧?"

大龙说:"是我,不好意思,你应该就是小颖姑娘吧?"

姑娘们都惊讶地叫起来;

哇塞!小颖你就装吧!

小颖你也太虚伪了!

"我想找一个叫刘晴的姑娘。"

大家面面相觑。

小颖说:"她三个月前就搬走了。"

"能问问她搬到哪里去了吗?"

"不知道,她走得很匆忙。有一天晚上,她快半夜了才回来,第二天我们看见她的眼泡都哭肿了。大家晚上回来她就不见了。只留下一张纸条。"

"那张纸条还在吗?"

"早就扔掉了。上面就是一句话:姐妹们再见。"

"牛总进来坐一会吧。"

"不了,打扰了。如果你们之中有人还能看见她,请无论如何替我转告一声,牛大龙先生想有机会当面向她道歉。替我转达者,我必有重谢。告辞。"

"等一下,"小颖问:"牛总知道我的名字,是刘晴告诉你的吧。"

"是的。再见!别忘了我的委托。"

"请问牛总,我很好奇,如果小颖千方百计、千辛万苦、千山万水找到刘晴,完成了您的转告,您有什么重谢?"

"哦？你想要什么酬谢？"

"不多，对于牛总来说就是毛毛雨，对于我们来说要奋斗一辈子。我就要一套一居室的房子吧。"

"那我们成交了。"

大龙出了门，还听到门里边姑娘们的大声叫嚷。

"我们还上什么班啊，大家分头去找刘晴吧。"

"应该把他的电话要下来啊，找到刘晴和他怎么联系啊？"

"你猪脑袋啊，你还看不明白？找到刘晴还愁没有牛大龙的电话吗？"

"小颖你还犹豫什么啊，你的机会来了！"

刘晴仿佛从人间蒸发了。

牛大龙不相信，她刘晴还能躲到月亮上去？他发誓，一定要找到刘晴，找遍天涯海角也要找到刘晴。他一定要当面和她说一声：姑娘：对不起！

从那天起，牛大龙对所有的女人都失去了兴趣。

第十四章：这个王小宝简直就是个孙猴子

　　向莹骗王小宝，让王小宝来到市委大院拜见向莹的母亲，市委副书记李梅。想通过母亲教训教训王小宝。王小宝凭着自己的狡猾、机智博得了李梅的信任和欣赏。大家都觉得这件事不可思议。纷纷议论说：这个王小宝简直就是个孙猴子。

　　向莹宁可违背诺言也不肯和王小宝处对象，并决心查明事情的真相……

　　王小宝一般是压着时间八点半来，给园艺中心的领导们一段"内部"时间。

　　说话间，王小宝哼着歌子走进来：

　　　　多少脸孔　茫然随波逐流
　　　　他们在追寻什么
　　　　多少岁月　凝聚成这一刻
　　　　期待着旧梦重圆……

　　王小宝和大家打过招呼，问今天园艺中心有什么工作需要村委会协调，配合。

向莹说没有。

王小宝说："那就好。向主任，占用你五分钟时间，能否谈点私事？"

向莹说："王小宝你有点太不自爱了吧。你造什么舆论啊，现在大家，包括你们的村民，谁遇到我都问，什么时候吃你的喜糖啊，你和王书记真是郎才女貌啊，你恶心不啊？"

王小宝一副委屈状："那能怨我吗？你想，大家都知道我是单身，就我这条件，给我提亲的能少吗？我已经心有所属了，肯定要拒绝吧。但是我得婉转些，我直接拒绝，那人家姑娘家就会觉得我瞧不起他们，那我这群众关系今后还怎么搞？我就说我已经有心仪的姑娘了，只是人家还没同意，没有给我回信呢。对方就问，是谁家的姑娘啊，我不好说，但我不说，人家就会认为我是搪塞他们，就是没有瞧得起人家姑娘。我只好说是园艺中心的向主任，但是一定要替我保密，因为人家向主任还没同意呢。大家说那还有啥不同意的，郎才女貌啊，你们真是天生一对、地造一双啊。你看，这事整的……真是对不起，要不方便的时候我用大喇叭广播一下，这不是谣言吗？我给你辟谣。我倒没什么，可这对向主任的影响不好啊。"

"广播就不必要了，你花点钱到电视台做个广告得了。对了，王书记，我正想告诉你呢。我们俩的事，我现在还没法给你答复。因为我妈说，如果有人给我介绍了男朋友，那她必须先见一面，把第一关，她老人家同意了我才能谈。不同意，就是皇太子求婚我也不能谈。你看，要不你毛遂自荐，和我妈见一面？"

王小宝仔细地观察着向莹，他在判断向莹的葫芦里卖的是什么药？他和向莹是准备打持久战的，这么快让他去见未来的岳母大人？

他知道向莹肯定是不怀好意,"你是说让我去市委大院见你妈?如果她同意了,那你什么意见啊?"

向莹的脸上毫无表情,"如果我妈同意了,我就同意,嫁谁不是嫁啊。再说我妈无论是思想觉悟、政治觉悟还是审美观点都是一流的,她同意了,我还有什么挑剔的啊。"

"我怎么觉得这件事情发展的速度有点不正常啊,你不觉得太快了吗?"

"我不答复你,你总来烦我,让你去和我妈谈,她一锤定音、速战速决,你又嫌太快。你不去就算了,那以后这个话题就免谈了吧?"

"你妈同意,你就同意了?"

"是啊,要不,签字画押?"

"那倒不必,这儿好几个叔叔和苏阿姨都是证人,我相信向莹不会拿终身大事和我开玩笑。"

"还有下文呢。"

"我估计会有,你说。"

"如果我妈不同意,你以后就死了这份心,别再来烦我。"

王小宝认真地思索了一会,短时间内分析了可能出现的各种情况,然后果断地说:"好!我同意。"

"君子一言。"

"驷马难追。"

王槐有心提醒小宝别去自讨没趣:"小宝,要不,你再考虑考虑,有点思想准备以后再去。"

向莹说:"王叔想陪王书记一块去?我没意见。"

王槐摇摇头，无可奈何地坐下。

小宝说："没啥准备的，丑媳妇见公婆，早晚都是见。我准备一年，脸上也长不出花来。今天就是进京赶考了，成功就戴朵大红花当新郎官，失败了就回家老老实实种田插秧。"

向莹拿起车钥匙说："走吧，秀才，那咱们这就进京去赶考。"

王小宝一愣："怎么？这就去？"

向莹说："这不挺好嘛，劳动人民形象，你要回去换套西服，头上喷上摩丝，半土不洋的，我妈不用和你谈就下逐客令了，她也是农民出身，就是喜欢劳动人民。"

"好，那就出发。反正我这身劳动服也是今早换的。你和我一起去？"

"我给你送到她的办公室门前，要不，没有预约你见不到她。我给妈打电话了，说有个叫王小宝的小伙子要去看看您。你进了屋先自我介绍，接着就直奔主题，告诉我妈，你想做向莹的男朋友，然后你就等着我妈的把关吧。"

王槐一个劲给小宝使眼色，王小宝没有看见。

一个多小时后，车到沈阳市委大院。

向莹把王小宝领到妈妈的办公室门口，说："王小宝，我估计你今天会很惨，因为我妈的眼光很高。如果你现在后悔还来得及，我们现在就向后转。"

王小宝说："我只是请姑娘记住自己的承诺。"

王小宝敲门，进了市委副书记李梅的办公室。他礼貌地向李梅半鞠躬："李书记您好。"

"你是哪位？办公室没有通知我，你有什么事？"

"我是点将台村的支部书记王小宝，您女儿应该和您提起过我。"

李梅想起了两天前的电话："她来过电话，说有人要给他介绍一个男朋友，好像就是那儿的支部书记，就是你了？"

"是的。今天我是来和您谈点私事的，不叫职务，我就叫您阿姨吧。"

"我们没有必要再谈了，我已经告诉过向莹了，我不同意她在那里找男朋友。"

王小宝知道自己掉进陷阱了。原来向莹已经知道母亲的态度了。向莹就是让自己再听一遍那三个字，然后灰溜溜地夹着尾巴滚回老家去，从此别再烦她。

在路上，王小宝已经预测了各种可能出现的情况，他也制定了几套应对方案。他在心里说：臭丫头，既然你不仁就不能怪我不义了。我走哪条路你都管不着，最终是实现目标。

"阿姨，我知道您的态度。向莹和我说了，您不同意。我今天来不是请求您同意的，我是要把真实的情况和您说一下，我不说，心里就会有块大石头压我一辈子，我告诉您了，我就自己把这块大石头搬走了。向莹她可以对我不负责任，这点我早有预感，我知道她早晚要和我分手。可我得对她负责啊，俺们乡下孩子，不像城里的青年人，今天处个女朋友玩一周，明天又泡个妞玩一个月，后天结婚了，不到一年就离婚，乡下孩子定了婚都不能毁约，何况我和向莹都那样了……"

李梅勃然大怒，"什么？什么叫那样了？你们已经同居了是不是？"

王小宝低着头，吞吞吐吐："没同居，也就那么几次……"

"你胆子也太大了，我是不是应该把你送进去？"

"阿姨，您别发火啊，不是这样的。我承认，我有责任，可她是您的女儿，知女莫过母，您知道向莹她做事从来都是天马行空、随心所欲，想怎么样没人能拦得住她。和您说实话，我和向莹处对象，我连想都不敢想，她是向总的女儿，是市委领导的千金，我和她在一起连看都不敢多看一眼，坐在一块也注意保持半米的距离。可向莹就骂我：王小宝你是不是瞧不起本姑娘？还说我是土包子。您说我还敢拒绝吗……"

李梅听了，长叹一声："行了，你别说了，我的女儿我知道。都到这个程度了，还来电话问我同意不同意。向莹她爸爸知道吗？"

"我想应该不知道吧，向莹不会说的，向莹还警告我，如果和您说了这件事，她会让我后悔一辈子。阿姨，我求您就不要责备向莹了，如果她知道了，我们这辈子不做夫妻，可也不能做冤家啊，我不希望向莹恨我一辈子。阿姨，您不知道，我有多喜欢她，我真希望她是普通老百姓的女儿。"

"这个死丫头，我看应该让她后悔一辈子。你说吧，你们打算怎么办？"

"我就是想和您把情况说了，说完，我的心里就踏实了，就自己解放自己了。您知道我是认真的，不是我要和向莹分手的。向莹不过就是在乡下寂寞了，想和我玩一玩吧，随她了，只要她高兴就好。阿姨，其实您不用担心，向莹那么漂亮，又是您的女儿，追求他的小伙子都得排队。总有城里的小伙子去找他玩，她想找男朋友还不是抛个绣球就来了。我也不怕，我虽然是个乡下孩子，可方圆百里没有不知道我王小宝的,好歹我也是个村支部书记,县劳动模范,托媒说亲的天天都有,半夜十二点还有敲门要提亲的呢。或许我们分手,对大家都好。"

李梅冷静下来,面对新的情况,看来她得重新估计一下形势:"感情的事情是可以当儿戏的吗,说玩就玩?说分手就分手。说说你的情况。"

王小宝知道,事情的转机来了。

"阿姨,我18岁就当兵了,在部队干了七年。我在部队学到了各种技能。我转业时,部队的工厂要高薪留用我,可我没干。阿姨您不知道,我们山里的农民太穷太苦了。我想部队培养我学会了这么多技能,我得回到家乡和乡亲们一起改变家乡的面貌。我回到点将台,不到两年我就满票当选支部书记。我想,我们有土地资源,有人力资源,我们缺少的就是项目和技术,经过研究我们把向叔他们几个知青请回去,搞生态养殖、种植。向叔又请来了他们农业大学的同学们,这一步棋就走活了。阿姨,你有时间真应该去我们那里看一看,现在我们那一年四季时令蔬菜不断,山上是梅花鹿、野猪、野鸡;河里是娃娃鱼,河边是林蛙;各种中草药成片,各种果树成林;真的像画里一样,蜂飞蝶舞、鸟语花香。"

李梅的兴致来了:"向莹她爸爸就是你请去的?"

"不是,是我动员我爸爸去请的,向叔他们当年下乡,我还没出生呢。我爸爸和向叔他们都是好朋友。"

"我说呢,老向他怎么就心血来潮回了青年点。你说说,你们都是怎么做的?"

"阿姨,那我就简单说说,说的不对,正好能得到您的指正。其实农村工作说复杂就复杂，说简单那非常简单。现在我们党的政策都是好的，哪一条不是为了老百姓着想，可为什么贯彻不下去啊，贯彻下去就走样啊？就是因为基层党的组织涣散了，组织一涣散，党员的先锋模范作用就没有了，党就没有威信了，执政党如果没有威信了，那发展下去不就完了吗？我们村二百多户，我当书记的就算全身都是铁，能扔几个钉啊？我就抓党员。一个星期党员开一次会，开会也不学习什么文件、通知，学那个不行，一学习文件不到十分钟就都打呼噜了，就像进了猪圈。那些文件我一个人学习，平时注意掌握点政策和方向就行了。我们就学习各种报刊上党员的先进模范事迹，找故事性强，动人、感人的学，大家都爱听。屋里边党员学习，窗户外面群众搬个板凳坐在窗户根底下听。有些事迹感人的，那些女党员听得直哭。

"阿姨，您说现在为什么世风日下呀，还不是因为雷锋精神没有了，现在不学雷锋了，谁还知道雷锋啊，如果天天学月月学年年学雷锋，那雷锋不就渐渐多了吗。我们学习先进党员的事迹，就是让大家知道，这样的人才算共产党员。用不着讲什么理想啊、前途啊、信念啊，你讲为共产主义而奋斗终生？离他们太远了，他们听不进去。

"就是让大家知道，党员都是报纸里说的这样的人；党员要不怕苦，干在前面，有了脏活、累活，出义务工，不搞摊派，就是党员上；啥叫党员标准？做党员首先要是个好人，要心地要善良，谁家有了困难党员要主动去帮；做党员就是要吃亏在先，分地、分钱、分物，剩了零头才是党员的。党员分的地都是兔子不拉屎的地，但是分到这块地的党员高兴啊，全村最不好的地被自己争来了，觉得自己光荣，就像战争年代解放军战士分到了突击队能参加主攻一样。

"上边来了任务,我们二十多个党员一人一片,分片包干。大家分头,挨家挨户串个门,一个晚上就落实完了。在我们村,党员光荣啊,谁入了党,亲戚朋友都去祝贺,是大喜事啊,全村撒喜糖。别的村为了凑数发展党员还要去动员呢,你来开会吧,你写个申请啊。在我们村,百分之三十的人要求入党,还有百分之三十的人有那心思可不好意思写申请,觉得自己不够格,要求也没用。说了您也许不相信,我们村六七十岁的老头、老太太有好几个要求入党呢。

"我们村发展党员不光是党内的事。发展对象张榜公布,开村民大会,大家投票,票最多的才能入党,够不够党员不能光听他说,要看他做,群众的眼睛就是一杆秤。您说这样的人入党了能不感到光荣吗。当然了,党员中个别思想落后的也有,觉得自己多干了,没得到什么好处,吃亏了。对于这样的党员,我就动员他自己主动退党,我不能让这样的人一条鱼腥了我一锅汤。两年了,就退了一个,他的身体也不好,主动退的,怕给党员脸上抹黑。"

王小宝越说越激动,李梅越听越兴奋,"小宝,你等等,我先打个电话。"

李梅拨通了一个电话:"是齐部长吧,我是李梅。齐部长你看看党教处都谁在家呢?你安排一两个人到我的办公室来一趟。我这里有个基层党支部书记,在和我谈基层党员的教育问题,很朴实,也很生动,你们来听听,看看我们下一步能不能有点作为。"

放下电话,李梅说:"小宝,一会党教处来人,你把你刚才说的再系统讲讲。"

王小宝书记很谦虚:"阿姨,我也没有什么准备,这信马由缰的,能行吗?"

"还准备什么啊,你刚才讲的就很好,你就这样随便讲。"

不一会,市委宣传部党员教育处来了一位副处长和一位宣传干事,拿着录音机,一边录音,一边作笔记。

王小宝按照李梅书记的指示,把刚才说的话又系统、细化了一番,向宣传部的同志作了汇报。

王小宝汇报了一个小时。汇报人和听汇报的领导、同志都意犹未尽的样子。副处长感慨地说:"多少年了,从来没有听到过这样真实、真切、真情的基层党员干部的声音。李书记,我们惭愧啊,像这样的基层党员活动经验我们坐在办公室里一辈子也写不出来,总结不出来啊。"

李梅说:"是啊,所以我刚听了一半就马上打电话让你们一同来受受教育。实践证明,群众是真正的英雄,我们基层的党员干部听的文件没有我们多,学习党的各项方针、政策没有我们多,开的会议没有我们多,但是他们在工作实践中总结出来的经验是我们坐在上面永远也总结不出来的。今天就到这里吧。你们回去,组织大家听听录音,大家深入、细致地研究一下,看看下一步我们能不能有点大的动作。"

副处长表示一定要认真贯彻李书记的指示,尽快拿出下一步的方案。

王小宝有点后悔,如果知道李书记会这样重视他的信口开河,他就应该事先充分地准备一下,那效果就不一样了。他刚才说的虽然虚构了一些,夸张了一些,但都是在基本事实的基础上喷了点水。如果这些事情也算作什么经验,那这样的经验他闭着眼睛就能总结一火车。

党员教育处的人走了。李梅决定和王小宝再唠点家常话,以便进一步了解王小宝。当她知道王小宝参加北方大学工商管理函授学习马上就要拿到文凭时,一个想法就基本成熟了,她告诉王小宝:"我想办法给你争取一个名额,明年到市委党校学习。虽然你的工作有了一点成绩,但是不要骄傲,特别是要加强理论学习。"

"阿姨,我会记住您的教诲,我不会让您失望的。"

看时间到了中午,王小宝要告辞,李书记说:"已经中午了,吃过饭再走吧。"

王小宝就知道李书记已经认下他这个女婿了。心里想,我得把向莹请进来啊,我得让她看看,她妈妈没有给我下逐客令,还留她的女婿吃饭呢。

来的路上,向莹告诉王小宝,就说你自己来的,和我没有关系。王小宝嘴上答应,心里想,我怎么说用不着你来教。

王小宝说:"阿姨,我是和向莹一起来的。她没有上来,我想她是怕您说她吧,您看……"

李梅马上用手机拨了一个号码,拿起电话:"向莹吗?我是妈妈,你在哪里?……你和妈妈在电话里说谎不必脸红是吧?你赶紧到我的办公室来。"

放下电话,李梅说:"哼,我这姑娘,从小她就喜欢和我捉迷藏。"

向莹来了,她睁大了眼睛,看看母亲,看看王小宝,不明白王小宝为什么能在母亲这里耗了一个上午,她预计王小宝十分钟之内就得被母亲"驱逐出境",就得"帝国主义"夹着尾巴逃跑了。

等待向莹的几分钟内李梅已经向食堂打了电话。

李梅说:"向莹你回家来了,也不想见见妈妈?这么大了,还和妈妈捉迷藏,好玩,是不是?走吧,我们去吃饭,回头我再和你算账。"

向莹就更不明白了,妈妈还要留这个家伙吃饭?

李梅在前面走,向莹和王小宝跟在后面。向莹越想越气,这个王小宝一定是搞鬼。她气得忍不住用手去掐王小宝的胳膊。王小宝穿着半袖的劳动服,向莹的手指甲很长,指甲上还染了玫瑰色的小花,她把那长长的指甲嵌进王小宝的肉里。王小宝痛苦地忍耐着。李梅感觉到了后面有异样的声音,猛地回过头,向莹想把手松开已经来不及了。

"向莹,这是市委机关,你注意点影响,给妈妈留点面子好不好?"她一眼看见了王小宝胳膊上那道深深的血印,正有细小的血丝渗透出来,"你这孩子下手也太狠了。"她疼爱地抚摸着王小宝的胳膊:"真搞不懂你们现在的年轻人,你和她爸爸一样,你们就宠她、惯她吧,从古到今,惯子如杀子。"

向莹心里想:全完了,我小看了这个土包子。

三个人到小食堂雅间入座。这简直就让向莹的嗓子里冒烟,胸膛里起火了。她到机关来找妈妈,从来没有到过这个小食堂。赶上吃饭的时候,妈妈就会给她拿了饭票让她到大餐厅吃自助餐。念书的时候不懂事,向莹要和妈妈去小食堂,李梅说:"那不是家属去的地方。"

向莹说:"妈!这小食堂可不是我这家属应该来的地方,让别人看见了,是不是对您的影响不好啊。我还是自己去大餐厅吧。"

李梅说:"今天是妈越了一点格,就算公私兼顾了一点吧。你今天借小宝的光了。小宝今天来不完全是私事,我们大多数时间谈的都是工作,小宝介绍了他们基层党支部的建设问题,宣传部的同志也一同参加了。小宝谈的不错,他做了很多工作,你应该向小宝学习。"

说话间,有一个脑门子铮亮的中年人迎过来。李梅走过去,和他小声地交谈,李书记今天很高兴,谈笑风生。亮脑门子就不断地往王小宝这边看,就像鸡啄米,不断地点头。

向莹咬着牙说:"王小宝,你是一个大阴谋家、大混蛋、大坏蛋、大特务、大内奸。"

王小宝说:"我再给你补偿两个,我还是个大丈夫,但我大仁大义、大智大勇、大功告成。"

菜很快就上来了。简单,两荤两素一汤。妈妈还算知道女儿的胃口,给女儿要了一个蒸水蛋。

李梅说:"我们有纪律,中午不能喝酒。哪天有机会,你和向莹到家里去做客,阿姨家里有好酒。"

王小宝说:"阿姨,我不喝酒的,酒对身体没有好处,有时候陪客人,我不得不喝点啤酒。"

李梅说:"好,我能看出来,你是个懂得自律的孩子。"

少顷,亮脑门领着大厨端上来一盘油汪汪的红烧海参。李梅生气了,"孙主任,你这是干什么?我不是告诉你了吗,简单一点,我就是和孩子吃顿便饭。"

亮脑门说:"李书记,您误解了。整个市委机关谁不知道您的廉洁。我知道,您女儿结婚的时候您肯定不会告诉我们大家的,您怕大家破费,送礼。今天我是赶上了,您女儿和朋友来,我这当叔叔的既然知道了,总得表达一下心情,权当我这当叔叔的是给侄女祝贺了。

这盘菜是我个人出钱做的,您不信,去问问邢会计,我怕您多心,我钱都交完了。李书记,这点面子您也不给?"

厨师急忙溜缝说:"李书记,我作证,孙主任是先去交的钱。"

李梅的脸上阴转晴:"孙主任,下不为例啊。今天我替孩子们谢谢你了。向莹,小宝,快谢谢孙叔叔和赵师傅。"

向莹和王小宝急忙站起来有礼。

向莹心里暗暗叫苦,这王小宝会施魔法啊?早晨妈还不认识这个家伙,现在就和别人说这是她女儿的朋友了。不行,她一定要反击,揭穿事情的真相。

吃饭了,李梅说:"向莹你喜欢吃什么自己夹啊。"然后她夹起一条海参,送到王小宝的碗里:"小宝,你吃啊,不吃就是浪费了,这可是早晨从大连空运来的新鲜海参。"

王小宝马上夹起一条海参回敬,"阿姨,我这筷子还没用呢,您也吃。"

李梅高兴地说:"我和我女儿一起吃了二十多年饭,她就从来没有给我夹过菜。向莹你看看,小宝多懂事。"

这娘俩你来我往,让来让去。向莹抬头看看母亲,母亲望着王小宝那目光,满眼都是爱呀。那目光向莹从来没有享受过。向莹简直就不认识这个妈了,她刚刚认识这个穿着劳动服的土包子三个小时啊。

向莹开始反击了,"妈,我不知道今天王小宝都和你说了什么。我可是必须告诉你,我和王小宝到目前为止没有任何特殊的关系,仅仅就是工作联系,就是同志关系,不信,你问问爸。"

"那你让小宝到我这来干什么啊?小宝不会自己找到我这来吧?"

王小宝说:"向莹,你不接受我完全可以,但我们不能欺骗阿姨吧,今天早晨你当着大家的面说,我们的关系,只要阿姨同意,你就同意。向叔也在场吧。我当着阿姨的面向你证明,我今天并没有乞求阿姨同意我们的关系,我和阿姨说,向莹瞧不起我,向莹有自己的追求,我尊重你的选择。要不是你早晨说阿姨同意,你就同意,我怎么会来找阿姨呢。"

李梅说:"是啊,小宝说了,他同意和你分手。"

"什么叫分手啊,我们从来就没有在一起过,就是工作关系,同志关系吗?何谈分手啊?"

李梅说:"你和小宝就是工作关系?同志关系?"

"是啊,那你说我们是什么关系?"

李梅托起王小宝的胳膊,"你和每一位同志,都是这样处理关系的?"

"妈,我那是气的,王小宝今天都和你说了些什么?"

"她和我说什么,我还得向女儿汇报是吗?我刚才还想夸你呢。你自从大学毕业,没有一件事情是做对的,就是这个王小宝,你还真是做对了一件事,你这个男朋友,妈赞成。怎么,就这么一件做对的事你现在还要反悔?"

向莹明白了,如果今天再继续和妈顶着干,就要挨骂了,母亲的忍耐是有限度的。她得改变策略。

"妈,既然您也认可了小宝,那女儿也就没的说了。就听妈的。看来我是误解了妈妈。我们同学还说呢,你妈妈不会同意的,你爸爸二次就业回乡当农民本来就没有面子了,还能让你去当农民?就算你妈妈思想开通,让你也当了农民,还能让你嫁给农民?我就说吗,妈是领导干部,我嫁给农民怎么了,妈会支持我的。妈,那我下个月就把户口落到点将台去了，您也不用再费心给我找工作了，这段时间我也熟悉了农田里的活。您放心，我会做一个合格的农民妻子。明年就给妈抱一个农民小外孙。"

李梅说："妈从来就没有瞧不起农民。妈也是农民出身。没有农民，能有我们这吃的、穿的、用的吗？但是社会分工不同，有人种地，也要有人做工，也要有人做政府工作。你不是当农民的料，你能干什么？你会种地？如果地都交给你这样的人种，老百姓都得饿死。我已经和于宏区政府打过招呼了，下个月你就去上班。先复习，等公务员考试通过了，再正式安排工作。"

"妈的意思，那只有小宝才是真正的合格的农民了。"

"小宝的问题用不着你操心。小宝做基层党建工作很有成绩，他在实践中摸索出一些很有创意的工作经验。但他还需要学习，继续提高。我准备明年让他去党校学习，然后再说。"

向莹把脸转向王小宝，"小宝，你要高升了，你找我做朋友，就是瞄准了妈的权势吧？没关系，咱们都是家里人，你就把你的野心和打算和妈说说吧，我能理解。"

王小宝说："阿姨，我不想进党校学习，也没有什么政治企图。为了表达我对向莹纯洁的爱情，我可以立下志愿，当一辈子农民。如果向莹怀疑我的用心，我可以连支部书记都辞职不干，结了婚就辞职当个普通农民。"

李梅说："做什么工作不是你们考虑的事情。小宝是共产党员，他的工作要听从党的安排，入党宣誓的誓词都忘了吗？小宝不行，就算是我的亲儿子，我也不会帮助他，他行，我也可以为了党的事业举贤不避亲。他行与不行，将来自有事实说话。"

吃过饭，李梅握着王小宝的手说："小宝，从今天开始，阿姨就把向莹交给你了。"

王小宝说："阿姨，您放心吧，我不会让向莹受半点委屈的。"

"光不受委屈不行，你要帮助他。不能总是宠着她、惯着她、迁就她。向莹很幼稚，从小就是他爸爸惯着长大的，所以她就永远也长不大。向莹你要多向小宝学习，他才比你大几岁？他很成熟……"

把女儿交给了王小宝，李梅又把丈夫交给王小宝，"还有你向叔，你也要多帮助他。虽然你是晚辈人，但后生可畏。你向叔这个人小事情还有些章程，大事就糊涂，大的方针政策，大的方向，他就把握不住……"

李梅从上衣口袋里掏出一张名片，翻过来，拿出笔在上面写下两个电话号码，"小宝，这两个电话号码，你不要外传给其他人。有特殊急事，白天打上面这个号码，夜里打下面这个号码。"

开车出了大门，遇到一个路边的商场，向莹对王小宝说："小宝我让你和妈气的嗓子疼，你快去给我买一瓶王老吉赎罪吧。"

小宝说："买一箱。你等着。"

向莹看见王小宝捧着一箱王老吉出了商场，左脚离合轻轻一抬，右脚一踩油门，车就开走了。她嘴里骂道：小杆子，你就找公交车回家吧，姑奶奶实在是难解心头之狠。

向莹开车到家。大家都凑过来，都等着王小宝进城的结果呢。

向莹进门把车钥匙往桌子上一摔，张口就骂："这个王八蛋简直就是个妖怪,他给我妈施了魔法,竟能让我妈把他当成了宝贝。"

苏香说:"看把我姑娘气得,怎么了,坐下慢慢说。"

向莹说:"他和妈说了些什么,我也不知道。到了中午,妈竟领着他去小食堂吃饭。那个小食堂,我一辈子都没进去过。我在妈那赶上午饭,从来都是大餐厅自助餐。今天我借他的光才享受了这份殊荣。还有人给溜须,上一盘红烧海参,说是给我结婚提前贺个礼。妈说,向莹你爱吃什么自己夹吧,却给这个臭小子一个劲夹菜,'小宝你吃啊,这可是早晨从大连空运过来的新鲜海参'。那个王小宝,拍马屁的本领高着呢,'阿姨,你吃,你吃。'那阵势,比亲娘俩还亲。完了,我今天算是栽了。你们说,我妈今天早晨还不认识王小宝呢?"

大家都愣了,事情太出人意料了。

王槐说:"小宝那孩子本来就有模有样。李梅看了,也没啥挑剔的。"

苏香说:"这个王小宝比孙悟空还神通广大?"

向莹说:"神通的事情还在后头呢,吃过了饭,告诉王小宝,从今以后,我就把向莹交给你了,向莹是个永远也长不大的孩子。"

向勇乐了:"看来我女儿今天失算了。"

向莹说:"爸,你还乐呢。妈把你也交给王小宝了,'小宝啊,你要多帮助你向叔,他那个人小事还勉强能处理,但大是大非面前就糊涂,你要多帮助他。"

博士说:"小宝呢?"

向莹得意地一笑,"我假装让他去买饮料,我自己开了车回来的,他去坐公交吧。"

向勇说:"向莹你怎么能这样呢。"

向莹说:"我要是再拉着他回来,这一路肚子非气炸不可。头昏眼花,非肇事不可。甩了他,总算心里透了一点风。"

苏香说:"看来你对小宝也没有啥感情了,你把他甩了自己跑回来?"

"我都恨死他了,这家伙太阴险了。我嫁给谁,也不会嫁给他。"

苏香说:"你们可是有君子之约的。"

"我宁可不当君子,当小人。"

第十五章：在知青花园里破镜重圆

老鼠王槐给女儿丁丁买了生日礼物。中秋佳节丁丁欺骗母亲丁婉一起来到点将台看望爸爸。在知青花园里，王槐向前妻丁婉述说了自己多年的思念之情；丁婉真诚地向王槐道歉，两个人抱头痛哭……在女儿的帮助下，王槐和妻子丁婉终于破镜重圆。

丁婉和女儿丁丁决心辞了城里的工作到点将台来种菜。

中秋节的前一天，在下班的路上王丁和妈妈吵架。

王丁要去王槐那儿过中秋节，这天也是她的生日。她妈妈不同意："你去他那过团圆节，把我一个人扔在家，你到底是谁的女儿，我白养你这么大了。"

"那就一块去过节呗。"

"我犯贱啊，这么多年了，他连个电话都没有给我打过。"

"爸每次给我打电话都让我问候你的。"

"你骗谁啊，他恨我不死呢，还问候我。"

娘俩一路吵着，到了家。

小区传达室的老大爷看见她们进门就迎出来："丁

丁,上午你爸爸来过了,她让我把这个交给你。"说完,递过来一个牛皮纸的大信封。

丁丁打开信封,一串车钥匙就滚了出来。丁丁好不惊喜,急忙看信:

丁丁:你好!问你妈妈好。

丁丁,明天就是你的23岁生日了,也是中秋节。中国人最讲究这个节日了,因为这是个家人团圆的节日。可惜爸爸不能和你在一起过这个节了。爸爸真想你啊。

你这个生日,爸爸送你一个礼物,爸爸知道你考了驾照以后,一直想买一辆车。爸爸也不知道你是否喜欢这个牌子的车,这个车叫标致307。爸爸没有选择,你向叔有一个朋友,在湖北神龙公司,是他帮助买的,有优惠。他们都说这个车很好的,法国车。爸原来想给你买一辆日本车的,省油。可你向爷爷说,你向叔的朋友圈里,谁买日本车他看见就砸,他恨日本人,他小时候当童工被日本人打惨了。

买车的钱,你向叔和胡叔也凑了份子。你以后如果能看见向叔和胡叔,千万别忘了要谢谢。爸还给你买了一本油票,就放在副驾驶前面的工具箱里。车的发票和手续也都在一起。你过了节去上牌子,你可以自己选车号。

丁丁,爸现在有钱了,爸就你这么一个女儿,赚钱不给你花,给谁啊。车你别舍不得开,汽油没有了,爸再给你买。你开车千万要注意安全,不要开快车。

爸祝你生日快乐！永远快乐！

爸爸

丁丁拿了钥匙，一按钥匙的电子锁，就看见自家门前一辆红色的轿车车灯闪烁。她跑过去，开门进去就把车轰响了。她摸着方向盘，突然就趴在方向盘上哭起来："爸，我想你……"

丁婉站在车外面，看见女儿哭，鼻子也酸酸的，心里骂道：这个王猴子，还真舍得，他就会收买人心。看这个架势，自己老了都要没人养呢。

丁丁哭够了，开门让妈进去，她要去溜车。

丁婉说："我不去，这车你也不能要。这么贵重的东西，你凭什么要。"

丁丁说："这车是爸送给我的。要与不要是我的事情。你无权干涉。你不上来，我就自己开车走了，我可是刚上路，出了事故，你别后悔。"

丁婉气得大骂："你昏头了，自己咒自己。快点吐唾沫。"

丁丁说："为什么吐唾沫？"

"少废话，快点，连吐三口。"

丁丁只好冲车窗外吐了三口唾沫。

丁婉说："吐的声音响点，要呸！呸！呸！"

丁丁只好"呸呸呸！"

丁婉无奈，进到车里坐在副驾驶的座上，"记住，以后不许自己咒自己。说错了，要马上吐三口唾沫。你就是我的冤家。你是我的亲生女儿,可你的心却长在那个王猴子的身上。我前世一定是欠王猴子的,这辈子他来报复我,和我抢女儿。"

车出了小区,奔向北陵公园,沿着沈阳体育学院向东行驶。丁婉开始有些别扭,渐渐地心情就疏朗起来。她前半生坐轿车的记忆大概也就五、六次。有两次是丁丁小的时候发烧,她和王槐抱着孩子打的士去医院,还有两次是参加同事孩子的婚礼。但那和坐自己家的车,女儿开车感觉是完全不同的。

从此以后,自己不管去哪里,只要叫上女儿,就可以开着自家的车去了?不用再挤公交车,满身臭汗了。她想象着女儿开车和她一起回娘家的荣耀和自豪,禁不住嘴角露出了笑容。

"丁丁,买这辆车要多少钱啊?"

"全都下来要十四五万吧。不知道向叔的朋友给爸爸优惠了多少。"

"这么多,我一辈子也挣不来一辆车钱啊。这个王猴子还真是舍得。他的信里都说些啥?"

"第一句就是问候你。不信,回头你看看信。"

"问,也是虚情假意。我过生日,他从来没给我买过东西,哪怕是一块糖呢。你过生日,这一家伙就是十几万啊。唉!看来,你爸是没白疼你啊。你小的时候,你爸怕电扇风硬吹着你不舒服,个个三伏天用扇子给你扇风,你都上中学了也没中断过。"

"当初,不是你把爸爸撵走的吗?你和爸爸在一起的时候,你过生日,爸爸不会什么也不买吧?"

"买生日蛋糕,也买衣裳。和你爸头一年结婚,我过生日,他给我买了一束鲜花,我还骂了他一顿。后来,我把花拿到鲜花店,好说歹说,人家给退了一半钱。"

"妈,你真没劲。我要是结了婚,过生日,我老公年年得给我买鲜花。"

"买那些花有什么用,当吃还是当穿?放花瓶里几天就蔫了,还不如买块蛋糕吃到肚子里。"

"妈,我想明天去看看我爸。你说我爸给我送了这么大的礼,我是不是应该当面去说一声谢谢呀,我明天给爸爸买两块月饼送去。"

丁婉刚才还不同意丁丁去看王槐,现在觉得再不同意有点不近人情。

"愿意去,你就去。反正这以后你有车了,你爸爸还供你汽油,你去哪,谁能挡得了。妈养了你二十三年,你也没说明天给我买两块月饼,你就是一条白眼狼。"

"妈,你跟我去。八九十里地呢,还有山路,多……"

"闭嘴,记住,你以后说话兜着点,别总说不吉利的话。万一说走了嘴,要马上吐三口唾沫。你明天约个同学去。我不和你去,那个猴子也没约请我,他恨我呢。"

"妈,就算女儿求你了。你以后用着女儿的地方多着呢,你想到哪去,女儿就是你的专职司机了。明天,我就是给爸爸送两块月饼,当面说一声谢谢。然后马上就回来。那也没有地方住。你不愿意和大伙见面,你就在车里坐着,我给爸爸送了月饼,咱们马上就回来。你就当陪着女儿练车了。再说,你自己在家过中秋节女儿的心里能好受吗?"

最后这句话,让丁婉有些感动,她的防线开始动摇,"我在车里坐着，他们要是看见我怎么办？"

"妈你真是土老帽，你明天早晨从车外面往里看看，什么也看不见。爸给我这车，内饰全着呢。"

丁婉不知道什么叫内饰。但女儿的建议让她动心了，加上不放心女儿独行，决定明天和女儿同行，"你送了月饼就回来？"

"骗你我是小狗，妈，我把月饼放下，说声谢谢就回来。"

"我今天晚上考虑考虑吧。你要是骗妈，以后可就没有第二回了。"

王丁知道妈这就是同意了。心里想：妈真傻。到了那，我能放下月饼就回来吗，你也不可能不下车啊？连口水都不喝？爸要是留我吃饭，你就在车里流口水吧。又一想，妈不是傻，妈是心眼太实了，当年，就是大姑一句话，就让妈撵走了爸爸。

第二天，王丁和妈妈早晨八点出发，一路上打听着道，车开的也慢，上午十点才到点将台。

过中秋节，员工都放假了。苏香正指挥着大家在院子里摆上果盘、果酒，准备露天会餐。远远地，看见一辆红色的轿车渐渐驶进，王槐的心就悬了起来，该不会是丁丁来了吧。近了，看见车还没上牌照，王槐大叫一声"我女儿来了！"就向轿车跑去。

车停下。丁丁从车里钻出来，爷俩就抱在一起。

丁婉在车里看见了，眼泪就在眼圈里打转。丁丁虽然不是王槐的亲骨肉，可世上还有比这更亲近的爷俩吗。

"爸！谢谢你。"

大家都围过来。除了苏香，都认识丁丁。向莹和丁丁抱在一起又喊又叫。

向莹冲向勇喊:"老大,你过了节马上就给我买车,要不然你就没有女儿。"

向勇说:"问你了,你说你不要307。"

王槐问:"丁丁,你妈妈还好吧,过节,你把妈妈自己扔在家里了?"

丁丁背对着车,对向勇和王槐小声说:"妈妈在车里呢,她不想下来,告诉我,给你送完了月饼我们就回去。向叔,一会你假装领大家去看看车,把她请下来,我和妈吃完了午饭再回去。"

向勇会意,眨了一下眼睛。

过了两分钟,向勇大声说:"咱们看看王槐给她女儿买的新车怎么样?"一边说,一边向大家使眼色。大家会意,说说笑笑向车走来。一边评论车一边拉开车门,车里面丁婉红着脸,恨不得找个地缝钻进去。

向勇说:"哎,这车里还有一位大姑娘呢,这是谁家的姑娘啊,这么俊俏,还不肯下绣楼呢。"

丁婉从车里出来,那羞愧的样子还真就像个大姑娘。

王槐说:"丁婉,你不想见我没关系,可老大和博士也都在这,你既然来了,怎么也得打个招呼吧。"

向勇为苏香和丁婉、丁丁分别作了介绍。

苏香是节日活动主持,她说:"大家随意吧,我们十一点都到这里集合开饭。"

王槐看着丁丁说:"走吧,我领你们各处转转。"

丁丁说:"好啊!"

丁婉小声对丁丁说:"丁丁,我想回去了。你向我保证过,我们到这就回去。"

丁丁说:"我说到这就回去,是指在你没下车的情况下。我也不能总让你在车里闷着吧,谁知道他们要看车啊。你应该趴在后座上猫好。"

"我往哪猫,要是座位底下能钻进去,我早就钻进去了。都是你出的馊主意,让妈难堪,你早知道会这样的。"

王槐说:"丁婉,你就这么讨厌我?到这,车都不想下就要回去?"

丁婉说:"是丁丁骗我来的。你给丁丁买车,就是想让她来看你。你又没约请我。"

王槐说:"丁丁是你女儿,她有车,不就等于你有车了吗?"

丁婉说:"那你告诉丁丁,这车有我两个车辘辘。免得以后我用车要央求她的。有我两个车辘辘,那我今天就是坐自己的车辘辘来的。"

王槐刚要张嘴表态,丁丁就叫起来,"爸,你给我买的车还不到二十四小时呢,就想劈给别人一半,我不要了,你都给妈。"转身冲丁婉吼:"车给你,你能开走哇?"

丁婉并不妥协,"我现在是开不走,但我可以学啊。六十五岁以前都可以去驾校学车的。到底有没有我两个车辘辘?如果没有,我现在就走,我去找公交车。"

丁丁气得眼泪都要掉下来了:"妈!你真无聊,和女儿争东西。有本事,你当年……"后半句她没有说出口,她总得给妈留点面子。

丁婉的心里就是要争个面子。本来王槐就没约请她来，现在她厚着脸皮来了，这不是犯贱吗。她看见女儿急得要哭了也不理睬，她的心里很得意，这一招，既报复了把她骗来的丁丁，又将了王槐一军。

王槐说："这样吧，丁婉，如果你真想要车，等你拿到了驾照，我再给你买一辆。这辆车是我送给女儿的生日礼物。"

娘俩都睁大了眼睛看着王槐。丁婉说："王猴子，你骗谁啊？你连两个轱辘都舍不得，还给我买车？咱们现在非亲非故，我凭什么要你的车。"

王槐说："丁婉，我骗过你吗？我知道你是和我治气，不过你真想要车，明年年底我就能给你买。你看你现在就像个小孩子。走吧，我领你们去转转。"

虽然只是口头上有了一辆车，但丁婉毕竟争回了面子，心里有些得意。跟在女儿的后面，样子像个乖乖女。

趁丁婉上厕所的机会，王槐问丁丁："你妈现在怎么像个小孩子啊，不会是更年期吧？"

保住了自己的利益，女儿还是偏向妈妈的："什么叫像小孩子啊，本来就比你小十多岁呢。妈才四十岁，什么更年期。"

"丁丁，我看刚才你都要气哭了，就算给你妈两个车轱辘，那也不是给别人啊，说给，还不是瓢把上的事。"

"爸！你不懂，甭说两个车轱辘，就是一片玻璃也不能给别人的。什么叫爱车啊，要是有别人一半，那还爱得起来吗？爸，你真想给妈买辆车？"

"你妈是和我治气。我给她买，她也未必要。"

"那可没准。来这一路上，妈一会摸摸车门，一会摸摸车棚，一会摸摸车座，手就没闲着，就像个小孩。"

蔬菜园里琳琅满目：绿的是黄瓜、丝瓜、角瓜、冬瓜；红的是尖辣椒、圣诞果、西红柿；紫的是茄子；黄的是南瓜……脚下就像一块块绣了花的绿地毯。放眼望去，姹紫嫣红。虽然已是中秋，但满园春色。

丁婉手里捧着王槐为他摘的草莓、西红柿，舍不得吃，爱不释手。

丁丁站在葡萄架下，像个贪吃的小狐狸。从小她就爱吃葡萄，总也吃不够。一边吃一边谋划，找个什么理由今晚赖在这里不走。

吃午饭的时候，大家喝的是园艺中心自己酿造的红葡萄酒，度数很低，就像饮料，可以开怀畅饮。

宾主频频举杯，大家互相敬酒。比王槐年龄小的都叫丁婉嫂子，比王槐大的叫她弟妹，敬酒的时候都是同时敬她和王槐。丁婉有些不自然，但心里还是美滋滋的。

丁丁敬了大家又单独敬向叔和胡叔，除了敬酒还在两位叔叔的额头吻了一下："谢谢叔叔，爸爸说他给我买的生日礼物，叔叔还给凑了份子。等叔叔过生日，丁丁一定有礼的。"

向勇说："谢什么，现在家家孩子这么少，大家要资源共享，你是王槐的女儿，也是我们的女儿。"

苏香听明白了事情的原委，心里就有些泛酸，埋怨王槐："王槐你可以啊，你女儿过生日可以告诉两个叔叔，却忘了我这个姑姑，你是看我穷啊，还是没瞧得起我？"

王槐慌忙解释："苏香你误解了。我问老大，我说女儿过生日了,我想给女儿买辆车,什么牌子的好?我不懂车,我是让老大给我参谋参谋。哪知道,他又告诉了博士给凑个份子。我坚决不要,我说等孩子结婚,你们再花点,小孩子过个生日不值得当叔叔的破费。"

博士赶忙证实,"苏香,王槐说的是实话。我也是老大告诉我的。王槐不要,我说还等什么结婚?结婚还有结婚的礼,大家孩子这么少,以后有个理由我们就花钱。我们赚钱为了什么啊,你们还有个地方可花,我现在想花钱都找不到地方,我儿子连我的电话都不接。丁丁不就是我的女儿嘛。以后你们的孩子都要改口,叫什么叔叔啊,叫向爸爸、胡爸爸。"

王槐说:"丁丁快改口,以后你又多了两个爸爸了。"

丁丁就叫向爸爸、胡爸爸。然后冲苏香叫:苏妈妈。

苏香就把丁丁搂在怀里,"丁丁,一会苏妈妈也给你一份生日礼物。"

王槐说:"向莹,你是不是也应该改口啊。"

向莹说:"王爸爸、胡爸爸、苏妈妈。顺便告诉爸爸和妈妈们,你们的女儿向莹明天过生日。"

苏香说:"我们两个女儿的生日就差一天,这也太巧了。"

吃过饭。王槐指着后面山坡上的知青庄园说:"我领你们去那看看。"

丁丁说:"从远处看很漂亮。就像天上挂下来一块绿毯子。我正想饭后让爸爸领我们去呢。爸,那是商品房?很贵吧?"

在第三座大门前停下,王槐拿出钥匙,打开门锁推开大门。

丁丁说:"爸是管理员呢。"

丁婉说:"我看他也就是个看大门的。"

王槐说:"进来看看,这里就是我的家。"

丁丁说:"爸,你吓着我了。你们去抢银行了?"

丁婉站在门外,往院子里张望。这么漂亮的房子她只是在故宫里面看过;朱红色的大门,飞檐斗拱、雕梁画栋,琉璃瓦在阳光下金碧辉煌,明亮宽敞的院落向里面延伸,仿佛没有尽头。她有些犹豫,是不是应该进来。

王槐说:"你爸这胆子,你还不知道?借个胆子也不敢去抢银行啊。这所房子是你大龙叔给我盖的,赞助。"

"那要还贷款吧?"

"不用。"

"大龙叔的钱总要还吧?"

"我和你说了,这房子是我的,没花钱。"

丁丁撒腿就往院子里跑。里面的屋子都没有落锁,因为放气味,门窗都敞开着。丁丁穿进穿出,逐一查看。

王槐把丁婉拉进来,"你进来看看怕什么,又不要你买门票。"

丁婉嫉妒地说:"王猴子,你成暴发户了,你这里可娶三妻四妾了。"

王槐说:"我连一个老婆都没看住,哪里还有本事娶三妻四妾。"

转了一圈,三个人在前厅坐下。这时候向莹也来了,她问丁丁:"怎么样?隔壁就是我家,一模一样的。我爸把整个后院那排房都给我了。本来,我计划要两排的,哪知道天上又掉下来一个哥哥。爸爸还准备把爷爷、奶奶也接来。不过,我有一趟也够了,多了我还打扫不起呢。"

丁丁就有了主意。她刚才还在策划怎样假装崴脚，在这里赖一天，现在她觉得赖下来的理由很充分，用不着再耍小把戏。

"爸，我想辞职到你这里来工作。"

王槐不能回答，他看丁婉。

丁婉生气了："你疯了，找那个工作费多少劲啊，光面试、考试、复试就折腾了五六回。你到这来能干什么？你能当老板还是会种菜？"

丁丁说："我一天到晚累什么样你没看到？坐到电脑前就是十多个点不能动弹，每天累得头昏眼花，稍微伸个腰活动活动腿脚，中国那个二老板比日本鬼子大老板都厉害，马上就说，王小姐今天你身体不适？天天加班也不给加班费。早知道是这样，我才不去遭那份罪呢。你就是不心疼我。爸要是在家，早就不让我去了。"

王槐马上说："我问了你好几次，你每次都说挺好的，有名的外资企业。"

丁丁委屈地说："我不说好，怎么办，还不是怕你惦念着急。"

王槐也不看丁婉的脸色了，"不干了，就是你不来这种菜，也不在那儿干了。明天回去就辞职，没有合适的工作就在家呆着，爸养活你。"

丁婉气愤地说："你和我在一起惯孩子，现在不在一起了，隔山隔水的，还惯孩子。"

王槐也不示弱："这怎么是惯孩子呢，你看看丁丁，都瘦成什么样了，除了骨头哪里还有肉。"

"她瘦，怨我啊？一顿饭吃不上两羹勺。想吃什么都给她做，吃不上两口就撂筷子了。"

丁丁说："我哪里还吃得下饭，一回家就想睡觉。"

王槐听了，心疼得眼圈都红了："就是不干了，爱咋咋地。爸养着你。"

向莹也心疼女友，不打圆场还添汤："王叔，我爷爷要是知道了丁丁在日本企业上班，骂你的话都不重样，汉奸、奴才、亡国奴、假洋鬼子……看见你一回骂一回。"

丁婉孤立了，说话的声音就低调了些："眼看着二十大几的姑娘了，就算你养得起，能整天在家呆着？你真舍得姑娘来当农民，我没意见，她干不上两个礼拜就得够。"

向莹说："当什么农民啊，这管理人员还不够呢。现在就是缺家里人，很多工作是不方便交给外聘人员的。丁丁要是在这呆一个月就得胖得像个小肥猪，那个杨洋，来的时候，一阵风都能刮倒，现在胖得像个肥鸭子。"

丁婉问："总听你们叨咕杨洋，那个姑娘在哪呢？"

"回家了，就等着十一嫁过来呢，要和胡叔结婚了。"

丁婉问："她多大了？是大姑娘？"

"和您年龄差不多，四十出头吧，是姑娘，老姑娘了。"

丁婉看了王槐一眼，酸酸地说："我说怎么都张罗回来种地呢，敢情财福艳福都不浅，有合适的，你们也给你王叔介绍一个。"

丁丁急忙转移话题，"爸，人家向爸爸给女儿一趟房子呢，你哪趟给我？"

王槐说："你向爸爸家人口多，折腾不开。我要房子有什么用，不能卖，也不能出租。我就留这个大厅和旁边这间，剩下的都是你的。"

丁丁听了，抱着王槐又叫又跳："爸……你真好！"

丁婉说："我怎么养这么个没出息的姑娘，脸大不害臊，到这跑马圈地来了。"

丁丁说："妈，以后你得须着我点了，万一你想女儿了，来看我，看在母女情分上，我就不收房租了。"

丁婉说："你以为我以后还稀罕来呢？你爸怕我来，把后路都堵死了，房子都给你了，连个下脚的地方都没有我的，我来干什么？我贱？你走不？你不走，我找公交车去。"说罢起身要走。

丁丁和向莹急忙架住丁婉，不让她走。

王槐说："丁丁说要来，我房子不给她，给谁。你又没有说要来，你能来，那当然要重新分配了。"

为了给丁婉下个台阶，向莹转移话题："丁丁，一会去和我见个人怎么样？一个小土包子，向我求婚呢？"

王槐说："什么小土包子，人家是村支部书记。"

丁丁说："我说你乐不思蜀呢，原来要当新娘子了。你问问副书记有没有女朋友？咱俩一块嫁过去得了。"

向莹说："没有副书记，你要想当书记夫人，我让贤，我正愁甩不开呢。"

丁丁说："你想得美呢，你玩够了，给我？谁要你淘汰的东西。"

向莹说："我把村官都让给你了，好心你当成驴肝肺，看我撕开你的嘴。"

丁丁不是向莹的对手，撒腿就跑，向莹在后面追，两个人跑出院外。

只剩下王槐和丁婉,气氛就有些尴尬。两人都不知道应该说些什么。

过了一会,王槐问:"你现在还好吧?"

"还行。"

"工厂的效益还好?"

"那要怎么看了。厂长又买房子又买车的,儿子结婚、女儿结婚都买了房子,现在姑爷子又当了副厂长。工人就是半死不活的,我们一个月就开四五百块钱基本工资,说是效益工资年底开,到了年底就给个小红包,二百块钱。谁不想干就买断工龄,办内退。"

"那你还干个什么劲啊,我们这种菜的农民工一个月还六七百呢。你办内退,到这来,吃饭的时候老大还和我说呢,让我动员你到这来,说食堂缺个管理员,你干最合适。"

"那是老大让我来,你又没想让我来。"

"你怎么能这么说话呢?我又不知道你是啥心思,你连车都不想下。老大还劝我呢……"

"劝你啥?"

"老大说……破镜重圆吧。"

丁婉长叹一声,"破镜重圆,也是破镜子了,怎么圆,玻璃也是有缝的。我知道,这些年,你心里记恨我呢。"

王槐说:"和你说心里话,头几年,我是恨你。十三年的夫妻,就是你大姑子一句话,你就忍心让我走?你知道我这心里只有你和丁丁。我离开你们这心里就空了。但慢慢地,我也想开了,你也是一时糊涂,为了孩子。咱们老百姓谁也不是圣人,哪有不出错的,毛主席那么伟大,还三七开呢。咱们能四六开就不错了。我心里早就原谅你了。到这以后,看老大和儿子他妈团圆了,两个人恩爱着呢,看博士,也要结婚了,以后都有个家了。就是我孤单单的。你们不来,我这个院都不想进,这么大个院子,你说我一个人住进来,像条小干巴鱼,可怜不。"

"这些年,你也没想找个人?"

"我找谁啊,你看我,虽说才五十多岁,可都成了老白毛了,谁还能嫁给我。再说我自打离开你,心都死了,我想我把心都掏给你和孩子了,还落了个孤家寡人,我再找人,我还掏什么啊,我的心都掏空了,还剩几根臭肠子,掏出来也没人要啊。"

丁婉难过地背过身去,"我知道,你恨我,你说不恨我,我就知道你在说假话。猴子,这些年,我一直想找个机会向你道个歉,说一声对不起。可一直没有机会。你知道,我死要面子,给你打个电话就道歉了,可我就是拿不起来这个电话。今个,就咱俩,我也没啥面子了,我和你道歉,真的对不起……"丁婉说着泣不成声。

王槐拿了手巾递给丁婉,丁婉把身子一扭手一甩,继续哭。王槐给丁婉擦眼泪,丁婉突然就扑到王槐的怀里。王槐抱着丁婉也哭。

丁婉说:"王猴子,我们破镜重圆,你还会像以前那样对我好不?"

王槐说:"你还真想要我把心掏出来给你看吗……"

两个姑娘疯够了,跑回来。窗户是敞开的,她们往屋子里一看,急忙停住脚步。刚才两个人还互相说气话,眨眼的工夫,两个人就抱头痛哭呢。

丁丁拉着向莹悄悄走开,趴在向莹的耳朵说:"宝贝,我今天晚上可以和你作伴了。"

不一会,二杆子来找王槐。

"王槐,你真不够哥们,听说嫂子和孩子来了,你也不告诉我一声。今天晚上去我家,我非得罚你三杯。哎呀,这嫂子怎么眼泪巴沙的,你怎么一见面就欺负嫂子啊。"

王槐给丁婉和二杆子做了介绍,说:"正寻思一会去你家串门呢。你嫂子刚才和我唠了点伤心事,女人嘛,就是泪泡子多,没事了。"

晚饭后,大家聚在一起聊天。王槐说:"丁丁不想在那个外资企业干了,她看向莹在这干得挺高兴,也想来试试。老大,你看有合适的活么,没有,你也别为难。"

向勇说:"刚才向莹就和我说了。你还别说,我正打算上个项目,这个活丁丁如果有兴趣,可以试一试。"

"你说。"

向勇说:"这一阵子,我常出去办事,空手不妥当,就总拎兜菜出去,虽说不是什么贵重的东西,可自家产的,也能拿出手。我就发现,送给谁,谁都高兴。我就琢磨,为什么不把咱的蔬菜做成礼品盒推向市场呢?咱们点将台的蔬菜现在已经名声在外了。每天都供不应求,几个销售小组天天埋怨我菜供不上。现在咱们的菜再摆到菜床子上卖,一是价格不好上得太高,二是咱们的成本高,利润也不多。所以,我的想法,把咱们的菜每天精选一些,挑个头均,色泽好的,透明塑料封包,做成精品礼盒推向市场。这样价格能上去,利润也能提高一大块。"

大家纷纷叫好。

向勇说:"我做了个样品,大家看看。"

众人围上去,见蔬菜礼品盒半米见方,里面有水黄瓜、旱黄瓜、圣诞果、西红柿、青椒、胡萝卜、水萝卜、青萝卜等。色泽鲜艳、品种齐全。

王槐说:"老大,青萝卜放了三个,太多了吧。"

向勇说:"这些蔬菜包装上要写明,没有农药。没有化肥,用贝勒河水清洗,没有任何洗涤剂,开封即食。青萝卜应该是主打。凡是吃到咱们青萝卜的人都赞不绝口,又脆又甜,还有人说,比苹果都好吃。另外。我们的青萝卜种植面积也大。"

博士说:"咱们的灯笼茄子也可以放上两个。生吃口感也好。"

王槐说:"老大你快说,丁丁能干什么吧?让她搞销售恐怕不行。"

丁丁说:"向爸爸,我可不会卖菜。"

向勇说:"我原计划,让丁丁包销这一块。每盒暂定50元,丁丁每销售一盒提5元,这是大包干,内含销售人员的交通、运输成本。既然丁丁不愿意搞销售,那丁丁就挣固定工资,她的车耗另外给补贴。第一步,丁丁只负责给市党政机关、企事业单位免费送样品。将来有订货的,三盒为底数,她也是只负责送货。"

丁丁说:"行,我干。不用起早贪黑就好。"

向莹问:"一天能保证供应多少盒?"

向勇说:"一百盒以内没有问题。"

向莹说:"我包销。订货电话,手机和座机都留我的。签合同,每天最低销售50盒。丁丁的工资、车耗由我负责。"

丁丁说:"那你一个月给我开多少钱啊?"

向莹说:"我承包了,那我就是老板,卖不了,我还要赔钱呢。给你开多少钱我老板说了算。数字不宜对外宣布。将来我聘你,要讲好工资标准的,你不干我聘别人。你向爸爸给你另外安排工作。如果你干好了,我还给你红包呢。"

博士对丁丁说:"你这个傻孩子,给你发财的机会你都不干。"

丁丁说:"我怎么这么倒霉啊,要这个女土匪给我当老板,向爸爸你不知道,向莹整天欺负我的。"

向勇说:"给你两天时间,你可以考虑,你是第一承包人,你不干,别人再竞争这个项目。"

向莹说:"这也太不合理了,承包也得老员工优先吧。"

王槐说:"老大,实在不好意思,丁婉也想办理提前退休呢,你看她能干点啥?"

丁婉马上说:"我不给你们添麻烦,我就跟大伙种菜,别人种多少,我只能多,不能少。"

向勇说:"刚才我和博士、苏香合计了。弟妹如果来再好不过,原来我想让她当食堂管理员。现在看每天来拉菜、买菜的需要当场收银这一块更重要,一直没有合适的人选,这一块必须是咱们家里人。过去每天都是临时安排人,你们大家都收过银,我也没少干过。安排谁,谁都不愿意干,安排向莹她还不服从安排。弟妹来了,就专门做这项工作,弟妹心细,还有耐心。"

丁婉说:"我不行,这收钱的事责任太大了,我干不好。"

向勇说:"来参加工作,就要服从分配。不能自己挑选工作。能不能胜任,你得先干起来。"

王槐连忙解释:"她行。过去我家的账都是她管,她不用记账,心里有数,花多少,剩多少分毛都不差。"

大家哄堂大笑。

向勇说:"二杆子和我商量了,明年要把全乡变成北方的蔬菜之乡。我当时还犹豫。现在看就是全乡都按我们的设计种植蔬菜仅沈阳市一个区我们都供不应求。现在的问题是缺少技术人员和管理人员。从现在开始,我们就要着手冬季蔬菜的种植了。要尽可能地多盖阳光蔬菜大棚,多盖一座大棚就多一份收入。"

晚上睡觉。大家都住进了四合院。丁丁和向莹住一起。

王槐对丁婉说:"今晚你和我住吧?"

丁婉说:"那怎么行,咱们还没办手续复婚呢,让孩子们看见了多不好。"

王槐也不好再坚持。

两个人就住了隔壁。

丁丁躺下了,不放心父母的安排,她了解妈妈。披了衣服跑过来,果然,见老两口分居呢。她跑到妈妈的房间喊:"妈你还装处女呢?古今中外,上下五千年,我看你是最封建。"

丁婉用被子蒙住自己的脸说:"我的事你少管。"

丁丁冲隔壁喊:"爸,你给我过来。"

王槐穿着背心过来了。丁丁说:"爸,不怪他们给你起外号叫老鼠,我看老鼠的胆子也比你大。你要不是老鼠,今天你把妈抱到你那屋去,你若不干,我就去喊向爸爸、胡爸爸过来帮我抬人。"

王槐本来就渴望今晚和丁婉住在一起,被女儿这么一将军,一甩鞋子,腾地就跳上炕,"我就不信了,还能叫我女儿瞧不起。"掀开丁婉的被子就去抱人。

丁婉捂着脸说:"王猴子,你真不害臊。我自己去,我自己去。"跳下炕,头也不回就跑向隔壁。

王槐冲丁丁做了个怪脸,"爸就是没白疼你。"

第十六章：有情人终成眷属

十一国庆节，是知青花园乔迁之喜的日子。向勇的儿子和孙子也来到了点将台。四世同堂，让向勇的父母喜出望外。

王小宝锲而不舍，终于得到了向莹的爱情。

博士胡学林也在这一天迎娶了小羊羔的妹妹杨洋为妻。新婚之夜，博士多年未能治愈的病竟奇迹般地痊愈……

从市委大院回来，王小宝晾了向莹两天。根据向莹把他甩了，自己开车回家的行为，他判断，最后发起总攻的时机尚不成熟。他还需要继续努力，缩小包围圈。

过了几天，他拎了一兜精选的蔬菜来到市委大院。快下班的时间他给李梅书记打电话："阿姨，我是小宝。我在大院门口等您，向莹给您捎来了些新鲜的蔬菜。"

下了班，李梅坐着车从院里出来，到了门口她让司机停下，招呼王小宝："小宝上车，跟阿姨回家。"

到了家。小宝说："阿姨，今天我给您做顿饭，都是我们自己菜地的蔬菜，全是素菜。您尝尝小宝的手艺。"

李梅说:"好啊,阿姨今天吃顿现成的。"

半小时,小宝端上来两个热菜,两个凉菜。热菜有烧茄子、素炒土豆丝,凉菜是糖醋萝卜、黄瓜拌凉菜。

那土豆丝、萝卜丝、黄瓜丝切得如牙签一般粗细;茄子烧的红通通亮晶晶,刚端出厨房,那鲜美的味道就飘进餐厅。

李梅惊喜地问:"小宝,你在手艺是什么时候学的?我看你可以开饭店了。"

小宝说:"阿姨,我和您说过的,我在部队学过多种技能。等节假日,我给您做几道大菜。"

李梅开了一瓶红酒。一边吃饭,一边夸奖小宝的手艺。素炒土豆丝被李梅吃个精光,其他三道菜也所剩无几。

王小宝说:"阿姨,其实,我这个人真的没有什么本事,反应问题慢,没有心机。我最大的特点就是性格好,能耐住性子。我们村有两口子吵架要离婚,调节员劝不了,我说我来。我劝了他们三天三夜,最后两口子说书记你甭劝了,我们不是和好,我们是服你了。以后再打架就对不起你这三天三夜的口水。"

李梅说:"看你切的这菜,就知道你的性格好。"

"阿姨,向莹的性子急,我们两个正好互补,都急不好,都慢也不好。您就这么一个女儿,总有老了腿脚不方便那天吧。到了那天咱们就住到一起,我性格的优势就出来了。我和向莹如果成了夫妻,女婿就是半个儿子。万一我和向莹成不了夫妻,我非常珍惜和您的缘分。我先预约,那我和向莹就以兄妹相称,那样我就是您的儿子了。我知道想做您儿子、干儿子的人少不了,可到时候您就知道了,十个城里的干儿子也不如一个农村的傻儿子,农村人心眼实。不过,我就是做您的儿子，也得等您退休以后，免得别人说闲话，说我高攀权贵。"

李梅说："小宝，我能看出来，你是一个懂事的孩子，向莹遇到你是她的福气，她的毛病多着呢。"

王小宝说："阿姨，我之所以珍惜和您的缘分，是因为和您第一次见面，您就给了我那么多的鼓励。您不知道，没见到您之前，我向县里、乡里汇报工作，总是说不上十分钟就觉得没有什么可说的了。我们支部那些做法虽说实用，可不能形成理论，上不了台面。"

李梅说："这不是你的问题。我们有很多领导干部，作风浮躁，不能认真、虚心地听取下面的汇报，不善于做深入、细致的调查研究。"

第二天，王小宝又拎菜兜子到了向莹的爷爷家。他自我介绍说是向莹现在工作所在地的村支书，和向莹仅仅是同事关系。他到城里办事，向莹让他顺便给爷爷奶奶捎点菜。

正是快要吃午饭的时间，他又给向爷爷和向奶奶做了几个菜。两个老人对王小宝的厨艺夸个不停。还夸王小宝懂事、知书达理。向爷爷对王小宝称王书记。老太太反复问王小宝有没有女朋友。王小宝说没有。老太太就夸她的孙女，还告诉王小宝她孙女也没有男朋友。

王小宝从市里回来，觉得时机已经成熟，决定对向莹最后发起总攻。

"向莹，你什么时候有时间，我想和你聊聊。"

向莹说:"吃过晚饭,我们聊吧。"她一定要解开一个谜团。

晚饭后,两个人坐在贝勒河边的一棵柳树下。

九月的北方,阵阵秋风从贝勒河面上掠过,荡起一片片水花;青蛙呱呱的叫声在河边的草丛中此起彼伏;有水鸭子从苇丛中惊飞;远处的林中传来阵阵鹿鸣。

王小宝说:"向莹,你那天为什么把我骗下车,自己开车跑了,这是对我的不尊重。"

"我是报复你啊。你那天和我妈初次见面,究竟说了些什么,能把我妈骗得对你比亲儿子还亲?"

"我究竟说了些什么,你问你妈不就知道了吗?她是你妈呀。"

"我妈那里我总是要问的。现在是我要你回答。"

"我如果不回答呢?"

"那你就是不诚实了,想和我处朋友就应该做一个诚实的人。"

"向莹,俗话说再一再二不能再三。我不会上你第三次当了。"

"我什么时候骗过你两次?"

"第一次,你让我去见你妈妈,你说你妈妈同意了,你就同意。结果你回来就不认账了;第二次你让我下车给你去买'王老吉'结果你把我甩了。现在是第三次,我就是一字不拉地告诉你我和阿姨说了什么,证明我是一个诚实的人,你也不会同意做我的女朋友。"

"看来你还有点自知之明。那你以后不会再缠着我了吧?"

"你考虑好了?不做我的女朋友?"

"我好像早就告诉你了。"

"那我明白了。向莹同志,现在我正式向你保证:既然我所有的努力都做过了,你还无动于衷,那以后我不会再有非分之想了。我们之间以后就是同志加同事。我王小宝配不上你,绝不能赖上你。我需要说明的是:王小宝配不上你,那只是你的错觉,实际上王小宝和你是天生一对。只是没有那个缘分。祝你好运。"

向莹没想到王小宝会这么轻易地放弃。瞬间尴尬之后,向莹说:"好,那就拜拜了!"

王小宝说:"别急,这是我有生以来第一次向一个姑娘求爱。虽然失败了,但我非常珍惜这个第一次。临别之际,我想对您说几句心里话。向莹,你知道为什么世间会有那么多痛苦和不幸吗?"

"不大知道。我想那就是托尔斯泰说的,不幸的家庭各有各的不幸吧。"

"我总结了人世间所有痛苦和不幸的根源,其实就是因为两个字:面子。

"为了和同事争面子,为了在妻子、父母、亲朋面前有面子,很多人拼命往上爬,靠真实本领达不到目的就难免尔虞我诈、搞小动作乃至采取卑劣手段。为了在大家面前有面子,勒紧裤带买名牌服装,买几千、几万元的挎包,买名车、名表;你买100平米的房子,我得买120平米的房子,有的人达不到目的就得贪污、行骗;为了面子老公有了外遇,妻子红杏出墙也要装得家庭幸福美满;为了面子处对象一定要门当户对,为了面子找对象不是确定要找什么样的人,而是先确定对方的条件,博士生、硕士生、留学生,有房子、有车……为了面子人们在得到面子的同时付出的是自己的青春,自己的真诚,但是人们总是无法满足,因为今天有了面子还得去争明天、后天的面子;就算退休了也得有个面子,什么样的级别,什么样的待遇;有病了也得要面子,哪个领导和同事应该来看我为什么没来?最后就算死了也得要个面子,什么样的墓地,什么样的骨灰盒,什么样的追悼会,悼词应该怎样写……

"向莹,我知道,其实你的内心里挑不出我的什么不足。你也知道,如果和我走到一起你会一生幸福的。但是你得有面子,要面子,你怕你的那些同学、朋友说你嫁给了一个农民;说你嫁给了一个土老帽。所以你为了自己的面子宁愿放弃自己可能得到的幸福。作为朋友,你听我一句忠言,以后你找男朋友千万别看他的出身,别看他的社会地位,别看他的家庭,别看他的文凭,而是要看他的人品,他的人格,他作为一个人的质量。你要为自己活着,为自己一生的幸福活着,不是为了别人的眼球活着,别为了自己的面子活着。你如果为了面子活着,那你会痛苦一生,就是表面上你一生幸福,其实内心里也是一生痛苦。请你相信我的忠告。"

王小宝说完,站起来对向莹挥挥手,消失在暮色中。

一切就这样结束了。

向莹说不清为什么,捂着脸哭了起来,她一边骂王小宝小杆子、大骗子、臭狗屎,一边哭泣。突然一只手从身后递给她一方手帕,她抬起头一看是王小宝,气就不打一处来,顺手捡起一根木棍向王小宝打去。

王小宝一边躲,一边说:"你打我还是因为我看见你哭,你觉得丢了面子。看来我刚才的教导是没起作用啊。"

向莹一边挥舞棍子打王小宝,一边骂道:"我是要面子,你是不要脸,我今天非把你的脸打烂不可。"

王小宝瞅准一个空当，抓住向莹的手，腕子一用力就抖掉了向莹手中的棍子。向莹的两只手被王小宝抓住动弹不得，气得对王小宝直吐唾沫，王小宝并不躲闪："来往我的嘴里吐。"

　　向莹气得大骂："王小宝你臭流氓，我要报警……"但是她很快就喊不出来了。王小宝把她的手背过去，用嘴封住了她的嘴，向莹拼命地挣扎、扭动，但是两分钟以后她就不动弹了，她的身子软了，她任凭王小宝的亲吻……不知道过了多长时间，她发现自己已经坐在了王小宝的怀里。向莹的泪水又涌了出来，她觉得自己无能、无助、无奈而又委屈，但是她并不挣脱，"王小宝，你混蛋……"

　　王小宝说："行了，这就咱们两个，你还要什么面子。我走的时候做出了两个判断，如果我一走，你也抬屁股马上就走，那我王小宝今生今世不会再求你一句。如果你不走还抹眼泪，那你今生今世就是我的宝贝了。"

　　"你臭不要脸。"

　　"我不是不要脸，是不要面子。我在全村人面前，在你们园艺中心所有人面前，为了追你丢尽了面子。但是我得到的是我一生的最爱，一生的幸福。我王小宝现在对着贝勒河发誓，对着天上的月亮发誓，我要让你一生幸福。"

　　向莹紧紧搂住了王小宝的脖子："我向莹好倒霉啊，在这个大山沟遇到了王小宝这个无赖。"

　　接下来的日子，市、县有关部门来点将台听王小宝的汇报。汇报之后总要参观。大家都纷纷赞叹点将台的生态致富。

　　王小宝汇报的时候总要拉上园艺中心的人。汇报的成绩都归功于园艺中心，谈自己的工作和成绩，只是给园艺中心当好了后勤部，当好了助手和管家，自己永远是园艺中心的大后方。

王小宝的内心深处已经不再想要把园艺中心招安了。一是他招不了园艺中心的安，二是他看明白了，园艺中心的规模将不断扩大，他点将台的庙太小，装不下园艺中心这尊大佛，园艺中心向外发展、扩延，那点将台还不就是点将台村人的。第三嘛，他已经将老板的女儿招安了，今后和园艺中心就真正是一家人了。

市委通知；副书记李梅要和市委宣传部来听点将台村党支部的工作汇报。

李梅来，那县里的相关部门也会一同来。

王小宝和向勇商量接待事宜。小宝说："向总，我没有想到事情会搞的这么大。当初，我只是想给阿姨一个好印象，就多谈了点我的工作，让她同意向莹和我做朋友。想不到，阿姨还这么重视起来了。"

向勇说："这不是你的问题，你有你的工作，李梅有李梅的工作。你向上边汇报时谈的都是我们园艺中心的成绩，我都知道。其实，没有村里支持，我们就是无水之鱼，什么也做不成。这次汇报，你别有顾虑，多谈村里的工作，多谈你们党支部的工作。市里、县里重视你们了，多方支持，以后所到之处都是绿灯，我们也是上你们的顺风船。咱们两家是相辅相成的关系。再说我们也可以借这个东风，扩大影响，宣传我们的品牌。为明年将全乡变成蔬菜乡吹个冲锋号。"

李梅来了。市、县、乡各级党委宣传、组织部门一共来了十多辆车。县里还派了一辆警车。李梅反复说没有必要，但县里说要为市委领导的安全负责。

王小宝汇报。

王小宝之前已经多次向有关部门汇报，所以他完全不用稿子，侃侃而谈。王小宝的记忆力极好。很多事情，时间、地点都在脑子里，很多数字，小数点后面的数字都倒背如流。

李梅觉得自己不必说话了。她让随行的市委宣传部常委副部长做总结。大家讨论，对点将台村党支部的工作赞不绝口。副部长说："想不到小小的点将台藏龙卧虎，竟有这样的人才。"

李梅知道，提拔王小宝，明年让王小宝去党校学习等等也不必她说话了。她只需在报上来的材料上写两个字：同意。

汇报工作之后就是参观，实际考察让大家的兴致更浓了。副部长说："李书记，我第一次看到这么扎实的工作，这么谦虚的工作汇报。我觉得王小宝是个人才，可堪大任。他现在是大学函授文凭，我建议明年让他到党校学习，提高一下他的理论水平。"

李书记只是点点头。

午饭是炖鹿肉、炖野猪肉，农家蘸酱菜，自家酿造的葡萄酒。客人们吃得个个红光满面，腿软肚子圆。

所有的来宾都得到了一盒礼品蔬菜。李书记觉得这个礼物很得体，既有意义又可以接受。

李梅没有和王小宝过多的接触，她甚至只是和女儿用眼神打了个招呼。

抽个机会，她问向勇："你那个儿子他妈在哪里？不想给我引见一下？"

向勇心想,这个谎必须撒。就说:"从打向莹来,她就回家了。"

李梅不相信,找个机会又问向莹。向莹早就和老爸串通一气了。李梅又问王小宝,王小宝点头证实。

向莹说:"妈!小宝这家伙野心大着呢,您可得小心点,别一不留神让这家伙飞了,把您的女儿甩了。"

小宝说:"向莹你说的这是什么话?"

李梅看看小宝,又看看向莹,面无表情地说:"他敢?女儿放心吧。他飞得再高也是一只风筝,他飞多高我心里有数。我既然能让他飞上去,也能让他掉下来。"

事后,小宝对向莹说:"我今天突然感到阿姨身上有一种可怕的力量。"

向莹说:"你以为市委副书记的女婿是那么好当的?小杆子,你小心点吧,要是你欺负了她的女儿,她会让你后悔一辈子。不过,你现在后悔还来得及。"

王小宝说:"我好后悔啊。"

向莹说:"王小宝,你气我?"

王小宝说:"宝贝,我后悔的是没早点遇到你。"

李梅很高兴。她对向勇说:"老向,你来这之前我对你还有误解。现在我理解你了。你就在这里横下心来干吧。过几年我退休了来给你做伴。"

这个秋天,是老向家收获的季节。

十一之前,大伟休探亲假和夫人、孩子来到点将台。老向头和老太太已在头两天就到了。

老向头抱着重孙子就不放手，谁要也不给。大伟说："真怪了，这孩子谁抱也不跟，顺脾气的时候生人能抱上一两分钟，用不了两分钟准哭。爷爷抱她不哭、不闹、不叫，你说不是神了。"

大家说看来血缘这东西很玄妙啊。

老太太说："老头子，你让我抱一会。"

老头说："看你那身板，还能抱孩子？你把我重孙子摔着怎么办？"

向莹向爷爷、奶奶介绍她的男朋友。爷爷说："我们见过面了。他给我家送菜，说是你让捎给我们的。不过，他可没说是你男朋友，说就是你的同事。他走了，我和你奶奶说，要是我孙女能嫁给这个小伙子就有福气了。"

向莹悄悄对王小宝说："你还背着我干了什么坏事？"

王小宝说："干的都是好事，我给爷爷、奶奶送菜，说是你送的，这不是活雷锋吗。我给爷爷、奶奶做饭，老两口都夸我做的好吃，为爷爷、奶奶的长寿尽了自己的微薄之力。"

一家人到处照相。

照全家福的时候，王小宝知趣地闪开了。老向头把向勇和苏香拉到身边，环顾左右，没看见王小宝，就喊："小宝呢？小宝呢？"

王小宝看看向莹，向莹向他伸了一下舌头，鼻子狠狠地哼了一声。王小宝就走过去站到了向莹的身边。

照完了相，老向头拉着苏香的手说："你是我们家的菩萨，是我们家的送子观音，我老头子一定向列祖列宗给你请功。"

苏香说："我可不要您请什么功，只希望您和阿姨健康长寿。"

老头子说:"你得叫我们爸爸、妈妈。"

苏香有点不好意思。

老头子说:"你叫不叫?老伴你过来。你叫。"

苏香说:"我叫。爸、妈。"

老头子说:"不行,声音太小。大点声。"

苏香只好又叫。惹得周围的人直笑。

向勇对大伟说:"孩子,我对不起你和妈妈。"

大伟说:"爸,您不能这么说。妈都和我说了,这一切都不是您的错。我得感谢您,让我来到这个世界上。我都看到了,你们的事业大有作为,我为您高兴和骄傲。等我转业了,我来和您一起干。从小我就有土地情结。我在部队营房的窗户下面也都种了些蔬菜,不过和您在比我都不好意思说。"

老向头让儿子给他安排房间,他要在这里常驻"沙家浜"。

十月一日国庆节,是胡博士和杨洋结婚的日子,也是知青花园乔迁之喜的日子。十点左右,牛大龙就拉着杨妈妈和杨洋来到知青花园。

新闻很传奇。

听说点将台村当年的知青新婚之喜,五十多岁了还娶个大姑娘;新娘子的姐姐当年吊死在村前大槐树上,又听说点将台村的知青花园如何漂亮,一大早,方圆几十里的人们就向这里聚集。

向勇想把博士的婚礼办得隆重些。请来了录像师,又请了县二人转剧团来搭台唱戏。有贺礼的来宾被分别让进四大院落,抽烟、喝茶；没有贺礼的观众都在院外戏台前看二人转。有大碗茶水，大筐里是洗净的黄瓜、西红柿。

婚礼由村党支部书记王小宝主持。十点钟婚礼正式开始。王小宝宣布："我宣布：西岭县点将台园艺中心副董事长胡学林先生和杨洋女士结婚仪式正式开始。"

接着是证婚人向勇讲话；二杆子代表乡政府祝贺；牛大龙代表娘家人讲话；博士代表新婚夫妇讲话。

四个院子里摆满了酒宴。杨洋穿着洁白的婚纱和博士一起分别向来宾敬酒。所到之处，杨洋说："对不起，我不会喝酒，我喝一点点表示敬意。"向莹和丁丁一左一右保驾。

四十岁的杨洋年轻漂亮，看上去就像二十七八岁。人人都夸新娘子漂亮。杨洋喝了点酒，脸颊红晕，说话慢声细语，更显得妩媚动人。

胡博士穿着白色西服，扎一条红花领带；脸上胡茬刮得干干净净，新配的金丝眼镜。看上去文质彬彬，彰显出博士的风采。

杨妈妈和老向头夫妇坐到一起。杨妈妈特别高兴，还上台为新婚的女儿和女婿献了一首歌：《洪湖水浪打浪》。

入夜。博士进了洞房，看见杨洋安静地坐在床上向他微笑。博士说："杨洋，你累了一天，早点睡吧。"

杨洋说："我们结婚了，我们以后不是要一起睡觉的吗。"

博士心里想：也不知道杨洋还知道些什么。

"那我们就睡觉吧。"

杨洋说的话可能都是电视剧里的台词："老公，我要你把我抱到床上去。"

到了床上又说:"老公,我要你给我脱衣服。"

博士慢慢地给杨洋脱衣服,杨洋听话的样子就像个乖乖的小女孩。他把杨洋轻轻地放到床上,他的心就狂跳起来。他不知道维纳斯的雕塑是否有原型,但他可以肯定,维纳斯也没有他的杨洋美丽动人。

杨洋静静地躺在床上,眼睛看着她,脸上荡漾着纯真、幸福的微笑。

在摇曳的红色蜡烛光中,她那洁白凝脂的胴体显得那么庄严、神圣。

博士轻轻地躺到杨洋的身边,他轻轻地吻着他的新娘,杨洋迎合着他,一点也不害羞。博士把脸孔埋进杨洋那高挺的双乳中间泪如泉涌。

他说:"上帝啊,你对我是不是太厚爱了。"

突然,他感到自己的下边一阵异样的颤抖,他用手向自己的下面滑去,顿时惊呆了,难道世间真的有奇迹?让他重新成为一个男人。

……

第二天早晨,杨洋一边穿衣裳一边问博士:"妈妈说你有病?你有什么病?"

博士想了想说:"我的眼睛有病啊。"

"眼睛有什么病?"

"近视啊,近视眼。"

杨洋点点头,认真地说:"我知道了,你是近视眼病。"

第十七章：我不可能回到你的身边

　　几经周折，牛大龙终于找到了刘晴。他向刘晴道歉，希望刘晴能回到他的身边。刘晴拒绝了他。

　　牛大龙终于知道了，这世间不是什么东西都可以用金钱买到的。

　　牛大龙不知道的是刘晴还向他隐瞒了一个秘密……

　　牛大龙在观看二人转的人群中踅摸。他捕捉到了三狼的影子。

　　园艺中心兴旺起来以后，有一天三狼找到大龙。

　　"牛总，还认识我不？"

　　大龙仔细地端详着三狼，似曾相识："不好意思，想不起来了。"

　　"我是三郎。当年，你把我两个哥哥都打成残废了。我还算幸运，没落什么残疾。"

　　大龙笑了笑："那是因为我的脚下留了分寸，你那时候才十几岁，还是个孩子。"

　　"那我得谢谢牛总当年的脚下留情了。"

　　"你不会是来找我报当年的一脚之仇吧？实话对你说吧，别看我年过半百了，三五个人还近不了我的身。"

"报什么仇,当年我出院后就到处找你,我要向你拜师学艺。结果你走了。江湖上讲不打不成交。我从来就没恨过你。事后,随着年龄的增长,我慢慢琢磨过味来了,假如我是你,我也会那样做。"

大龙就抱住了三狼的肩膀:"没说的,以后我们就是兄弟了。你说吧,找我有什么事,只要我能办到。"

"找你就是讨口饭吃呗。我这年龄进城打工也没有人要。我就是和你说说,也是想见见你,安排不了,你别为难,老天爷饿不死瞎家雀。"

大龙说:"你等我一会。"他找向勇商量。向勇说:"能安排,一笑泯恩仇,都是三十年前的事了。人家主动找咱,也是觉得咱们都是有肚量的人。就让他去做保安吧,干好了,再说。"

三狼干了一个月被提升为保安队的队长。

大龙把三狼拉到一旁问:"你知道刘晴的电话不?"

三狼说:"牛总还认识我侄女?"

大龙说:"她去我们公司应聘,说是城子山人,我们就认识了。我们公司决定聘她,可找不到她了,她面试后就走了。我想告诉她一声,刘晴素质不错。"

三狼就从衣兜里掏出一个小本子,翻出一个电话号码,告诉了大龙。

"牛总,我还想当面谢谢你呢,公司待我不薄。我就不给你送礼了,你也不缺什么,我心里有着呢。你放心,我不会让你失望的。"

大龙拍拍三狼的肩膀："我听向总说了，你干得很好，你当队长了。回头见。"

三狼说："刚才我还看见刘晴了呢，她和一个姑娘在一起，和我打个招呼就不见了。"

大龙就在人群中寻找刘晴，几个来回也不见刘晴的踪影。他想，就我这个头，她老远就能看见我，她一定躲着我，我怎么可能找到她呢。

看看天色渐黑，人群散尽。牛大龙就用一个陌生的号码拨通了刘晴的电话。

"你要是敢放下电话，我现在就去靠山屯你家找你。"

电话那边沉默了一会："求你了，你不要来，我一会打给你。"

"十分钟内接不到你的电话，你知道我会怎么做。"

过了一会，大龙的电话响了，他拿起电话就听到了刘晴骂声："牛大龙，我还欠你什么吗？你到处找我干什么？你还许诺谁找到我就给谁一套房子，搞得旅游学院兴师动众地到处翻腾我，就像在追捕逃犯。你除了有几个臭钱，你还有什么？实话告诉你，我从关上你房门那一刻起，就不想再见到你了。希望你给我留点自尊，也给自己留点自尊。"

牛大龙说："我想找到你，就是当面向你道歉。"

"我不想见你，就算你已经道歉了，我接受了。"

大龙说："不行，我必须当面向你道歉，你现在就出村口等我，如果你不出来，我就直接去你家找你。"

"牛大龙！就算我求你了，你不要来。"刘晴的声音软了下来。但是牛大龙关了电话。

牛大龙知道，刘晴不敢不去村头等他。

牛大龙把车开到靠山屯的村头，就看见了那个熟悉的影子站在路边。大龙的心底就滚过一阵热浪。

把车调个头靠在刘晴的身边，大龙打开车门："上车。"

刘晴说："我不会上你的车，有什么话你就说吧。你要当面道歉我接受，道完了歉请你走人。"

牛大龙也不说话，按住汽车喇叭就不松手。

汽车的喇叭声持续不断。

喇叭声惊动了村头几户人家，就有人向这边走过来。

"这是谁啊，刚买辆汽车就抖富？"

"快去看看，出了什么事。"

看来人渐近了，刘晴无奈钻进汽车。

汽车到了知青花园。大龙的院子在最东边，正门东边是一扇电子车门，车开进车库，车库里面有门直接进入院里。

刘晴在院子里站住："牛大龙，有什么话，就在这里说吧，我不想进你的屋，请你尊重我一点。"

牛大龙说："你到我家了，我不和你站在院子里说话，你不进屋，我就把你抱进去。听我把话说完，我送你回家。"

刘晴无奈，进了屋，坐在沙发上，一句话也不说。

大龙坐到她的身边，温情地看着刘晴。

大龙忙了一天，很累，他把鞋甩掉，靠在沙发上，看着刘晴："刘晴，我向你道歉。真的对不起，我怀疑过你，误解过你。人非圣贤孰能无过。你得给我一个机会改正错误。"

"牛大龙,你想让我回到你的身边?你真天真。如果你伤了一个姑娘的心,再去修复,就必然还会碰到她的伤口,那只能让她更加伤心。最好的办法是大家互相忘记,时间会把泥泞、肮脏、血污以及一切不该发生的事情慢慢冲刷干净。其实我已经忘记了我们之间曾经发生的一切,忘记了你,你真不该来找我,你这样做会让我瞧不起你。牛大龙曾经是我心目中的伟岸,是个真正的男子汉。

"我当时伤心的,是你把我撵出去,我刘晴不图升官、发财、嫁给你、傍大款,我没有半点目的和企图,没有半点私心、邪念,我仅仅是为了找到心中那块纯净的爱的芳草地。我曾经发誓,为了我心灵的纯净,我将来就是饿死也不会向我的爱人要一块面包。但是,你仅仅就因为一点疑心就把我扫地出门。为了有一点自尊,我临别的时候和你说了几句知心话,我一边说,心里一边在流血。我发誓出了那道门今生今世就不会再进你的门。

"我曾经恨过你,但站在你的角度看,我就想开了,换作我是你也可能那样做。既然已经发生了,谁也不该后悔,一切都是命中注定的,缘分尽了,再拾起来就没意思了。大家各自走好自己的路。我们在一起曾经那么快乐过,我们之间原本也不希望会有什么结果,我们可能追求的都是一个过程,那个过程是快乐的,难忘的。人生有多少这样难忘的时光呢?一辈子可能就一次,或是两次,让我们永远把她珍藏在心中不是很好吗?你干嘛还要来揭我的伤疤。"

牛大龙说:"我知道,你离开我,我就永远失去你了。可是,我寝食不安,我一回到家就想起和你在一起的日子,想起你和我撒娇的样子,想起你光着小脚丫打乒乓球的样子,想起你的笑声,想起你临走的时候说的话。现在我不再飙车,不再抽最后一根烟。刘晴我已经不可救药了，人生如果没有得到最宝贵的东西也就罢了，如果得到了又失去，那他是一定要去寻找的。我请求你回到我的身边，并不奢望我们能恢复过去的关系，我只是想让你到我的单位工作，或者在我的周围就职，只要我目光所及能看到你的身影，能听到你的声音就行。只要我知道明天能看到你，我就心满意足。你说，我这个要求过分吗？"

刘晴把脸转过去，她提醒自己千万不能让眼泪流出来："大龙，谢谢你对我还有这份情感，我不过就是一个普普通通的山沟里的丫头。其实，那天我一回到旅游学院就原谅你了。那天我回去办点事，刚一进屋就被姐妹们把我围住了，她们告诉我，谁找到我牛大龙愿奖励一套房子。我说他是骗你们，我要走，结果小颖让大家把我绑起来，她要去找你交人。真对不起，我当时为了逃脱不得不说了谎，我说牛大龙是个性虐狂，多次强奸我，折磨我，求你们放了我吧，如果我回去就得死在牛大龙的手里。姐妹们说，应该报警，我说报警也没有用，公安局领导都是你的朋友，再说我也没有证据，丢人的还是我。大家相信了，这才放了我。"

牛大龙说："我一世的英明被你毁于一旦了，你怎么能忍心这样糟蹋我呢。"

刘晴说："今天已经很晚了，你送我回家吧。哪天我和你一起去学院，你请大家吃顿饭，我把话说开，给你平反。当时我实在是没有办法逃脱了，不得不这样说。"

"你答应回到我身边工作了？"

"我不想回到你身边工作了，我怕你影响我工作，我也怕影响你工作。我已经在大连又找了一份工作。但我答应你，以后我一定接你的电话，如果有时间我会陪你们打打球，陪你和你的朋友聚会。"

送刘晴回家，大龙的车开得很慢，他想和刘晴多说一会话，多看刘晴一眼。

刘晴说："大龙，别这样。你记住我的话。这个世界上找不到绝对可靠的男人，但可以找到绝对可靠的女人。你将来一定会有自己的幸福。

尾　声

刘晴回到家里。

躺到床上,她浮想联翩。

这个世界上有很多优秀的男人,但他只能爱你一个月,一年,甚至十年,绝对不可能爱你一生一世。

只要有机会,一分钟前他还叫你宝贝,一分钟之后他就会背叛他所有的诺言。

既然如此,女人为什么还要去结婚,去自寻烦恼呢。两个人在一起是亲情,两个人一旦分开其实就是路人。

只有你的骨肉才是你永远的亲情。

她心里想:怀孕的事一定不能让牛大龙知道,一辈子也不能让他知道。我就当是去精子库买了一颗精子,虽然没花钱,这也是我应该得到的。